物語

小野小町の誕生

大塚英子

論創社

目次

序章　山科《やましな》盆地の地勢と、小説の登場人物

畿内《きない》最北の山背國《やましろのくに》（背後に丹波《たんば》から比叡《ひえい》・比良《ひら》の山なみを控える）を「山城國《やましろのくに》」と改称して、その東北端に「平安京《へいあんきょう》」を定めてから四十年になる。鴨川《かもがわ》は時に洪水を起こし、地震が頻発すると山は唸《うな》り川底は割けて、巨椋《おぐら》の池に水が溢れ宇治橋は流されてしまう。平安楽土《へいあんらくど》としての都が、人民の労力を動員した絶えざる造作の結果実現するはずだったが、ここの自然は思いのほか荒々しかった。

平安京の東南に、東山丘陵《ひがしやまきゅうりょう》の南半分を隔てる形で、京都盆地《きょうとぼんち》をそっくり縮小したような、山科盆地《やましなぼんち》がある（図1）。奈良《なら》の興福寺《こうふくじ》のそもそもの始まりは、近江《おうみ》の大津宮《おおつのみや》から逢坂山《おうさかやま》を登りきった所（当盆地北部の陶原）に居《きょ》を構えていた中臣鎌足《なかとみのかまたり》が、晩年になって邸内に建てた持仏堂の「山階寺《やましなでら》」だという。飛鳥《あすか》から近江へ遷都して二年後、鎌足は重病を発して急逝するが、死に臨んで藤原の姓を賜った。天智《てんぢ》も二年後に崩御、陶原《すえはら》の北に接する「山階山陵《やましなさんりょう》」に葬られた。平安朝の

新政権にとっては、先祖との因縁が深い土地柄である。なお山科と山階は同じで、周囲の山から山科川《やましながわ》に流れこむ河川が、階段状の扇状地を作っていたので名づけられたとも言う。

少し東に傾いた形で北高南低になっている山科盆地は、東南の端でくびれて（両側から山地が迫って）袋の口状《くちじょう》になっている。都が大和國《やまとのくに》にあった頃、律令制国家の政策で都と地方を最短距離で結ぶ「駅路《えきろ》」を各地に貫通させた。「北陸道《ほくりくどう》」は奈良からほぼ一直線に造られ、ここで山科盆地を北北東へ抜けて、逢坂山に至ろうとした。それ以前から往来していた古道を利用して直進するはずの新道だったが、くびれの北で小野郷《おのごう》の集落にぶつかって、若干の迂回を余儀なくされたのである。

そこには古来小野氏が蟠居《ばんきょ》していた。その後律令下で條里制《じょうりせい》が敷かれて、六町四方（一町は一〇九メートル）の区画に分けられた。南山科では東西に並んで四つの区画が小野郷とされた（図2）。西の山科川沿いは低地だが、東へ行くと一段高い台地になっていて、近江側の山地へと続く。南に山科川へ注ぐ小川が流れ、崖上には泉が豊富に湧くので、一族を養うには恰好《かっこう》の地である。その台地の西南端に、小野氏の長者の屋敷はあった。今は小野篁《おののたかむら》の別邸であるが、「北陸道」は取っつきの井戸の処《ところ》で少し湾曲してから、北北東へ方向をとり直して逢坂山へ向かっている。

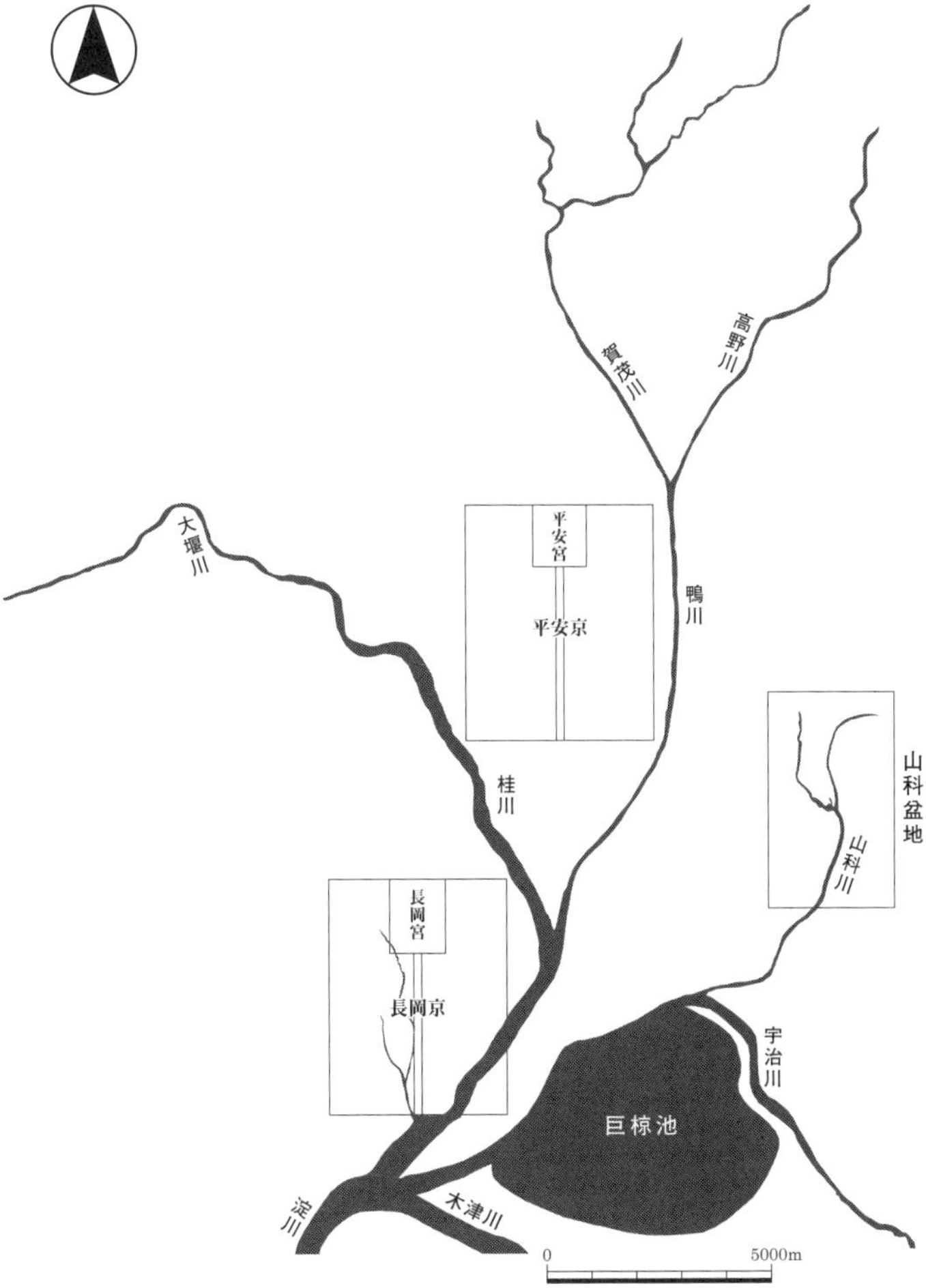

図１　京都盆地と山科盆地

出典：上原真人編『皇太后の山寺』（2007年・柳原出版）p.114、梶川敏夫「平安朝周辺の山林寺院と安祥寺」図3-1より、地形と水脈を引用。

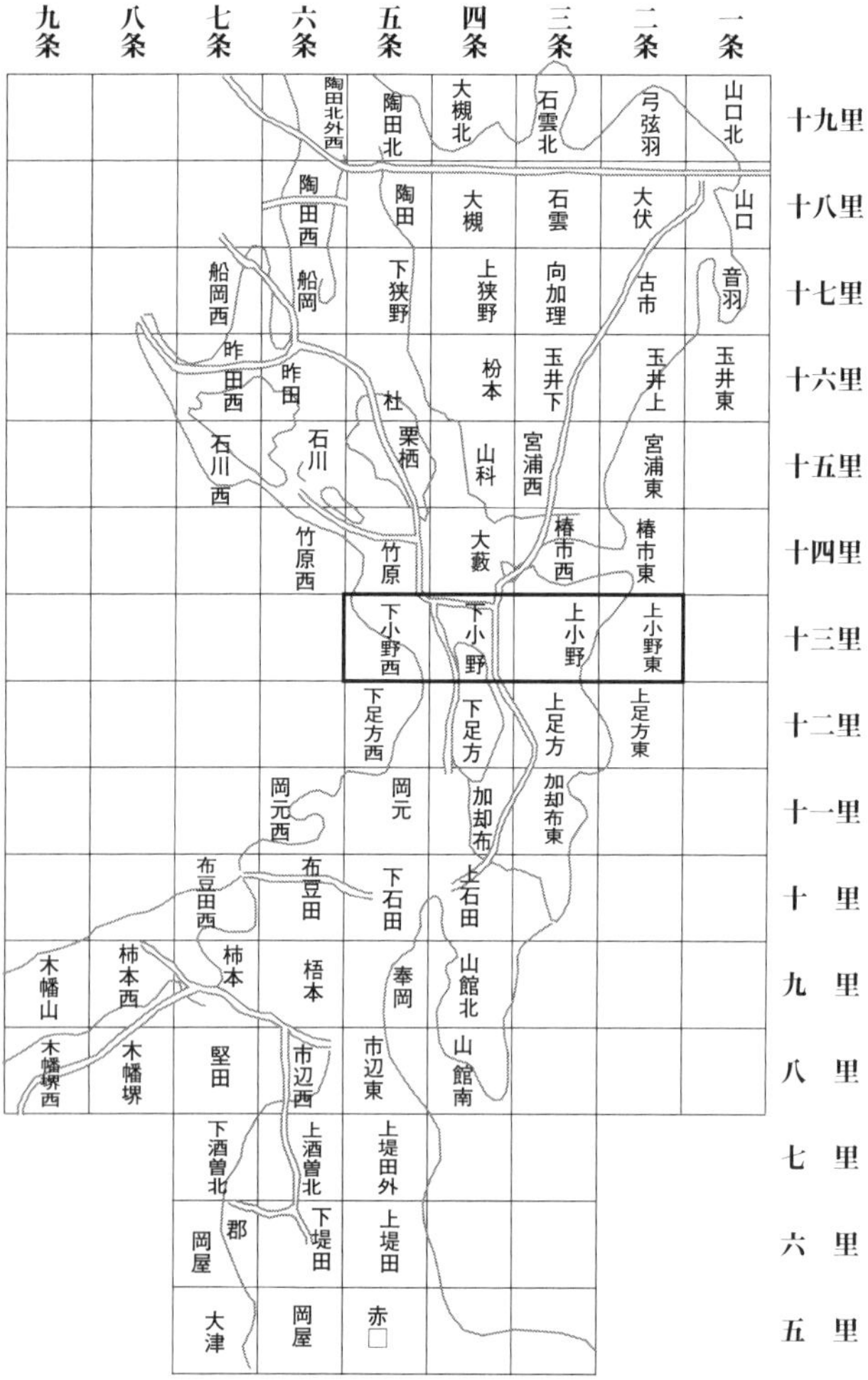

図２　「山科郷古図」の条里

出典：上原真人編『皇太后の山寺』p.55、吉川真司「近江京・平安京と山科」図1-2「山科郷古図」の条里と坪並より。

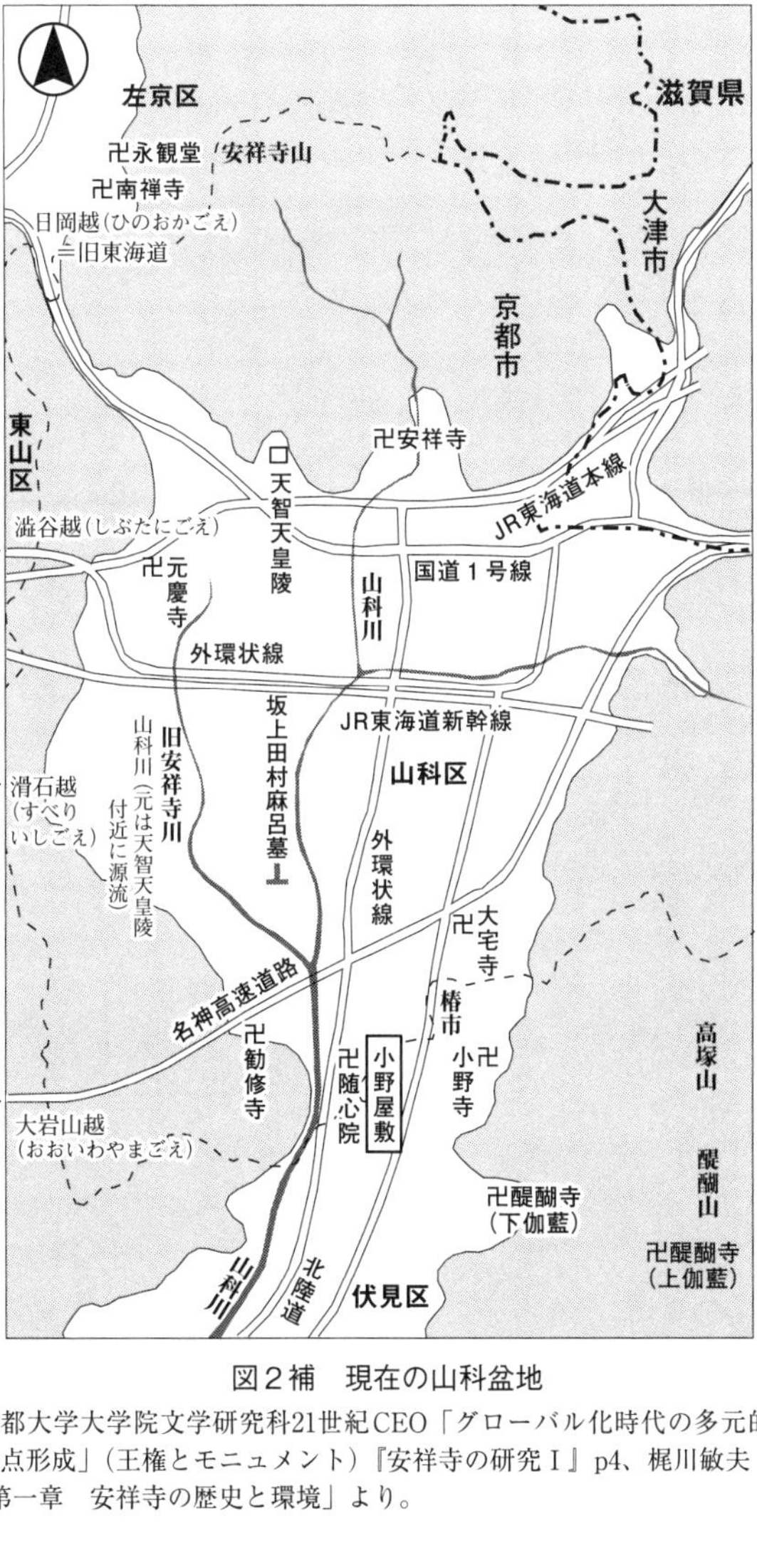

図２補　現在の山科盆地

出典：京都大学大学院文学研究科21世紀CEO「グローバル化時代の多元的人文学の拠点形成」（王権とモニュメント）『安祥寺の研究Ｉ』p4、梶川敏夫・上原真人「第一章　安祥寺の歴史と環境」より。

主要な登場人物

小野小町《おののこまち》〈後賢子〉（篁の娘、禮子の娘《仮説》、後賢子《たかこ》《仮説》）

小野篁《おののたかむら》（小町の父、小野岑守《みねもり》の男、承和の遣唐副使）

小野禮子《おののゐやこ》《仮説》（小野町、三守の三女、篁の正妻、道康の乳母《仮説》、小町の母）

藤原三守《ふじわらのみもり》（大納言〜右大臣、貞子・禮子の父、篁の岳父）

藤原貞子《ふじわらのさだこ》（仁明典侍〜女御、成康母、三守の娘、小町の伯母）

仁明《にんみょう》〈正良《まさら》〉（嵯峨皇子、淳和猶子・皇太子、平安朝第五代天皇）

嵯峨《さが》〈神野《かみの》〉（桓武皇子、平城皇太弟、平安朝第三代天皇）

淳和《じゅんな》〈大伴《おおとも》〉（桓武皇子、嵯峨皇太弟《同い年》、平安朝第四代天皇）

恒貞《つねさだ》（淳和皇子、仁明皇太子）

道康《みちやす》（仁明皇子、恒貞と同い年、後の平安朝第六代文徳天皇）

紀三津《きのみつ》　（承和の遣新羅使、末嗣・篁と知己《仮説》）
藤原常嗣《ふじわらのつねつぐ》　（承和の遣唐大使、延暦の遣唐使葛野麻呂の男）
小野末嗣《おののすえつぐ》　（筑前権守、篁の腹心・三津の理解者《仮説》）
松女《まつめ》《仮説》　（小町の乳母、篁の妾《しょう》）

〔注〕作中人物の呼称について

この小説の舞台となる時代前後の六国史（日本後紀・続日本後紀）は、天皇について在位中は名前で呼ばず「帝」「今帝」と記されている。「淳和」「仁明」は退位後に付けられた諡（おくり名）である。実名は「大伴」「正良」で、これは諱（いみ名）といって呼称することを避ける。従って、小説中で正良とか淳和とか仁明と呼ぶのは実態には合わないのだが、敢えて象徴化した呼び名として用いる。なお、天皇・太上天皇と呼ばれるのも退位後であった。

主人公の小野小町についても、女性は天皇の配偶者の名が史書で判明する程度で、宮仕えの場合〇〇内侍のように呼ばれたはずの呼称が不明である。よって、古今集の歌人として認知されている「小野小町」を呼び名として用いる。

〈後賢子〉は、三代実録貞観十八年（道康の王子が清和として在位中）に尚書（女司の書司の長）に任じられた小野後賢子を小町の成人しての実名と考えた。仮に「たかこ」と読む。

第一章　山科郷・小野屋敷の童女《どうじょ》（私はだれ？）

童女《どうじょ》は毎朝、時には一日に何度も井戸に下りて、少し大人びてきた自分の顔を水面に映した。私はだれに似ているのだろう。竹林の中の藪をすり鉢型に掘り下げて、周りに石垣を丁寧に組み上げ、石段が螺旋状《らせんじょう》に水汲み場まで下りていく。小型のまいまいず（かたつむり）井戸である。地下水が豊かなので、少し掘るだけで水は滾滾《こんこん》と湧き出てくる。石垣は苔むし、階段は石がすり減っていて滑りやすい。水面は絶えず揺れて、水鏡《みずかがみ》にするには向かないけれど、「水の面にしづく花の色」（藤の花影に亡き嵯峨《さが》上皇《じょうこう》の姿を見るという、九年後の小野《おのの》篁《たかむら》の歌の上二句）とはそのまま、まだ髪上げ前の、微妙な年頃にさしかかったばかりの娘の、花のように美しい水中の姿の形容にむしろ相応《ふさわ》しい。童女（小町）は思いもしなかったほど（かわいくというより）美しく堂堂と見える自分の顔に、驚きと惧《おそ》れを感じていた。だれに似ているのだろう。

南側の鬱蒼《うっそう》として自然に垣を作っている竹林の、まいまいず井戸のある西南端の内側は、荒めの白砂を敷いた広庭で、左手に屋敷の正門があった。正門の前は賑やかな街道である。その、南北に通っていた「北陸道《ほくりくどう》」に加えて、平安京《へいあんきょう》になってから、羅城門《らじょうもん》を起点として九條通を東へ向かい、東山丘陵《ひがしやまきゅうりょう》の阿彌陀《あみだ》ケ峰（鳥辺山《とりべやま》）南尾根の峠を越えて山科《やましな》に抜ける「東山道《とうさんどう》」が造られた。道は山科盆地に出て下《くだ》りきると、山科川沿いに南下してから東へ折れて、小野屋敷の北で「北陸道」に合流した。そこに三十年ほど前までは山科の「駅家《うまや》」があった。奈良時代に山背國《やましろのくに》に新置された四駅の一つで、その頃から駅路の要衝だったわけだ。加えて「東山道」の岐点にもなったので、山科駅は多くの駅馬《えきば》を置く厩《うまや》を備え、広い馬場もあった。周囲は宿場《しゅくば》で賑わった。

それらが廃止されて、今はもっと北の、奈良時代はもちろん大津京《おおつきょう》のさらに前から、小野氏と同様この地に居《きょ》を構えていた大宅《おおやけ》氏の氏寺（大宅寺《おおやけでら》）の門前にたった椿市《つばいち》が、逢坂関《おうさかのせき》の手前の宿として賑わいを増している。平安京から粟田山《あわたやま》（山科北部の山地）を越えて真っ直ぐ逢坂関へ向かう「東海道《とうかいどう》」もできたが、いったん南下してから東進する道が、椿市の角に通じていた。

小町の乳母《めのと》の松女《まつめ》は、下女や童を連れて時折椿市まで出かけた。市での交易は女たちの楽しみになっていたが、一方で大宅寺に詣でると心が癒されるのを感じた。境内の毘沙門堂《びしゃもんどう》に、吉祥《きっしょう》天女《てんにょ》の彩色された塑像《そぞう》が、毘沙門天と並んで安置されていたのである。ほの暗い堂の奥に厨子《ずし》があって、甲冑《かっちゅう》姿の毘沙門天と童女のような吉祥天が収められているが、平生も厨子の扉は開いているので、天女の白い顔がほんのり浮かび上がって、赤い唇が神秘的に輝いて見える。毎度その堂奥を覗《のぞ》かずには居られなくなったのは、実は年に一度正月に「吉祥悔過《きちじょうけか》」が七日間催されて、その時には厨子から出された吉祥天の像が金堂の中央に祀られ、雲上にすっと立つ厭《あ》くまでも清浄な天女の全姿を拝んだのが始まりなのだった。

✤

吉祥悔過は奈良時代に称徳《しょうとく》（聖武天皇《しょうむてんのう》と光明皇后《こうみょうこうごう》の娘で皇太子となり、即位して孝謙天皇《こうけんてんのう》。重祚《ちょうそ》して称徳となる）が五十歳の時、はじめ宮中で、昼は金光明最勝王經《こんこうみょうさいしょうおうきょう》を講読し夜は吉祥天の悔過を行った。天平美人の「吉祥天画像」を掲げて薬師寺で悔過会《けかえ》を行うようになったのは、四年後のことだという。また西大寺《さいだいじ》には称徳天皇を写した等身の吉祥天像が祀られていた。しかし一番清らかで堂堂と美しいのは、東大寺吉祥院《とうだいじきっしょういん》に祀られている彩色の塑像で、大宅寺の吉祥天塑像は、その面影にそのままだとの噂である。

平安京の大極殿《だいごくでん》が完成すると、正月八日からの「御齋會《ごさいえ》」に、諸宗の僧を集め最勝王經を七日に亘《わた》って講読させて、天皇はじめ官人に至るまで聴聞《ちょうもん》し、最終日には名僧を内裏《だいり》に招いて論議させる事が、国家の年中行事になって仏説は広まっていった。各地の寺でも昼は最勝王經を読み、夜は吉祥悔過を行った。その頃天皇家の関心は薬師悔過《やくしけか》へと移って行っていたが、民間には吉祥悔過の方が奈良時代から根づいていた。現世利益を願うのはどちらも同じだが、幸運・美・富を招くという吉祥天を女たちはとりわけ信仰した。

この日大宅寺では、夜明けとともに供養が始まる。最勝王經（中でも大吉祥天女品《ほん》・大吉祥天女増長財物品《ほん》）を僧尼たちが堂内を歩きながら誦《とな》える「声明《しょうみょう》」だけでなく、信者もみな前庭をぐるぐる巡り、声を合わせて、主に仏名を列挙して称する個所を唱えては礼拝し、仏に罪の許しを願う。日中（十時過ぎから）の法養は、若い尼僧が五色の紙で作った花びらを散華《さんげ》する事に始まって、これも若い僧が鳴らす鐘の清んだ音がだんだん高くなり、みなの僧が導師《どうし》の音頭に従って経文に節をつけて繰り返し唱える速さが次第に高まり、参拝者も増えてくると平庭から礼堂の板敷に上ることを許されて、吉祥天は一層身近な存在になってくる。像の前には供え物がうず高く積まれていき、黄昏《たそがれ》が近づいてきた。女たちはひとまず屋敷に戻り、日が暮れると予め用意しておいた供え物を抱えて夜祭に繰り出していく。松女たちの供物《くもつ》は、手作りの首飾りだった。

✤

西大寺の吉祥天には、称徳が奉納した宝玉製の長い長い首飾りが今も懸けられてあるというけれど、小野屋敷で作られたのは、女たちの染織の技術を駆使した組み紐の長い首飾り、それと、屋敷の東に続く小野村（班田とされた小野氏の田地を耕作する農家の居住地）を抜けてもっと東側に広がる野山で拾った様々な樫《かし》の実を、調《ちょう》として貢納するために織った精巧な綾の濃染《こぞめ》の絹を自家用にも残しておいたので包んで、工夫をこらした首飾りに仕上げた品（広巾の絹を斜めに截って細長い袋状に縫い合わせながら、特別に堅くて長い楕円形の樫の実を嵌《は》め込んでいく）の二種で、初夜（五時頃から）の悔過で大導師が唱える呪願文《じゅがんもん》に間に合うようにと、晴れ着に化粧も改めて夜道を急いだ。

初夜と後夜《ごや》（夜中過ぎ）の二度呪願の作法が行われ、その後は舞楽が奉納される。祭は夜が更けると共に盛り上がって、みなが舞い踊って一夜を楽しむのである。

しかし松女だけは、夜祭に出かけなかった。小町の教育係も兼ねる乳母として、まだ髪上《かみあ》げの済まない童女を祭に連れ出すことは憚《はばか》られた。それでも日中の供養への参加で満足していたし、奉納した首飾りが翌朝には早速吉祥天女の首に懸けられたと聞いて、天にも上る心地を味わった。

樫の実を拾いに行った林の向うには、小野氏の氏寺があった。ただ吉祥悔過は行われていなかったのである。寺の本尊は釈迦如来《しゃかにょらい》で、脇侍として普賢菩薩《ふげんぼさつ》と文殊菩薩《もんじゅぼさつ》が安置されていた。小野氏は、平安京に本貫《ほんかん》を移す前、古来の本拠地は近江《おうみ》の志賀《しが》にあって、そこには小野妹子《おののいもこ》が祖神を祀って創建した小野神社がある。篁は、この小野神社の祭祀《さいし》を大切にしていた。山科には近江《おうみ》から進出したのだ。山科の小野寺では、七月に文殊會《もんじゅえ》を修するのが常だった。私たちも吉祥天を祀りたいと、女たちは秘かに思い始めていた。

✤

街道を突っきって側溝を跨《また》ぐとその先は俄かに低地になり、田中の畦《あぜ》を辿《たど》ってまっすぐ東へ下った所が山科川、そこで土手によじ登る。土手道に立つと、川は子供の視界の先を広々と流れていたが、土手下の細長く続く河原は、女たちが平生野菜を洗ったり染め布を晒《さら》したりする場所だった。小町にとって最初の、鮮明なシーンの記憶は、その土手道を上流へと歩いて川の出合いまで行き、浅瀬を岩伝いに渡った場所、楊柳の茂みに隠された向こう側だ。Y字型に合流する二つの川に挟まれた土地は栗栖野《くるすの》の台地を形成しており、河原の続きはちょっとした森で、そのまたむこうが共用の馬場になっていた。

太い二本の楊の高枝にしっかり渡した横木に、色とりどりの古絹を編んだ太くて長く美しい縄を懸けて作った「ゆさはり」（鞦韆《しゅうせん》＝ぶらんこ）での遊びは、寒食節《かんしょくせつ》（冬至から一〇五日目に始り三日間火を用いず冷たい食事を続ける）の女たちの行事である。三月に入って春たけなわの時節になり、人々は墓参りをして祖先を偲び、月明かりの下で夜中まで鞦韆を競い合った。小野家で催しているこの行事は、まさに先進的な外来文化である。篁の始めたその最初の寒食の記憶が、今年も寒食が近づくと甦るのだった。

初めて「ゆさはり」に乗った時、それは乳母《まま》の膝の上だったのかもしれないけれど、浮かび上がるふわふわした感じ、抱かれて空中に舞い上った時の心地よさ（松女は童女を抱きながらバランスをとって強く漕げるほどに乗り馴れていた）、ひとりで腰かけてみた時の頼りなさと、恐る恐る揺すっているうちに高まってきた気持ち、やがて立ち上がって縄に身を任せたらいつの間にか夢中になって、漕ぐにつれてだんだん高く、どんどん天に舞い上っていった。地上では乳母がはらはらしながら、天空から喜々として舞い降りる私を待ち受けていたわ！

夜になると、鞦韆を競う女たちの数は増えていった。噂を聞いて近くの村の女たちが集って来たのだ。松女の周りには熟練した漕ぎ手が何人かいたが、他の女たちは初めての「ゆさはり」である。裳の裾が翻ると彼女たちは嬌声《きょうせい》をあげ身を捩《よじ》って恥かしがったが、熱中するにつれて声もあげないで競い合い始め、その姿は月光を浴びて天女のように美しかった。地上で見物している女たちの歓声が、夜中まで続いた。祭のような賑わいの後で、垂れている綵縄《さいじょう》のしなやかな形姿も忘れられない。

✤

次に鮮明な記憶は、これも同じ川の出合いのもう一段むこうの馬場で、初めてお父さまに連れられて子馬に乗った時の愉しさです。私は乗馬もすぐに大好きになって、しばらくすると「打《だ》毬《きゅう》」（ポロ＝馬に乗って毬を打ち合う）を教わりました。父は平安京の本邸から折さえあれば山越えに来られて栗栖野の馬場で馬を走らせ、次は決まって乳母の手から私を無理やり引き離して連れ出して、馬戯《ばぎ》の相手をなさるようになりました。松女にとって乗馬は姫君のすることではなく、ましてや「打毬」などもっての外（実は松女こそ、篁が若い頃、陸奥守《むつのかみ》だった父岑守《みねもり》に同行した多賀城《たがじょう》で、鞦韆を揺さぶったり馬を操って打毬を楽しんだ陸奥の少女たちのリーダーだったのだが）。私はおよそ姫君らしくない新しい遊戯にもたちまち夢中になって、すぐ上手に打てるようになりましたが、なぜかこれらの遊びを生まれる前から知っていたような気がするのです。それが何処でのことなのか、少なくともここではない、もっと遥かで広大な森に囲まれた処《ところ》のようなのです。

お父さまは間もなく、大宰少貳《だざいのしょうに》になって西へ旅立って行かれた。

補説1　寒食《かんしょく》は隋・唐で盛んになった年中行事で、白居易《はくきょい》の詩にもしばしば描かれるが、日本では嵯峨朝《さがちょう》で臨時に行われた。鞦韆《しゅうせん》の風俗は延暦の遣唐使に随行した菅原清公《すがわらのきよきみ》（道眞の祖父）が伝え、嵯峨のブレインだった小《お》野岑守《ののみねもり》（篁の父）が、陸奥守《むつのかみ》になった時彼の地で実験したと推測する。墓参などの習俗に関する知見も共有したはずだ。嵯峨天皇の「鞦韆篇《しゅうせんへん》」（『經國集』）という詩が残っている。嵯峨御製には「長縄《ちょうじょう》は高く芳《かんば》しい枝に懸かり、窈窕翩翻《ようちょうへんぽん》として仙客のように空を舞う姿」とある。

補説2　小町の父の小野篁《おののたかむら》は、有能な官人にして天才的な詩人であるとともに騎馬の名手でもあって、若い頃大學寮の學生《がくしょう》となる前に、弘仁六（八一五）年陸奥守になった父岑守に随行した多賀城《たがじょう》（仙台の北）で、奔放に馬を乗り回していた。在地の若者たちと遊猟で弓矢の腕も上げたが、とりわけ岑守に習った中国式のポロの競技に熱中した。四年ののち帰京してからも馬にばかり乗っていて勉学せず、嵯峨に咎められた話が史書の薨伝《こうでん》に記されている。しかし、これに似たエピソードは唐にもある。玄宗皇帝《げんそうこうてい》の時に丞相《じょうしょう》となった李林甫《りりんぽ》は、二十歳の頃洛陽《らくよう》（都は長安）で毎日「打毬《だきゅう》」（ポロ）に夢中で、まだ全く読書をしなかったという。ペルシャに発祥し西域を経て中国に伝わったこの危険な競技は、唐代には軍事教練に採用されて各地に毬場が造られたが、貴族の青年にとっても堪らない魅力があった。

　日本でも弘仁十三（八二二）年の踏歌節会《とうかのせちえ》（一月十六日、新年を寿ぎ土を踏んで歌舞する）に、渤海使《ぼっかいし》を招いてポロの競技が行われた。嵯峨の「早春観打毬」（『經國集』）という詩が残っている。小野岑守は嵯峨の親王時代からの侍講《じこう》（御学友）だったが、即位とともに式部少輔《しきぶのしょう》となって新時代の年中行事の企画や詩宴の運営に携わった。花宴節《かえんせつ》と重陽節《ちょうようせつ》を春秋の文化行事にしたのは、嵯峨とブレイン岑守の強いリーダーシップによるもので、参考となる同時代の唐文化についての研究を怠らなかった。遣唐使から伝聞した「打毬」も「鞦韆《しゅうせん》（ゆさはり）」も、公儀の場にとりこむ前に岑守は、転任先の東北の大地で実験してみたであろう。騎馬競技は軍事訓練としても即効性がある。岑守自身前年には都で武官の左馬頭《さまのかみ》を兼任して騎馬にも通暁し、今また蝦夷《えぞ》地《ち》の経営に武力の増強は必須であった。

在地の青年たちはもともと馬を乗りこなすのに長《た》けていた。十四・五歳の篁が負けじと熱中するさまが目に見える。また「ゆさはり」に乗って舞い上がる多賀城裏での少女の姿は、篁の脳裏に焼き付いたはずだ。彼女たちが驚くほど活発でポロが上手なのも新発見だっただろう。四年後に任を終えて帰京した岑守のアドバイスで、後輩の圖書頭《ずしょのかみ》滋野貞主《しげののさだぬし》が嵯峨の意を帯して、踏歌節会に渤海使との「打毬」の戯を演出した。寒食節には中国古来の習俗に倣って宮女たちが「鞦韆」の遊戯に耽ることになったのである。

西蛮人《せいばんじん》（胡人《こじん》）が「打毬」を好んでするのを中国人も習って、唐の皇帝が初めて観戦したという話が、六五二年の記録に残る。これはポロのことで、それ以前からあった「蹴鞠」（サッカーやホッケーのように地上を走り回る競技）とは異なる。以後の記録を見ていくと大いに流行したことが分かる。競技中に死者が出るのも珍しくなかったらしい。玄宗はポロの観戦が好きだったが、自らプレーもしたようで（即位前、吐《と》蕃《ばん》との試合で活躍した記録がある）、忠臣から天子はかけがえのない身なのでご自分では為さらないようにと諫められたという。安史《あんし》の乱以前十九年間も宰相の地位にあった李林甫が青年時代に熱中したスポーツに、玄宗もはまっていたというわけだ。ただし、林甫が毎日練習したのは小型の驢《ろ》（ろば）を駆《か》っての「打毬」で、馬よりは危険でない。この「驢打毬」は女性も行った。成都で節度使が七六五年に女人を聚《あつ》め、飾りたてた驢に乗って「撃毬《げききゅう》」（打毬＝ポロ）をさせている。なお「玄宗と楊貴妃がポロを打つ図」という宋代の模本があって、馬上で楊貴妃が前傾して毬仗《きゅうじょう》を巧みに操る姿が描かれている。

弘仁十三年に嵯峨が渤海使の王文矩《おうぶんく》から学習した「打毬（撃毬）」の戯は、豊樂殿《ぶらくでん》前の左右にゴールの毬門を立てて、東西一騎ずつが相対して勝負を競うという形で行われた。文矩は当時三十歳前の若さで自身も騎乗したが、蕃客《ばんきゃく》（と日本の史書は記す）たちのモデル演技に篁が参加した形跡はない。豊樂殿とは、大内裏の中心にある「朝堂院《ちょうどういん》」（儀式用広場）の西隣りにほぼ同じ広さを占める「豊樂院」（宴会用広場）の本殿で、院の北側の真ん中に南面して建てられ、中央に「高御座《たかみくら》」（天皇の御座所）を置く。朝堂院における「大極殿」と同じスケールを持つ横長の巨大な建物で、左右に栖霞楼《せいかろう》・霽景楼《せいけいろう》という小楼閣もある。豊樂殿の前は東西一五〇メートルほどの臨時の馬場になり得る。左右の楼上の間《ま》には後宮の女たちも詰めかけて、御簾《みす》を揚げて観戦しただろう。当時學生だった篁は広場での立見で、むしろ近々と具《つぶさ》に観察する機会を逃さなかったに違いない。毬仗は三日月型に空中で弧を描き、毬は飾りたてた馬の頭を掠《かす》めて流星が落ちるかのようだった（嵯峨詩）。東西両翼の応援席では互いに太鼓を打ち鳴らしながら、勝負が決まるごとにサポーターの蕃客たちが大声で謡い且つ舞踏した。賭け物として綿二百屯《とん》が下賜され、勝者への褒美にされた。雅《が》樂寮《がくりょう》の奏楽も男女の踏歌の列も応援に加わって、いやが上にも盛り上がったであろう。王文矩は正三位に叙せられ、二十七年後（仁明朝末）に再来日した時には、返礼として衛府の武官たちが継承していた「打毬」を演じて見せた。篁は勅使として鴻臚館《こうろかん》（外交官の宿舎）を訪れ、私的にも文矩と親交を育《はぐく》んだと思われる。

第二章　小町の出生した天長四年（嵯峨・淳和《じゅんな》と罪己詔《ざいきのしょう》・地震・音楽会）

小町が産声をあげた年、都では嵯峨《さが》が四年前に譲位して、弟の淳和《じゅんな》の代に移っていた。代替わりの諸儀式と、新政の発布および施行が一通り終わり、上皇になった嵯峨の四十の賀も二年前に行われた。嵯峨と淳和は同年に生まれた腹違いの兄弟なので、本当は新帝も賀の祝いを受けてよい齢であった。

平安京《へいあんきょう》を都とした父桓武《かんむ》は、后妃《こうひ》のほか多くの妾《しょう》との間に三十五人以上も子を儲《もう》けたが、皇嗣と目されたのは三人だけで、一回り年上の平城《へいぜい》の次に嵯峨・淳和と兄弟で皇位を嗣ぐことは、晩年に淳和（嵯峨と同年生まれの異母弟）を偏愛した桓武生前の意思にも添う。桓武崩御によって即位した平城は実弟の神野《かみの》（嵯峨）を皇太弟《こうたいてい》に立てた。そして矢継ぎ早に新政策を打ち出したが、足掛け四年で風病《ふうびょう》と称して突然に譲位し、嵯峨が即位した。しかし旧都の奈良《なら》に戻って体調を回復した平城が、還都令《かんとれい》を発し上皇として政治を行おうとしたため、二所朝廷の状況に陥りいわゆる薬《くす》子《こ》の変が勃発して、嵯峨は同腹の兄と争うことを余儀なくされた。その結果、薬子（藤原薬子。平城に寵愛され、兄仲成とともに変にかかわる。仲成は逮捕・射殺）は自殺し平城は出家する。

　この事件以後の嵯峨は徹底した平和路線で死刑も廃止、皇太弟の大伴《おおとも》（淳和）ともども「文章《ぶんしょう》經國《けいこく》」（文章で国を盛んにする）を標榜《ひょうぼう》して文化国家を造ろうとしている。弘仁期は飢饉も続いて慢性的な財政難であったにも拘らず、国家の年中行事を盛んにして、その場での君唱臣和《くんしょうしんわ》（天皇が唱え臣が和する）の詩会を企画した。自身が優れた詩人だった嵯峨は、さまざまな場面を捉えて漢詩の振興を図り、『凌雲集《りょううんしゅう》』『文華秀麗集《ぶんかしゅうれいしゅう》』が次々編纂された。また年中行事のマニュアルも盛り込んだ儀式書（『内裏式《だいりしき》』『弘仁式《こうにんしき》』）を制定した。こうして弘仁期は十四年を経て代替わりとなったのである。

　ところが、次の皇太子を定めるに当たってやはり葛藤を生じた。発端は父帝桓武の崩御直前にまで遡るが、大伴（淳和）と高志《こし》（平城・嵯峨の同母妹）との間に恒世《つねよ》が生まれた事にあった。恒世は、三人の皇子にそれぞれ腹違いの皇女をめあわせて皇権を確かにしようと配慮した桓武に、初めて授かった純血の皇孫だった。しかし高志は嵯峨の即位直後に二十一歳の若さで逝去し、以後恒世は大伴の手元（南池院＝後の淳和院か、または東宮＝大内裏の東宮雅院）で育てられていた。末弟の大伴からすれば、桓武の遺言とも言える三皇子から恒世への皇位の継承は、幼児の未来を政争に曝《さら》す懼《おそ》れに他ならなかった（薬子の変が眼前で起こった）から、嵯峨の「文章經國」に精一杯協力する一方、恒世への帝王学は仏教的な空観《くうかん》との間で揺れ続けた。

弘仁十四（八二三）年四月、嵯峨は離宮の冷然院に移って十六日に譲位し、二日後に淳和が東宮《とうぐう》から内裏《だいり》に遷った。この時恒世は皇太子《こうたいし》に立てられたが強く固辞したので、嵯峨と嘉智子《かちこ》（皇后）との間の第一皇子正良《まさら》（後の仁明《にんみょう》）を皇太子に定めた。亡き高志には皇后《こうごう》が追贈された。翌天長元（八二四）年平城が崩御。恒世は三品《さんぼん》・中務卿《ちゅうむきょう》になっていたが天長三（八二六）年二十二歳で急逝した。淳和は悲痛のあまり久しく朝政を視なかったという。同年左大臣《さだいじん》藤原冬嗣《ふじわらのふゆつぐ》も死去した。

✣

時世は大きく移ったかに見えて天長四（八二七）年が明けるが、淳和は大晦日から体調をくずして、元日に大内裏《だいだいり》の大極殿《だいごくでん》に行幸して群臣を謁見する「朝賀《ちょうが》」は、取りやめられた。続く正月の行事はすべて内裏（皇居）の中で内々に済まされ、十六日の踏歌《とうか》も豊樂院《ぶらくいん》（大内裏）ではなく内裏の紫宸殿《ししんでん》前庭で催され、政務を始めたのは二十日を過ぎてからだった。淳和の病気は稲荷山の神樹を伐ったためと卜占《ぼくせん》されたので、伏見稲荷《ふしみいなり》に神位従五位下が贈られた。また都の東西二寺で、それぞれ四十九人の僧に七日間藥師悔過《やくしけか》を行わせた。

二月に入ってから漸く回復の兆しがみえる。淳和は、高志薨去《こうきょ》の翌年に生まれた嵯峨の皇女《おうじょ》正《まさ》子《こ》（仁明と同年同腹）の成人を待って再婚していた。その正子は今年十八歳、二月二十八日に皇后に立てられ、紫宸殿で盛大な宴が終日催された。この時正子はすでに身籠っていて、五月十四日夜雷鳴が轟き豪雨の降る最中に皇子恒貞《つねさだ》が誕生する。外祖父になった嵯峨は、喜んで五位以上の官人に衣を賜った。

淳和はもともと内向的な性格で、君唱臣和の晴れがましい公宴よりも、離宮の南池院《なんちいん》で釣糸を垂れる長閑《のどか》な私宴を好んだ。しかしこの年は神泉苑《しんせんえん》（内裏の南東に造られた天皇の庭園で、広大な神泉池がある）での垂釣《すいちょう》を、四月十四日と二十二日さらに七月六日に催している。鬱鬱《うつうつ》とする心を晴らそうと努めてのことだった。

ところが七月十二日に、京都を大地震が襲った。同日のうちに余震が七・八回、二日経っても揺れは止まず、夜中にまた大きな震《ゆ》れが来た。しかも地震ごとに雷のような音の地鳴りを伴い、七月だけで二十五回以上の群発地震に見舞われた。その後も地鳴りは止まず、この年京都には、史書の記録だけで年間六十回を超える異様な頻度の地震が起こった。

✤

篁《たかむら》、二十六歳。父岑守《みねもり》は五年前に參議《さんぎ》になり、陸奥守《むつのかみ》と、次いで近江守《おうみのかみ》としての地方行政の手腕を買われて、大宰大貳《だざいのたいに》を拝命し赴任している。篁も大學を出てから巡察彈正《じゅんさつだんじょう》に任じ、翌年彈《だん》正少忠《じょうしょうちゅう》に進むが、その秋七道巡察使《しちどうじゅんさつし》の一員に選ばれて西海道《さいかいどう》に赴き、「秋雲篇《しゅううんへん》」という長詩をものしたと思われる。それが早速『經國集《けいこくしゅう》』（天長四年五月十四日・恒貞誕生の日に撰進）に編入されたのは、帰京して都勤めの彈正少忠に戻り、巡察使の同僚（〝示同舎郎〟と詩題にある）のみならず広く詩が認められたからで、天長四年には父が賜った右京二條の邸に住んでいた。邸には岑守が蒐集した図書が山積みされている。この父子は騎馬の趣味でも一致したから、一町四方の邸内にはすでに厩も作られていたが、船来書への関心も負けず劣らず強かった。岑守は嵯峨に特別に許されて、秘府《ひふ》（天皇専有の書庫）の蔵書を閲覧できたらしい。『凌雲集』に「秘府新詩特許独披」の詩があり、『文華秀麗集』には橘尚書《たちばなのしょうしょ》（嘉智子の姉橘安万子《あまこ》。藤原三守《みもり》の妻で書司《ふみのつかさ》の長官）に贈った詩で、美しい女官の彼女を介して後宮への入室を勅許する旨を伝えられた時の感激を述べている。岑守は嵯峨朝の始めからずっと内蔵頭《くらのかみ》を兼ねていたので、蔵書の管理にも精通していたはずだが、新着の漢籍はすべて天皇に献上されて、まず秘府に蔵された。それらを見ることが出来て書写も許されたことは、詩宴での岑守の応制詩《おうせいし》（御製に応じての唱和詩）を見れば想像がつく。

唐《とう》や新羅《しらぎ》から渡来する文物《ぶんぶつ》は、遣唐使船はもちろんの事、私的な交易船も主に筑前《ちくぜん》の港に入って陸揚げし、鴻臚館《こうろかん》やその周辺で取引されるのが常だった。交易の管理は大宰府《だざいふ》（地方政庁）が行うが、天皇に次いで中央の官司が文物の先買権《さきがいけん》を持ち、その後貴族層にも交易が許可された。しかしこの時期になると新羅商人が急速に増えて、国として交易管理体制を整える必要が生じていた。嵯峨朝はむしろ自由貿易を許容したが、淳和朝になると帰化した新羅人は筑前（今の福岡市）に留まれずすぐ陸奥《みちのく》に配されることになった。天長八（八三一）年には具体的な入国管理手続きが定められたらしいが、岑守や篁はその間《かん》に大宰府にあって、実状を知り対策を立てる立場だったはずだ。しかし岑守に関して民政上の治績は喧伝されているのに、外交についての手腕は伝えられていない。外交官の家系である小野氏としては奇異なことだが、国際交易についての迷いを持っていたのだろう。官人としては管理を強化すべきでも、文化人の意識において外交の自由化は望むところである。篁に至っては監視の業務と裏腹に、せっかく筑紫《つくし》まで来たのだから、交易市場で書物を買い漁りたい、という欲望を止めるのは困難だった。一時大宰府の父の官邸に滞在して新しく蒐集された書籍に接し、一方自分が入手した新着図書も貪《むさぼ》るように読んで、新風の詩「秋雲篇」を練りあげた。鴻臚館のある筑前の那《な》の津《つ》（今の博多港）から初めて海の彼方に中国を空望《くうぼう》した衝撃を、湧き起こる秋雲のイメージに転換してたたみかけてある長い詩の結びで、想念が突然飛翔し、

富貴人間如不義　華封勸我帝郷意

（富貴は人の世で正義ではないようだ。華《か》の封人《さきもり》は私に、雲に乗って天帝のところへ飛んでいけと勧めている）

という。荘子《そうし》や陶潜《とうせん》が踏まえられているけれど、直接には白居易《はくきょい》の閑適詩《かんてきし》の思想的影響が強く働いている。白居易や元稹《げんしん》（元白と並称される詩人・政治家）の新作の詩集（元稹が前々年編集したばかりの『元氏長慶集《げんしちょうけいしゅう》』か）を入手したのではないか。「秋雲篇」の発想は、浙東観察使《せっとうかんさつし》になった元稹の最新作に呼応する趣がある。

✤

篁は西海道から新しい書物を秘かに持ち帰った。二條の邸には更に蔵書が増え、翌年の二月には岑守が大宰府から大量の書物と共に引き上げて来ることになる。しかし篁にとって、父の不在は絶好の乱読のチャンスでもあった。學生《がくしょう》の頃まだ目にする折のなかった書物の中には、『養生《ようじょう》要集《ようしゅう》』という医学書があった。

篁が『養生要集』を読了しかけていた昼下がりにがらがらと地震が来て、山積みの漢籍があらかた崩れ落ちるほどの揺れだった。飼い馬は異常を予知してすでに暴れだしている。篁は書籍をさしおいて先ず男たちと厩へ走った。走りながら家内を指図して、女たちは塗籠《ぬりごめ》（壁で四方を囲み妻戸から出入りする室）に逃げ込んだ。塗籠には生まれて間もない小町も乳母《めのと》に抱かれていた。乳母は歳三十の女ざかり。薄暗がりの中で白く豊満な胸をあらわにしたまま、下女を制するのに大わらわだ。そこへまた雷のような響きと共に余震が来た。揺れがおさまれば不気味な静けさに戻る。幸い家屋は倒壊を免れているが、外はどうであろうか。彈正少忠の篁は、再び女たちには塗籠を出ないよう指示した後、宥《なだ》めたばかりの暴れ馬に跨《またが》って、職務が直ちに京内の巡察に出かけた。

小町はこの生まれて間もなくの出来事を、ものごころつく前の朦朧《もうろう》とした記憶に留めている。恐らくそれは実体験の記憶ではなくて、乳母の松女《まつめ》が下女たちと繰り返し語っていた地震話の記憶なのだ。それも毎日の余震と重なり合い、二・三年たって鎮静化するまでのひと続きの話柄《わへい》が、何時しかまるで母の胎内で体験した事のように身に沁みこんで、それでいて母の面影は浮かばないのである。

もしかすると、私は乳母《まま》の子ではないか。ぼんやりと感じられる出生以前の遠い風景、それがどこであるのかも私は知りたい。

篁の妾である松女は、陸奥の多賀城《たがじょう》の生まれだった。父岑守（小町の祖父）が陸奥守として赴任した時同行した篁（まだ學生になる前）は、郡司の館で大切に育てられていた腹違いの姉妹《いもうと》の存在を知った。岑守にとっては娘との再会である。岑守も父永見《ながみ》が征夷副将軍《せいいふくしょうぐん》として陸奥にあった時に文章生試《もんじょうしょうし》を了え、二十歳の頃当地に歴遊し、郡司の娘と恋におちて子を儲けたのであった。ところが永見はこの遠征で戦死し、母子は多賀城に留まった。松女はその時召し抱えた乳母の実子である。篁が生まれたのは、岑守が帰京して正妻を迎えた後なので、松女より四歳ほど年下だった。

さて陸奥守岑守は帰任に際して、母子と乳母に乳母子《めのとご》の松女までを伴って上京した。篁はといえば、父に随行した多賀城裏《り》で馬を乗り回し、ポロに興じていただけではなかった。帰京後深刻な恋に陥ることになる異母姉を、一目でも見たいとの思いが叶わず、乳母子を頼んで近づこうと試みるうちに、松女と結ばれたのだった。篁十五歳の頃である。松女は始め吉子《よしこ》（小町の異母姉）の母（篁の異母姉）に仕え、彼女の死後は吉子の乳母、更に小町の乳母として、小野家の事情を全てその胸に納めて篁に仕えていたのである。
小町の姉吉子は、祖父岑守の現地妻（吉子の祖母）が上京して居を構えた深草《ふかくさ》の地で生まれた。しかし吉子の母は、篁との悲恋の果てに出産で命を落とした。嬰児《えいじ》は乳母（松女）と共に篁に引き取られて、岑守の二條の邸（小町が地震に遭ったこの屋敷）で育ったが、篁が悲恋から立ち直って藤《ふじ》原三守《わらのみもり》の娘を正妻に迎えた頃から、吉子と深草の祖母との関係も復元して、この日の地震には低湿の地深草で遭遇した。

✣

二條邸で地震に遭った松女は、吉子の居る深草の事も気がかりで、やがて小町を女君と下女たちに託して厩へ向かった。松女は鞦韆《しゅうせん》を揺さぶったり馬を操ってポロを楽しんだ陸奥の少女たちのリーダー格だったので、今もやや小型の馬が彼女の乗用として飼われていた。退紅《あらぞめ》の袴姿で愛馬に打ち乗ると、馬は揺れの収まった大地を蹴って駆け出した。厩番《うまやばん》の男が一人後に続いた。しかし南へと下るにつれて倒壊した小家は数知れず、助けを求める声を振り切るようにして、ひたすら道を急がねばならないのは苦しかった。彷徨《さまよ》う人々で都大路は溢れていたが、その間を縫って髪をふり乱した三十女が駆け抜けていく姿を、振り向く余裕は誰もなかった。大地の下は地獄になっているのか、途中で何度も余震に見舞われては下馬し、怖れて立ち上がりそうになる馬を制して揺れの収まるのを待つ。

羅城門《らじょうもん》（十二年前の嵐で倒壊したが、風や地震対策をして再建された）は流石《さすが》にびくともせず聳え立ち、不安に怯《おび》える群衆を宥めるかのようだったが、たまたまそこに篁をはじめとする彈正台《だんじょうだい》の巡察の一行が行き会い、瓦の落下に気を付けよと叫びながら、高札を立てるところだった。篁は目聡《めざと》く松女を認め、一瞬にして了解したという合図を送ってきた。

京を出はずれると後は一直線に、深草の郷へと走った。平安京の南郊外は、応神・仁徳の頃から高い土木技術を持つ渡来人によって開拓されはじめ、推古天皇《すいこてんのう》の頃には栗隈《くりくま》の大溝《おおうなで》（今の古川）という運河が造られ、用水路が張り巡らされて一帯は水田が広がる穀倉地帯になっていた。大溝の水は最後に巨椋池《おぐらのいけ》に流れ込む。周囲が十六キロもあった（現在は埋め立てられている）この巨大な池は、京都盆地の最も低い地帯に、周辺の山々から流れ出る河川の水が土砂とともに集まってできた、水深一メートルにも満たない盆状の遊水池だった。池中には浮島も多く池底は栄養豊富で、魚類や水鳥の宝庫だったから、鷹狩には恰好《かっこう》の場所である。また水田の東側の微高地に広がる野原を栗前野《くりくまの》といって、桓武が平安建都の前後頻繁に狩りに訪れた。小野氏の別業《べつごう》はもう少し都に近い桃山丘陵の南麓から小栗栖《おぐるす》にかけて、巨椋池の西北の辺りで、秦氏が営んでいた深草の屯倉《みやけ》の近くだった。平安京にも山科《やましな》の小野にも便のある深草野《ふかくさの》に岑守が新しく構えた邸に、吉子は陸奥から移住した祖母の一族に護られて過ごしていた。

深草邸の被害は酷《ひど》かった。軟弱な地盤が崩れただけでなく、鴨川《かもがわ》の下に断層が走ってでもいたのか、地下水が押し出して来て一帯を水浸しにした。松女が到着した頃には塗籠も危険になって、何百メートルか先の高台に避難して夜を過ごすしかないと思われた。そこへ京都の巡察を了えた篁が駈けつけ、幸い父岑守と親しく、今や篁の岳父でもある三守の別業が近くにあるから、と使者を出す。漸く日の暮方に脱出して事なきを得たが、余震と地鳴りは夜も続いた。

この体験は吉子にとって真《まこと》に鮮やかな恐ろしい記憶となった。吉子は以後再び篁に引き取られ、深草邸を再建するまで山科の小野屋敷で育てられる。二條の邸で生まれた小町も同時に山科に移って、松女は二人の乳母として采配を揮うことになった。

✤

五月に雷鳴の轟く中で新しい皇子（恒貞）を儲けた淳和は、七・八・九月と続く群発地震を深刻に受け止めざるを得なかった。『日本書紀』によると、天武《てんむ》の晩年に南海地震があった。飛鳥京《あすかきょう》では東方から大音響が聞こえたというが、都での地震の揺れは記録されていない。伊豆の島部で噴火があって、神の造った新島が鼓音《こおん》を発し、それが都まで響いたのだと識者は言った。熊野灘《くまのなだ》も津波に襲われたらしい。淳和は当然これを歴史として知っていた。また近くは父桓武の延暦十九年に富士山がほぼ一か月噴火し続け、足柄路《あしがらじ》は砕石で埋もれ、新たに箱根路《はこねじ》が開かれた。二年経っても噴煙を上げている。成人したばかりの淳和にとってリアルな伝聞には違いないが、これも実体験ではない。いま宮都で起こった直下型の群発大地震は前代未聞で、天皇となった身（聖《せい》躬《きゅう》）に降りかかった初めての体験だ。

実は七月十二日の地震の時に羅城門こそ倒れなかったものの、内裏の築地はあちこちが崩れ、掘立て柱の倉庫や厩舎《きゅうしゃ》は多くが傾き、貴族の邸宅でも家屋の被害が続出していた。民家が潰れて下敷きになった人々は、数えられないほどだった。その日の余震は七・八回が記録されているが、何時また恐ろしい地鳴りを伴った大揺れと洪水が襲うかわからない。事実、二日後に大きな余震があり、七月中連日数回の余震と共に雷鳴のような音が続いた。八月・九月とやや回数は減ったものの似た状態が続いていた。そのような中で八月には、皇太子正良（仁明）に王子（後の文徳《もんとく》）が生まれている。

十月になっても地震はいっこうに収まらない。

仏教への造詣《ぞうけい》が深い淳和は、このあと十二月には、地震を停めるために選りすぐりの僧百人を聚《あつ》めて、大極殿での大般若會《だいはんにゃえ》を挙行する。六百巻もある大般若經《だいはんにゃきょう》を、導師《どうし》に率いられた衆僧が一斉に転読《てんどく》（分担した巻々を経題や経中の偈《げ》だけ唱えるなどの速読法で読み上げる）することで、いわば仏教の総力をあげて大地を鎮めようと図るのだ。こうして仏法の呪力が国家的に試される一方、世俗の王である天皇は聖躬を賭《か》けて国土（＝万民）を救わねばならない。嵯峨と淳和はとりわけ空海《くうかい》との親交を通して帝王の善行とは何かを会得《えとく》した。淳和にとって空海は皇太弟時代から新仏教を知る上での家庭教師のような存在で、即位するや次々に新しい法式を試みようとしている。この度の大般若會も、空海に導師を依頼したに違いない。

しかしそれ以前に躬《みずか》ら行うべきことがあった。先立って十一月、深草山の桓武天皇陵へ勅使を立てて宣命《せんみょう》を告げ、大地の怒りを鎮めてほしいと祈っている。歴代の天皇とその身内を埋葬した山陵は天皇が祭司する兆域《ちょういき》（墓地）で、祟り以外にも天皇家の重大な事件などを陵前に報告した。ただ桓武の皇女高志（淳和皇后）陵は、以前から山陵が鳴動して祟りを現していたので、改葬を約束して移葬のための山陵司も任命したのに、伊勢の齋宮になった氏子《うじこ》（恒世の妹）が病で帰京し、母である高志の山陵の話は棚上げになっていた。淳和にとって、前妻の死霊が祟って地震が頻発しているという認識は耐え難かった。現在の妻正子皇后（嵯峨女）との第一子恒貞が生まれた夜も、雷鳴が轟いた。以後の頻発する地震と雷鳴もまた、前妻の怒り狂う姿であるなら、どうしたら彼女を鎮める事が出来るのか。淳和は居ても立ってもいられない心境だった。

それ故、桓武山稜へ使者を遣わすより更に前の十月二十日、躬ら行うべき最も切実な催しを挙行している。こんな時期になぜと訝《いぶか》るなかれ、音楽会を開いたのである。

✣

まだ皇太弟だった頃、淳和は嵯峨から「寶琴《ほうきん》」を拝領している。「寶」とあるからには天皇家伝来の和琴《わごん》に違いない。正倉院に六弦の和琴が今も残るが、琴は元来王者の宝器で祭祀《さいし》に用いた。この伝承の楽器で嵯峨と淳和は新しいリズムや歌を試みて、次世代に影響を与えていく。

嵯峨皇子の仁明も大変な音楽好きで、のち承和《じょうわ》の遣唐使《けんとうし》に管弦人《かんげんにん》（藤原貞敏《ふじわらのさだとし》）を加えたが、貞敏は唐から持ち帰った琵琶《びわ》の名器二面と曲譜《きょくふ》を献上し、名人から相伝された技能を紫宸殿で披露している。曲譜（管弦や歌を譜面に写す方法）は、嵯峨の時代にすでに宮中の「大歌所《おおうたどころ》」で教習していた大歌（節会などで歌われた倭歌《やまとうた》）を、『琴歌譜《きんかふ》』という楽書にまとめるのに大いに参考になった。また催馬樂《さいばら》の伝授を記録してその発展を促した。

記紀の伝説では、神功皇后《じんぐうこうごう》が武内宿禰《たけのうちのすくね》に琴を弾かせ躬らは神懸りして、天皇家の祖霊や国々の神を呼び出し、その霊威を頼んで朝鮮半島へ出兵する。その時、神霊の御陰《おかげ》と群臣の助けで軍《いくさ》に勝てば臣の功績だが、「事就《な》らずは、吾独《ひとり》罪有れ」と言う。和琴に合わせて詠《えい》じた歌は載っていないけれど、記紀の歌謡は童謡（わざ歌）以外はほとんど天皇と皇后・皇族・大臣らの掛け合いの歌で、いわば「大歌《おおうた》」なのである。

桓武は、こうした先祖の伝承を強く意識していた。平安京がほぼ完成した頃から、賜宴《しえん》の場で躬ら詠じた和歌が記録されている。残菊《ざんぎく》の宴、雪の朝《あした》、遊猟後の酒宴、遣唐使への餞《はなむけ》の宴。老齢の桓武は間もなく崩御したが、この詠歌スタイルは嵯峨に引き継がれて、年中行事の整ってきた頃に南池（弟淳和の邸）の宴で、右大臣《うだいじん》（藤原園人《ふじわらのそのひと》）がホトトギスの声を詠じた歌に、それは「千代」と啼《な》いたのだよと天皇が応じた。文人賦詩《もんにんふし》（漢詩を作る）がメインの行事なのに、何故か和歌だけが史書に記録されている。次に帝位についた淳和が更に継承してグレードアップした催しが、群発地震のさなかのこの音楽会だった。

✣

遡って言えば、淳和が天長二年の四月に発布した詔に、画期的なことが表明されていた。各地に疫病が蔓延《まんえん》している事について、その年阿蘇山《あそさん》の「神靈池《しんれいち》」が干上がった現象と関連づけて、「すべて帝王である自分の責任だ」と言う。父桓武の治世に同じ怪異（「神靈池」が干上がること）があったが、当時は卜《うらない》によって疫病の蔓延は地霊の起こした災とされた。嵯峨の時代にも関東で直下型の大地震があって、その時の勅には古代中国の例を引いて、「己の罪だ」とする発想が見られる。淳和はこれを徹底したのだった。

嵯峨は若い頃（弘仁三年）妄《みだ》りに妖言《ようげん》を信じるのを戒める勅を出している。淳和も同じ認識を持っていて、現実を前に天災を妖としない覚悟を決めたというべきだろう。古代中国の聖人や賢帝を手本に引きながら、非力な自分は民を憂苦から救うため夜も昼も絶えず心を痛めていると言う。これほど明からさまに帝王の立場を告白した詔はない。

恐らく嵯峨も淳和も白居易（白樂天《はくらくてん》は字《あざな》）の諷諭詩《ふうゆし》を既に読んで、帝王学の参考にしていた。それればかりか白居易が制科《せいか》（天子自ら出題して行う官僚登用試験）受験の前に習作した七十五章の論説（策文）を集めて作った『策林《さくりん》』という受験参考書も、新羅商人から手に入れて為政の虎の巻にしたらしい。中央官僚を隠退してからの「效陶潛體詩十六首」など閑適詩も入手していたと思われる。

しかし帝と臣の立場は本来矛盾を孕《はら》んでいて、古代を理想としてドラスティックに現実を批判する白居易の詩文への理解が深まるほど、帝王として苦しくなるのは当然だった。加えて淳和は空海を通して仏教への傾倒を強めながら、俗世の王を引き受けて人間《じんかん》の難を救う天皇の役割への自覚も空海との交流から体得していた。苦しさは二重になって迫る。若かった嵯峨と違って四十歳を前にして帝位《ていい》についた淳和は、自ら筆を執ってこの詔を書かずにはいられなかった。そして今すぐに病に斃《たお》れた者や餓えている者に薬や穀物を与え、租税を免除せよという指示を事細かに出している。しかし地霊は治まらなかった。治まらないばかりか、二年後の京都群発地震へと継続する。

✤

淳和が次に真情を吐露した詔に手を染めるのは、しかし地震の翌年(天長五年)七月になってだった。今はまず前妻の怒りを鎮めるために「紫宸殿」で酒宴を開いて「群臣酔舞」し、淳和が「弾琴而歌(琴を弾いて歌い)」、「樂只叵談(語らうのではなく只ひたすら楽を通して心をかよわせよう)」とした。人々(女官も)は「花葉《かよう》の簪《かんざし》」を賜って「詠歌」し、日が暮れても近衛の「奏樂」が続いた、と史書には書いてある。淳和躬ら和琴を弾きながら御製を歌い、官人たちがそれに合わせて足踏みし袖を翻して舞った。神功皇后のように神懸りするのではない。そうではなくて新しい音楽の力で高志の霊を慰めようと、心を尽して弾き語りする淳和の姿があった。

淳和と高志は結婚前、音楽を通じて知り合っていた。二人の父桓武は延暦二十三(八〇四)年、十五歳の高志の房《ぼう》(内裏の一部屋)を訪れて曲宴《きょくえん》を催したことがある。曲宴とは天皇の催す私宴なので、鍾愛《しょうあい》する内親王の房には兄の神野(嵯峨)も、同じく晩年に父が溺愛した異母兄の大伴(淳和)も呼ばれただろう。彼等は高志より三つ年上である。この場で高志は三品《ぼん》に叙せられているが、恐らく大伴との結婚も認められた。翌年には恒世王が誕《う》まれ、次々に三王女に恵まれたが、高志は五年後に夭折《ようせつ》した。

二人の果敢《はか》なかった相愛の五年間、愉しみは音楽に尽された。一方の嵯峨は、妹高志の死に前後して廣井女王《ひろいじょおう》との間に源信《みなもとのまこと》(賜姓源氏の初めとなった皇子)を儲けている。廣井は当時から催馬楽歌の名手だったので、さきの曲宴にも招かれていたに違いない。彼女は天武の皇胤《こういん》で、代々の当主が古代歌謡の歌唱法を伝えて歌垣《うたがき》(後の踏歌《とうか》)の音頭を務めるような家に育った。若い頃から節操が堅く礼儀正しかったと評されているから、桓武朝にはもう女官として宮廷に仕えていたと考えてよい(曲宴の年には二十五・六歳)。官人たちも、音楽好きの少年(皇子たちだろう)も廣井から歌を習ったという。八十歳過ぎまで宮廷にいて長寿を全うし、最後には尚侍《しょうじ》(女官のトップ)に昇るが、同時に音楽界の女王として伝統音楽に新風を呼び込む役割を果した。嵯峨は皇子の頃から私的にも、年上の廣井と音楽を通じて結ばれていったのである。

皇家に伝わる和琴は、嵯峨から廣井に相伝され、廣井は嘉智子皇后の産んだ仁明(正良)と我が子源信に伝え、仁明は清和《せいわ》（仁明の第一皇子）に伝えたと、後代に作られた『和琴血脈《わごんけちみゃく》』には書かれている。一つ違いの信と仁明は音楽界の次世代になるが、四歳年上の恒世も仲間だった。むしろリーダーは恒世だったのではないか。妹の三女王（氏子《うじこ》・有子《ありこ》・貞子《さだこ》）も一緒だったに違いない。淳和朝の初めには彼等若手も育って、新しい音楽の層は厚くなっていた。演奏の場は宮廷だけではなかった。廣井の産んだ皇子（信）が源の姓を賜った弘仁五（八一四）年には、同時に三皇子（弘《ひろむ》・常《ときわ》・明《あきら》）四皇女（貞姫《さだひめ》・潔姫《きよひめ》・全姫《またひめ》・善姫《よしひめ》）も源氏になり、七歳の信を戸主として左京北辺の一條一坊に邸を構えた。幼少の彼等は母親や乳母たちにそこで養育されたのである。

　戸主・信の母である廣井は家を取り仕切る立場であり、また嵯峨は息子たちに政治家に必要な学問を与えた。北辺の邸は子供たちの成長とともに学問所となり、廣井を師匠として嵯峨も顔を出す音楽教室を兼ねた。大伴（淳和）の王子恒世と嵯峨皇子の正良それに定《さだむ》は宮廷から参加し、大伴もここに集うのを楽しみにした。弘仁六年生まれの定は、嵯峨譲位後は淳和の猶子《ゆうし》（養子）になって内裏で育っているがもう十三歳で、音楽を離れては暮らせない少年になった。ただ、高志だけが皇居北辺の邸も知らず、子供の成長とその死を見ることもなく逝った。

　淳和は嵯峨以上に音楽好きだったように思われる。実は仁明も淳和の影響を多く受けていて、淳和系が『和琴血脈』に載らないのは、一《いっ》に恒世の早逝（二十二歳）のためであった。

嵯峨・淳和の兄弟は、中国の国家と皇帝を手本にし、嵯峨の時代はまず文化的な年中行事での文人賦詩を定着させた。新設した春の花宴節《かえんせつ》と再興した秋の菊花節《きっかせつ》がそれで、節会《せちえ》で作られた詩はいち早く漢詩集に編入された。その中で嵯峨は一番多作の優れた詩人だった。淳和も宴《えん》に加わって「秋露」という詩を残しているが、公宴とは別に皇太弟の別邸「南池（後の淳和院）」の宴では、文人賦詩だけでなく歌を詠み交わしたりした。また雅樂寮《ががくりょう》の楽人による奏楽の外、和琴によって大歌も奏された。ちょうどその頃「大歌所」が設けられ、和琴の名人だった吉田書主《よしだのふみぬし》（後の興世書主《おきよのふみぬし》）が別当（長官）になり、常に節会には供奉《ぐぶ》したという。当然宮廷外の遊びにも奉仕して、嵯峨・淳和兄弟をめぐる音楽好きの第一世代に伝統を伝えるとともに、新しい音楽作りに廣井ともども（二人はほぼ同い年）加わっていったはずだ。そこでは嵯峨・淳和も躬ら弾琴して歌った。高志の房での曲宴から十年あまり後のことである。

それから更に十年あまり経って、淳和の治世になり天長四（八二七）年十月二十日、この日催された宴は臨時の行事だが、内裏正殿の紫宸殿で行われているから、曲宴ではなくて淳和主催の公宴である。状況は切羽詰まっていた。前代も財政難を押しての文化国家建設だったが、今や群発地震と高志の怒りを鎮めるのに、音楽ははたして有効か。今年二月、新妻の正子が皇后位についた日、同じ紫宸殿で祝宴を催した際の「酒酣奏和琴。次雅樂寮奏音聲（酒宴が酣《たけなわ》になると和琴を奏した。次いで雅樂寮が外来音楽を合奏・合唱し）…」（『日本後紀』）とはどう差別化できるのか。

補説1　滋野貞主《しげののさだぬし》撰《せん》『秘府略《ひふりゃく》』一千巻は散佚《さんいつ》したが、わずかに二巻が現存する。そのうち八六四巻「百穀部　中」「黍《きび》」の項に「養生要集曰秋米朱酸黍」という『養生要集《ようじょうようしゅう》』からの引用がある。

古代中国では「養生」の意味範囲はたいへん広くて、漢方医学や漢方薬はもとより健康食品から性生活の知恵に至るまで含まれ、それは健全な子孫を得るための優生学だった。

従って性が宗教や道徳上の罪悪感と結び付けられることはなく、むしろ秘められた神聖な行為（儀式）になった。中国では、十巻あったというこの本は、早く散佚してしまっている。日本でも、嵯峨《さが》の離宮だった冷然院が後に火災になった時、その蔵書にあったはずの一本は焼失したらしい。ところが『医心方《いしんほう》』（三十巻・丹波康頼《たんばのやすより》が勅命により編集して九八四年に献上）という現存する日本最古の医学書の巻二十八「房内《ぼうない》篇《へん》」に、『養生要集』からの抜粋引用があって後世にまで伝わった。その原本となったのが、岑守《みねもり》が秘府《ひふ》の本を書写して篁《たかむら》が見た本か、後に舶来したものかは定かでないが、冷然院火災ののちに宇多天皇《うだてんのう》の勅命でリストアップされた『日本國見在書目録《にほんこくげんざいしょもくろく》』（八九一年）には『養生要集』の書名がないので、天皇家の本は失われ、秘府から岑守が書写して篁が読んだと想定した一本は、書棚の奥か天井の梁《はり》の上に隠されたままだったということになる。

天皇家では『養生要集』は他の性書（黄帝に素女《そじょ》が房中術を教える『孝女經』など）も含めて、帝王学の一部と化していたはずだ。嵯峨の後宮が五十人もの皇子女を多産したのは、中国式房中術の実践と失敗の証といえよう。

補説2　中国文明の淵源とされる周王朝《しゅうおうちょう》は、「禮《れい》」の制度によって治められた国家で、建国は孔子《こうし》を遡ること五百年、日本の建国からすると遥かな上代である。その時代に成立した礼楽思想が平安朝の今に活用される。そもそも孔子と弟子たちが周の統治思想を理想として復古を唱え、孔子の死後もその道を継承して、漸く漢代に『禮記《らいき》』（五経の一書）が編纂された。その中に「樂記《がくき》」篇が含まれている。或いは『禮記』と独立して『樂記』が編まれ、秦漢以前（戦国時代）には六経とされていたともいう。実際、白居易《はくきょい》が書いた『策林《さくりん》』七五章では「六経」となっており、礼と楽は全く同じウエイトで扱われている。そして六経の中でも『禮記』と『樂記』が政治学上最優先される（第六二章）。ここで白居易は徹底した復古を論じて、礼楽に幾つもの章を割いている（第六二～六四章）。

『樂記』、この古代の音楽論の集成（二十三篇のうち十一篇が今も残る）に、礼は天地の秩序で地が制《つく》るが、楽《がく》は天地の和で天によって作られるという。孔子の『論語《ろんご》』「泰伯《たいはく》」では「詩に興《おこ》り禮に立ち樂に成る」として、楽を人の修養の究極とみなしている。更に国家レベルでの礼楽思想は、天下を武力ではなく文徳《ぶんとく》統治するための帝王学として、完璧な論理であり倫理となった。けれど伝説上の堯《ぎょう》や舜《しゅん》のように天命を承《う》けて、「樂」を体現する天子になるのは容易ではない。礼楽を制度化した周王朝も、五百年経った孔子の頃には衰退の一途を辿《たど》り、後世の王朝ことごとく末は悪政に陥って、天命を失っては交代を繰り返す。

唐王朝も、全盛期を過ぎ安史《あんし》の乱と玄宗の死後は節度使《せつどし》の割拠を招いて、桓武《かんむ》と同時代の徳宗《とくそう》はその討伐を試みたが却って一時都を追われ、痛切な「罪己詔《ざいきのしょう》」（七八四年）を書く事態になった。天子が天災人災の責を一身に負うという詔は、伝説に近い湯王《とうおう》（殷王朝《いんおうちょう》初代）から記録されており、『日本書紀《にほんしょき》』神功皇后《じんぐうこうごう》の出征時の詔もその引用だが、徳宗の詔は歴代で最もリアリティがあって、わが淳和《じゅんな》の天長二年詔に匹敵する。もちろん徳宗の方が先なのだが。また『白氏文集《はくしもんじゅう》』冒頭の諷諭詩《ふうゆし》「賀雨」では、元和四（八〇九）年春に憲《けん》宗《そう》が発布した「罪己詔」が題材となる。この詔について献策したのは、翰林学士《かんりんがくし》李鋒《りほう》と白居易自身だった。『策林』は、白居易が制科に及第して翰林学士に任官される前の習作集である。その第一七章では、徳宗が「罪己詔」発布以後の貞元期《ていげんき》（七八五〜八〇四）にシンボルとした「中和《ちゅうわ》」（貞元五年から二月一日を中和節と定めた）に言及する。白居易には徳宗時代に試作した「中和節頌《ちゅうわせつしょう》」という作品もある。嵯峨が文化的な年中行事として新設した春の「花宴節《かえんせつ》」は、「中和節」を参照したものだった。帝自らが詩を詠じて諸臣に献詩させるというイベントが共通し、舞台で舞楽も行われた。十周年目の中和節で王虔休《おうけんきゅう》の献じた楽曲に徳宗が自ら作詩し、八卦《はっけ》をかたどった舞を制作して楽府《がふ》に編入した「中和樂《ちゅうわらく》」のことを、延暦《えんりゃく》の遣唐使《けんとうし》がもたらした直近の音楽事情として、淳和もよく知っていたはずだ。嵯峨も淳和も、白居易の策文をわが事として読む下地はこのように整っていた。

〔「嵯峨天皇と『花宴之節』」（大塚英子・『古代文化史論攷　第六号』所載）に詳しい。〕

先ず嵯峨は『策林』（第一六）の、「妖」は自《おの》ずから起こるのではなく（不自作）、人による（吉凶由人）もので、懼《おそ》れるに足らずという意見を支えに、弘仁九（八一八）年の関東での地震を「吉凶由人、妖不自作」とし、帝が咎《とが》を負って賑恤《しんじゅつ》（救済）に奔走する旨の詔を発した。対して淳和は天長二（八二五）年詔で、桓武の阿蘇・神靈池が涸渇した時（延暦十五年）の詔から「日旰忘食（晩食を忘れる）」などの語を引用しながら、一方で今回の涸渇について新しい語彙を繰り出していく。

補説3　小町が生まれたとした天長四（八二七）年についての資料は、主として『日本紀略《にほんきりゃく》』と『類聚國史《るいじゅうこくし》』に依っている。もともと桓武の延暦十一年から平城《へいぜい》を経て嵯峨の弘仁年間、淳和の天長十年に皇太子正良《こうたいしまさら》（仁《にん》明《みょう》）に譲位するまでの歴史は、『日本後紀《にほんこうき》』四十巻に編纂された。この原典には天長四年の記事も、ずっと詳しく書かれていたはずだ。しかし現存するのは十巻だけで、淳和期は一巻も残っていない。そこで菅原道《すがわらみち》眞《ざね》編の『類聚國史』（六国史を部類別に編聚したもので二百巻中六十二巻が現存。編聚当時は『日本後紀』も全巻在ったはず）と、『日本紀略』（神代から後一條の一〇三六年までを六国史や新国史〈宇多〜後一條〉

などから抜粋して平安後期に作られた）などから逸文を集めて復元した『日本後紀』（現代語訳・講談社学術文庫本）が参考になる。

ところが淳和皇子の恒貞《つねさだ》について、ちょっとしたミステリーが存在する。『日本紀略』によると恒貞の出生は天長四年（八二七）年なのに、恒貞薨伝（『三代実録』元慶八年九月二十日條）に薨年《こうねん》六十（数え年）となっていて、これから逆算すると天長二（八二五）年生れになる。同じく薨伝では天長十二年立太子とされるが、正しくは天長十年の立太子である（天長十二年という年は無い）。生年に二年の誤差が生じた原因はここにあるのだろう。現在の事典類は管見の限りで全て、天長二年生れとしている。

恒貞は仁明即位の時皇太子に立てられ、その時の記事に「皇太子春秋九齢《しゅんじゅうきゅうれい》容儀礼数如老成人（『續日本後紀』天長十年三月二十日條）」とあって、ひどく大人びた少年だったらしいが、本当はもっと幼くて七歳だった。六国史では親王（天皇の子）の誕生は記録するが王（親王の子）の誕生は記さない。天長四年当時、恒貞については五月十四日條に「皇后誕生皇子、男也。」と月日まで判明するが、仁明は当時皇太子（正良）だったから、その子道康《みちやす》（後の文徳）の誕生は記載されていなかったはずだ。

天長十（八三三）年から嘉祥三（八五〇）年までの仁明朝《にんみょうちょう》の歴史を記した『續日本後紀《しょくにほんこうき》』二十巻は、皇子の文徳《もんとく》が編纂を企てながら崩御によって頓挫し、次代の清和《せいわ》が再度勅を下して貞觀十一（八六九）年に完成したが、藤原良房《ふじわらのよしふさ》（太政大臣《だいじょうだいじん》）と春澄善縄《はるずみのよしなわ》（参議《さんぎ》）の名で献上されているものの、実際には善縄の単著と言ってよいものだという。ところが不思議なことに、巻一の立太子の項に「皇太子春秋九歳矣」と誤記されている。善縄は他ならぬ恒貞皇太子の東宮学士《とうぐうがくし》（篁と共に）だった。遡って淳和朝には、低い出自ながらその英才ぶりと努力が認められて、天長七年対策《たいさく》に及第、少内記《しょうないき》からやがて大内記《だいないき》に抜擢されて、詔勅の起草にも預る立場にいた。恒貞の生年を間違えるはずはない。『續日本後紀』の第一巻が原資料から抜粋・編集された時、善縄はもちろん他の同時代の編者も、恒貞と道康が同年の生れだと承知していなければおかしい。思うに、文徳朝には遂に一巻も編纂されなかったと考えられる。清和朝《せいわちょう》で最後まで生き残った善縄は七十三歳。『續日本後紀』を漸く校了してから半年後、翌年の二月に薨じた。最後は若い編集者の手に委ねざるを得なかったのだろう。

第三章　天長《てんちょう》四年・淳和天皇日録（高志《こし》の祟りと群発地震／恒貞・道康・小町の出生）

年初に当って、日録をまず述懐《じゅっかい》から始めよう。朕《わたし》が二年前の四月七日に下した詔について。

大唐《だいとう》の徳宗皇帝《とくそうこうてい》が罪己詔《ざいきのしょう》を渙汗《かんかん》（発布）したというのは、清公《きよきみ》（菅原清公・延暦の遣唐判官）から伝え聞いた話です。皇帝の真摯《しんし》な言葉に国中の人心は感動し、軍人たちは感泣したといいます。しかし「天譴《てんけん》于上而朕不悟　人怨于下而朕不知（上に天が咎めていても私は悟らず、下に人が怨んでも私は気付かなかった）」として「罪実在予（罪は実に私にある）」と悔過《けか》する長い告白文を起草したのは、翰林學士《かんりんがくし》だった陸贄《りくし》だという。そうして大赦の対象は専ら官人と軍人です。本当は天下の百姓（大衆）を直ちに救済しなければならないような天災が降りかかった時に、国王が災いを運命として受け容れるのではなくて、百姓の苦しみや不幸は全て私の責任と認める。地震でも雷でも噴火でも、全て私の責任とする。戦争などで国民が犯すはめになった数々の過ちは人災ですから、もちろん国王である私一人の罪です。昔周《しゅう》の文王《ぶんおう》が病に罹り、それが四方に頻発する地震の前兆だった。臣たちは皆天の下した妖災《わざわい》を懼《おそ》れて、国城《こくじょう》（都）をもう一つ造るなどで妖災を王の躬《からだ》から追い出して下さいと懇願する。しかし文王は、これは天が私に下した罰で、あくまでも国王である私の罪であるとして、神を祀り民を援け諸侯群臣を賞し、国中が豊か（九年分の備蓄がある）で和平が続くまで、徳行を積む覚悟を表明しました。それが罪己詔というものでしょう。『呂氏春秋《りょししゅんじゅう》』にある、この周文《しゅうぶん》（周の文王）が地震の災を己の罪とした話と、もう一つ宋《そう》の景公《けいこう》が火星の妖《わざわい》を他に転嫁せずに躬《みずか》ら引き受けた話を、朕もかくありたいという強い志からわが罪己詔に借用しました。

✤

ふりかえれば古い話だが、兄帝（嵯峨《さが》）が弘仁三（八一二）年の秋から始めた『史記《しき》』の講書（読書会）には、鴻儒《こうじゅ》（儒学の大家）の賀陽豊年《かやのとよとし》を講師に招いて、まず「太史公自序《たいしこうじじょ》」を読んだのでした。ご老体に無理を仰せつけては、太古の歴史を黄帝《こうてい》から繙《ひもと》いていった。最後は豊年の隠居する宇治まで押しかけて行《おこな》ったこともありました。次いで、当初大學頭《だいがくのかみ》としてこの講書を企画した清公が翰林學士の役を担って、学習を続けました。そのうち岑守《みねもり》が内蔵頭《くらのかみ》に任じられて、ある限りの新しい参考書を求め、秘府《ひふ》の蔵書は急速に増えました。
『史記』の講書には皇子たちや源氏、兄帝の侍臣、東宮傅《とうぐうふ》の三守《みもり》と安世《やすよ》（良岑《よしみね》。嵯峨・淳和の異母弟）は確か同い年で私たちより一つ上だ。仲雄王《なかおおう》も学者で同世代です。三守が私の若い侍臣たちにも呼び掛けて、賑やかな集りになりました。岑守は［高祖本紀《こうそほんぎ》］まで読み進んだところで陸奥《むつ》に赴任してしまったが。
最も難解だったのは［宋微子世家《そうびしせいか》］で、周の武王《ぶおう》が箕子《きし》に、夏の禹《か う》が天帝から賜った『洪範九疇《こうはんきゅうちゅう》』について尋ねるところです。『洪範九疇』の全文が記載されていて驚きました。実は白氏の『策林《さくりん》』の中にこの帝王学の古典が、「九疇の書」（策文一七）とか「洪範曰、狂常雨若・僭常暘若」（策文一八・洪水と陽照りについて）と、殆ど本文なしに論題にされて、熱く論じられている。徳宗《とくそう》が中和節《ちゅうわせつ》に毎年のように発布した詩文や、白樂天《はくらくてん》の「賀雨」という詩も知っての上で、『策林』の主張は私の躬に深く染み入《い》っておったので、この全文は是非とも読み解かねばならんと考えました。
『呂氏春秋』にも『洪範九疇』から肝心なところが一つ引いてあって、それは第五疇［皇極《こうきょく》］の「無偏無黨王道蕩蕩」というところだが、猛春（一月）紀に出てきます。「盛徳木にあり」といわれる春を、天子は群臣を率いて東郊に迎える（立春の儀）のだが、天の生んだ万物の生成の道を乱さずに育てていくことが、天下を治める者（天子）の盛徳への実践になる。というわけで、「王たるものは必ず公正で偏ってはならない、王道は平易であるべし」という個所を引用しています。兄帝と私もそのように努めてはきたのです。「中和《ちゅうわ》」というのが正《まさ》にそれで、徳宗は二月朔日《ついたち》を「中和節《ちゅうわせつ》」に定めた。わが国もそれに準じて、「花宴節《かえんせつ》」を作りました。（第二章補説２参照）
私は、皇太弟として『帝範《ていはん》』（唐太宗が太子に与えた書）は全文暗誦していましたが、熱意が溢れた序文に比べてあとは無味乾燥だ。最後の［崇文篇《すうぶんへん》］は今に通じますが…。それに比べると、『洪範九疇』はもと『尚書《しょうしょ》』に採取された周代の規範だったのだが、禹が天帝から直接賜ったという威力が感じられます。

とりわけて白居易《はくきょい》が『策林』で論題にした個所は、『洪範』第八疇［庶徴《しょちょう》］（諸々の徴候）の中で咎徴《きゅうちょう》（不吉な徴候）が現れる時、つまり帝王が不徳で政道が行われていない時に、水旱《すいかん》（水害と日照り）を始めあらゆる災害に見舞われるのは天の咎めであるが、君王はどうすべきかという事で、現在の私に厳しい論理で迫ってきました。それに突き動かされて罪己詔を発したのですが、ますます厳しい天譴（天の咎め）が、相次ぐ山崩れや地震となって京畿を襲い、「責在朕躬」（責は我が身にあり）をどう実践するか切に問われています。

✣

父桓武帝《かんむてい》の建てた平安京《へいあんきょう》を文徳《ぶんとく》が行きわたった都にして、洽《あまね》く遠国にまで文治《ぶんち》を及ぼしていくことは兄弟の宿願です。兄帝の十四年間の政治を見習って最も学んだ政術は、父帝が武功によって東国平定を果たした方策の大変革でした。新政の始めに、『凌雲集《りょううんしゅう》』の序文で兄を魏《ぎ》の文帝《ぶんてい》に擬《なぞら》えて臣下の役目を全うしてみせた岑守が、次いで陸奥守《むつのかみ》になり、帝意を忠実に体して辺城に赴いて、その任を遂行しました。恭順した蝦夷《えぞ》を俘囚《ふしゅう》として諸国に配する事は、聖武天皇《しょうむてんのう》に始まった政策ですが、武力で征服した夷人《いじん》を、移住した国の平民と同化するまで教育するのは、国司らの手に余る難事です。兄帝は初め諸国に「俘《ふ》囚《しゅう》計帳《けいちょう》」の提出を義務づけておきながら、その後「夷俘《いふ》」と呼ぶのをやめて官位や姓名で呼ぶことを命じたり、そこまで馴致《じゅんち》（だんだん馴れさせる）しなくても平民に準じて扱うようにと言ったりした。岑守赴任後もまだ心配して、進んで帰化するまで六年は田租を免ぜよなどの勅を出している。帝意はどこにあるのか。岑守は補佐の臣としてそれを賢知しました。文治とは最初から夷人を差別せず共に生きる事だったのです。それには年月も住国も強制しない方が望ましいし、氏姓も自称で決める方が良い。しかし帝王としては窮《きわ》まるところ同化が理想です。岑守が現地から直言し兄帝は献策を認可する。大胆にかつ忍耐強く、帝と臣が相俟《あいま》って変革を実現させる政術を、兄の治世から私は学んだはずでしたが…。

　実際、帰ってきた岑守は次いで近江守《おうみのかみ》に任じたが、右大臣《うだいじん》に登った冬嗣《ふゆつぐ》（藤原）と図って太政官符を下し、豊作だった近江の米を穀倉院《こくそういん》に運んで災害に備えるという政策を、いち早く大胆に実行して私たちに舌を巻かせたのです。その功で参議《さんぎ》に登用し、同時に大宰大弐《だざいのたいに》に任じました。

　岑守は、大宰府から「公營田《くえいでん》」の設置を太政官に建議してきました。洪水と旱魃《かんばつ》に備えて古代の帝王は、九年耕作して三年分の蓄えができなければ国ではない、三十年間耕田が継続し十年分の蓄えがあれば、大災害が起こっても民の衣食を充たすことができると考えた。これは『禮記《らいき》』に王の制すべきこととして書かれています。岑守はこれを基準にして九国（九州）で蓄えるべき籾《もみ》の量を計算して、現在の年貢では到底まかなえないと「公營田」を案出したのだが、実は近江國で行った政策と本《もと》は同一です。『禮記』［王制］の最後には「八政、飲食・衣服・事爲・異別・度・量・數・制」とあるが、岑守の論奏は「臣聞。洪範八政、以食爲首（『洪範九疇』の第三疇［八政］の最初が「食」だと聞いています）」と始まり、正《まさ》しく［王制］の引用でした。国家は国民の「食」を第一に確保しなければ成立しない。これは基本の基本です。われわれが『史記』の講書で『洪範九疇』を論議した時、『禮記』も読み合わせた。岑守も冬嗣も共にその場にいました。であるからして共通の認識なのです。問題はどのようにして実現するかだ。民を現在の貧困から救ってなお且つ十年の蓄えを作るには、休耕田を国が再開墾するだけではなく口分田《くぶんでん》の中の良田も併せて六分の一以上を公営（大宰府直営）にして、農民を雇い耕作させる。これは律令を変易《へんえき》することになる。太政官の冬嗣は、四年に限って実行してみたいと提案してきました。即位直前の話です。

✤

岑守は［高祖本紀］を読んだ時まで一緒であったから、漢の高祖《こうそ》（劉邦《りゅうほう》）が父の太公《たいこう》を太上皇《たいじょうこう》として遇した故事に倣って、兄帝が太上皇になり兄弟が前皇・後皇として同体の治政を志している、と熟知していました。空海法師《くうかいほうし》は私の即位を賀して「天兄天弟」と不空和尚《ふくうわじょう》（密教の祖師）の語を応用して讃えてくれ、近くは『經國集《けいこくしゅう》』の序で滋野貞主《しげののさだぬし》がわれわれの詩について、「似兩龍之分燭（二匹の竜がともし火を分け持って照らしているよう）疑雙曦《そうぎ》之齊暉《せいき》（二つの太陽が光を同じくしたよう）」と言っている。このように天下に共通する認識を得たのは喜ばしいことです。がしかし、それだけに皇帝《こうてい》になった私は苦しい。

岑守は賢臣です。とともに一官人に徹している。帝の発した罪己詔は、飛び散った汗のように元に戻すことが出来ない。天災地異をわが躬《み》に引き受けたからには、最後まで徳を修し行って天地を動かさねばならぬ。十年の蓄えは、「公營田」を直ちに全国に及ぼしても三十年はかかる。一方で、地震も頻度を増しています。

然るに、昨年の秋以来わが臣らは各地で慶雲《けいうん》を見たと騒ぎ立てる。七月十六日、豊樂殿《ぶらくでん》で相撲を観た後で西の空に五色の雲が現れたそうだ。大宰府の岑守まで、七月七日に筑前國で慶雲が顕れたことを、早馬で奏上してきました。八月の終わりにも紀伊の伴《とも》ガ島の上に見られた。太平の徴《しるし》としての慶雲は大瑞で、徳を積んだ聖天子の世に重ねて顕れるのだそうですが。

しかし、祥瑞《しょうずい》に先立って恒世《つねよ》が不孝にも早逝しました。私は十日間柩《ひつぎ》の前で泣いていました。左大臣《さだいじん》冬嗣も慶雲騒ぎと同じ頃に身罷《みまか》ってしまった。みな私の罪だ。年末になって右大臣《うだいじん》の緒嗣《おつぐ》が再び慶賀を受けるようにと煩《うるさ》く言って来たが、何がめでたいと私は断った。すると再三、

「『神功不宰　値仁君而降祥（神の業は常には目に見えないが、仁徳ある君王に遇って祥瑞を顕す）』と申します、唐では太宗《たいそう》の時景雲が顕れ黄河の水が清《す》むという祥瑞があり、『景雲河清歌《けいうんかせいか》』が作られて、今でも朝儀で最初に演奏されるそうです」

と言って改めて歴世の故実を調べ上げ、こんなにめでたいことはないと内外の臣が連名で陳賀して来ました。私は、

「己一人でそれを受ける資格はない。だが七廟の祖霊の恩恵によって天地が感応し自《おの》ずから瑞祥を現したのであれば、よろしい、皇祖の徳に報いるために皆のものとこの幸いを天にむかって祝うことにしよう。」

と決意し、天下大赦の詔を暮の三十日（大晦日）に渙汗しました。

✣

こうして新年を迎えれば心も晴れるであろうかと私自身も願っていたのだが、大晦日のうちに「聖躬《せいきゅう》不豫《ふよ》」（天子が病になる）に陥ってしまった。天子に「私《わたくし》」は無いのでした。直ちに元旦の「朝賀《ちょうが》」は停廃（中止）。

元旦の諸儀の中に「供御藥儀《みくすりをきょうするのぎ》」があります。内藥司《うちのくすりのつかさ》が正月の用意に一か月がかりで調合した「聖躬」の不老不死を呪《まじな》う「御藥」屠蘇散《とそさん》を、前もって内藥正《うちのくすりのかみ》と中務少輔《ちゅうむしょう》の前で侍医が毒見をし、次に二人の上司も嘗藥《じょうやく》（藥をなめる）したあと封をして、一方宮内省の典藥寮《てんやくりょう》で調合して同じく毒見した白散《びゃくさん》・度嶂散《どしょうさん》と共に、晦日の朝、中務省と宮内省に率いられ内藥正と典藥頭《てんやくのとう》に従う醫生《いしょう》・藥生《やくしょう》が内裏に持参して、「進御藥儀《みくすりをたてまつるのぎ》」を行い、女司《じょし》（女官の役所）の尚藥《しょうやく》（藥司《くすりのつかさ》の長）に全ての藥を託する。藥司ではその後屠蘇を御井《みい》に吊しておき、元日の寅一刻（午前四時ご

ろ）井戸から取り出し、暖めた酒に漬けて造った屠蘇酒を、童女に嘗《な》めさせてから天子が飲む。

こうした儀式の詳細を、即位の始め中務少輔に任じた吉野《よしの》（藤原）を喚《よ》んで、詳しく検討していました。吉野の母は私の亡き母旅子皇太后《たびここうたいごう》と親しく、私の乳母の一人でありまして、乳母子《めのとご》の吉野は幼少の頃からわが腹心です。令制に関してはいずれ賢臣らに勅して改定すべきと考えていますが、こと薬石《やくせき》について私はとりわけ関心が強いので、吉野の管轄する内薬司に仰せて丹薬《たんやく》の精製を自ら試み、醫疾令《いしつりょう》の条々にも通暁しました。また兄帝が制定した『内裏式《だいりしき》』によって、「進御薬儀」に則《のっと》って用意された屠蘇酒を元旦に飲むという儀式も、先の様によく知っていながら、このざまだ。

早速、薬を服する事になりました。もともと兄と違い私は強健な体のはずが突然の不予で、侍医の調合した草薬《そうやく》ではこの心の病には全く効かない。それ故、内薬司の反対を押し切って自ら精製した「金液丹《きんえきたん》」を飲用し月半ばには回復しましたが、表向き病は「占」に依って稲荷神社の樹を伐った祟りだということになり、奉幣使《ほうへいし》を遣わしたのです。癒えるまでに病床でいろいろ考えました。

以上、過去に関して思いがけず長々と述懐できたことを善しとします。

✣

昨夏恒世が身罷った時、彼は二十二歳で私は不惑《ふわく》を過ぎていました。新来の医書『千金方《せんきんほう》』の巻二十七「養性《ようじょう》」の中の［房中補益《ぼうちゅうほえき》（健全な性生活）］の項に、人生四十以上になると頓《とみ》に気力が衰退して、次々に病が襲いかかりその治療が長引くと不治の病に陥るとあります。そこで房中術の心得が必要になると。ところで私が「金液丹」を最初に試飲したのは、恒世の死の悲しみから回復しようと図ってでした。この時も藏人頭《くろうどのとう》になって近侍していた吉野の忠告を押し切って自験中の薬を用意させたのだが、薬効あって十五日で公事《くじ》に復帰することができ、まず渤海國王《ぼっかいこくおう》を啓問する詔を発しました。典薬寮には研究の費用として河内國の二十町の土地を与えることにしました。

皇嗣《こうし》を失ったのですから、次の皇子を儲けるのは天子としての務めです。正子《まさこ》は皇太子正良《まさら》と同い年だが、まだ子に恵まれていない。優能な皇嗣を得るために房中術は必須で、兄帝の時代には『養生要集《ようじょうようしゅう》』を私も読み、兄の後宮での営みも皇太弟として具《つぶさ》に学びましたが、次に新羅商人から入手した『千金方』は唐で流行している新版の医学書で、四十歳以後の養性を完成できたなら、日月が合体するように男と女が性を超越して和合し、神仙界に達して不老不死を得られるのだが…、というところまで踏み込んで書いてあります。

さてその房中術、道はごく身近にあって、一晩に十人の女と性交して男の方は一度も射精しないというだけなのだが、それを継続して実行できる人はほとんどいない。一方で薬石と体に良い食べ物を常に摂る必要もある。私は、万病薬で続けて服すれば神仙に達するという「雲母水《うんもすい》」を、次に試みることにしました。雲母粉を調製するのに五十日ほどかかりましたが、七月の初めに出来た粉末を同量の水で攪拌《かくはん》して飲んだ。すると数日で薬効があらわれ私は精力の漲るのを感じ、正子を抱きました。

善い子を得るには、二人の相生《そうせい》と福徳《ふくとく》が具わった上に、様々な禁忌《きんき》を守らねばならない。日取りや場所の決まり、天変地災の中では特に、雷電や地震のさなかに孕《はら》んではならないと言います。時間については、日中はもちろん宵を過ぎて房室に籠っても、男子を得るには子《ね》の刻を過ぎてから射精する。それまでは侍女たちに見守られ時には手を貸して貰いながら、呼吸法によって己を制御し、精液を「氣」に転化して脳の「泥丸《でいがん》」（直径三寸ほどの日と月が一つに結合した形を想像する）まで上昇させる。抱き合っている女も感情を制して精神を養い、「氣」を自分の「泥丸」に上昇させて二人の気が和合すれば男子を授かるが、射精することなく長生《ちょうせい》を目指すのであれば、霊薬（丹）は双方の体内で形成されて、百日養成すれば「靈」となり不死に達するための方法となるという。私が「聖躬不豫」に陥らないためには、正子のような少女《おとめ》が必要なのです。しかも一人ではなく十人、できれば宵々ごとに新しい女が。そうして皇后《こうごう》（正子はまだ皇后位についていなかった）は、皇后だけが月に二回天子《てんし》の精子を受けとり、優能な皇嗣を孕むのが理想なのだ。

私には、若々しい正子の羞じらいを含んだ姿は嬋娟《せんけん》として天女《てんにょ》のように思われました。それは禁忌とされる晦日《かいじつ》でも朔日《さくじつ》でもなく望月《もちづき》の夜でもなかった。更に幸運は、月の事が終わって三日目（一・三・五日目が男子／二・四日目が女子）に交接できたことです。正子は皇子《おうじ》を孕みました。

兄は多くの妾《しょう》との交歓《まじわり》を楽しんでいたが、私は皇太弟《こうたいてい》の頃から何人もの女と交接することを好みませんでした。寧ろ亡妻高志《こし》との鬼交《きこう》（霊魂との交わり）をこそ望んでいたのです。玄宗皇帝《げんそうこうてい》の例《ためし》もあるではありませんか。一方、姪の正子は幼時から内裏にも私の別邸「南池」にも出入りして、小子ですから叔父の私にも馴れ親しんでいました。特に南池には高志の乳母子《めのとご》で恒世の乳母《めのと》になった原姫《もとひめ》（永原）に伴われて来ることが多く、我が子同様に慈しんでいたのです。

原姫は私の即位後（三十五歳になっていましたが）女御《にょうご》として迎え、「南池」に亭子院《ていじいん》という別殿を造って住まわせ、嵯峨帝の皇子定《さだむ》（弘仁六年生れ）を養子として育てています。恒世の遺児で今年七歳になる正道《まさじ》も、私が養父になって立派に育てなければならない。正子にとっても原姫は母のような存在でしたが、嘉智子皇太后《かちここうたいごう》の長女である正子は、われわれ兄弟が皇統を継承していく上で最も正当な次の皇后なのでした。兄帝の強い望みで私は即位時に正子内親王を後宮に迎え入れた。原姫と同じ女御として。その正子が皇子を産むのです。晴れて皇后になるべきだ。しかし高志は承知するだろうか。私は悩みました。

✤

病の癒えた時私は正子の立后を決意していて、吉野の働きで二月二十六日に制を発布し、二十八日には立后の儀を執り行うという速《すみ》やかさで実現しました。即日皇后宮職《こうごうぐうしき》を立ち上げ、吉野を藏人頭と兼務で皇后宮大夫《こうごうぐうだいぶ》に任じた。翌日、高志の石作山陵《いしづくりさんりょう》に式部大輔《しきぶたゆう》と右京大夫《うきょうだいぶ》を勅使に立てた。また時を同じくして兄に書を送って、原姫が育てている定についても相談しました。定には二父と二母があると世間では言っているが、確かに嵯峨院の別殿（母の百済王慶命《くだらのおうきょうみょう》が住む）と南池の亭子院（原姫が住む）の両方を我が家として、他の源氏と違う環境にあります。それでよいのかとはかねがね考えていた。

兄も私も、定には特に優れた才能があることを二・三歳の頃から認めていて、その優能さは皇太子正良にも劣らないと思っている。兄には他に基良《もとなが》・秀良《ひでなが》・忠良《ただなが》と三人の親王がいますが、定と同年の基良は病弱で秀良と忠良はまだ幼い。実は正良も幼時から病弱で、成人後は胸の病に苦しみ、兄も心配している。私は躬《みずか》ら精製して効験のあった「金液丹」を、正良にも服用させました。

「荊山《けいざん》之璞《はく》（粗玉）」は本来の美質を磨かなければ宝石には成らず、瓦礫《がれき》に埋もれてしまうと言います。われわれは定を鍾愛《しょうあい》する余り学才を等閑《なおざり》にして甘やかしていますが、源氏から親王に戻してでも正良に次ぐ皇嗣として育てるべきではないか、私は皇帝の立場で心からそう思うが、兄上のお聴《ゆる》しを戴きたい。だが太上帝はどうしても聴しませんでした。正子腹の皇子が生まれるというのに何ということを…と。しかし私は、高志の恨みをさし措《お》いて正子を皇后にしたのと引き換えに、皇統を盤石《ばんじゃく》にしておきたかった。

✣

学問もさることながら定の音楽の才は抜群で、正良の才に匹敵するものです。もう二年以上前になりますが、正良は父嵯峨太上帝の四十賀に琴を献上しました。新来の珍しい箏《そう》の琴で、私が皇太子のため特に入手したものです。前日の賀宴では雅樂寮《ががくりょう》の奏楽だけでなく、皇帝の私も皇太子も、貴族や群臣も奏し歌い舞い、夕方から雪さえ舞いだして夜半まで宴が続きました。皇子たちはこの日のために半年も前から音楽の教習に励んでいた。その中で頭角を現したのが、当時十一歳の定と、前の年に抜擢されて兄帝が手ずから琴を教えていた錦部《にしごりの》文室《ぶんや》麻呂《まろ》（十歳）でした。二人は酒宴に先立って童舞《わらわまい》を舞うことになりました。

冷然院の正殿前の広庭に舞台を設《しつら》えて、美々しい童装束《わらわしょうぞく》に、天冠《てんかん》には髻華《うづ》を飾る。南階の下に笛・琴・鼓そして詠歌する楽人の数を揃えました。序の舞はゆっくりと典雅に始まり、次第に高まっていく楽の音に、二童子の手振り身振りは羽ばたく二羽の鳥のようで、突然奏楽が休止すると、舞台の二人が朗々と声を併せて、私の製《つく》った頌歌《しょうか》（ほめ歌）を詠《うた》いながら舞い続ける。それは正に天上の音楽で、全ての人の心を空に奪い去りました。私の意図を遥かに超越して。詠い収めて暫らく沈黙、再び湧き起る華やかな楽の音に、童舞も急調子になってふっと了ると、殿上の貴人みなが広庭に下りて、「不知手舞足蹈（手の舞い足の踏むを知らず）」酔舞したのでした。

それ以後、私は亭子院へ頻繁に通って定に琴歌を伝授しました。いや、正良皇太子へは伝授だったが、定とは平等の場で生れ育っていく「樂」を楽しみ愛《いつく》しんだ。器《き》は古琴《こきん》でも新来の琴でも善く、歌も即興の曲を交えて古曲も新鮮に甦ってくる。すると亡き高志との青春の、「樂」の愉しみと「性」の目醒めとが自然に重なり合っていた日々の記憶が、耳目の奥の方で蠢《うごめ》き始める。亭子院を預る原姫は恒世の乳母ですから、当然のように恒世もそこにいました。時に正良も好んで加わったこの音楽の場は、しかし半年も経ないうちに恒世の死で終りました。

今にして思えば、一方で至福の時を刻みながら同時に、私には天に帰るべき高志の精魂が石作丘の地中で厲鬼《れいき》に化していくのがまざまざと見えていました。恒世はわが母に魅入られたのです。然るに私は正子を皇后位につけ、その後宴では躬ら和琴《わごん》を奏した。宴は夜に入り子の刻まで続いて、殿上の皇親群臣みな手の舞い足の踏む所を知らぬありさまでした。それ故、雷鳴の轟く中で正子が皇子を出産することになったのは、当然の祟りです。

しかし冢墓《はか》の中で鬼物《おに》に憑かれた高志の「體《からだ》」は、私が鬼交すら希んでいる亡妻とはどうしても思えない。高志を葬った石作山陵は、父の桓武帝が毎月のように狩猟に出かけた大原野《おおはらの》の片隅にある小さな丘です。私も兄も、狩りの日は鷹を片手に馬を駆って父に従ったものです。兄が帝位についてからも、年に一度は鷹狩に行きました。その時は必ず石作山に上って高志の霊を慰めた。ところが、私が天皇になり正子を後宮に入れてから、口さがない噂で山陵が不穏だという。それで卜定《ぼくじょう》して大枝山陵《おおえさんりょう》（桓武母の墓所）に移すことになったのだが、折から齋宮《さいぐう》になった娘の氏子が伊勢に行き、病を発して京に再び帰ってきた。重ねての行事や出費で、移葬の事は一年延ばしにしていました。

この春にも石作に勅使を派遣しましたが、高志にとって氏子の病は我が子の大事ですから、それで移送が延びているのを怒るとは考えられない。実は昨年暮れに、心悩みながら大原野へ遊猟に行って、秘かに高志を訪うて来ました。高志は怒っている。それは恒世が皇太子を固辞した時に始まって、収まる気配がありません。ただ、石作からの移葬を望んでなどいない。卜占を私は信じていません。恒世まで奪って厲鬼に化した高志を、救わねばならないのはこの私である。

✣

五月十四日夜、激しい雷雨の最中に正子皇后が男子を誕生しました。雷鳴は高志前皇后の怒りそのものです。

それまでの数か月、私は幽明を隔てた二人の和解を考え続けました。そして、私と正子が逝きし恒世の代りの皇子を得るために、二人の「氣」を和合させるのに成功した神秘な性愛の経験から、翻って恒世の霊に導かれるかのように、高志との「樂《がく》」の愉しみと「性」の目醒めとが重なり合っていた日々の記憶が甦って、音楽を通してならば「人と神（鬼）」が和合するという不思議が実現できると、ほとんど信じるまでになりました。出産を待つ間、私はしきりに宴を催しては、躬ら詩や歌を作って詠ってもみました。しかし高志の猛霊は皇子の誕生後も大地を震わせ、京を地震に陥《おとしい》れて止《とど》まるところを知りません。

七月十二日の大地震が起こった日にはまだ、高志の祟りについては二の次と思っていました。天災の責を負う天子としては民衆の救済が第一です。人々の集住し始めた新都で、私の眼前に発生した災害の死者や傷者は日毎に数を増していった。倒壊した家から大路に逃れ出た民を飢餓から救い、疫病の蔓延《まんえん》も食い止めなければならない。幸いにも私は股肱《ここう》(手足となる臣)に恵まれていた。左大臣冬嗣が昨秋急逝し岑守も大宰府に遣わして不在だが、右大臣緒嗣は母の弟でずっと東宮傅でもあったから、私の一途な性癖を承知で、体調不良にも拘らず万全の指揮をしてくれました。思い掛けなかったのが彈正少忠《だんじょうしょうちゅう》(三等官)の小野篁《おののたかむら》で、父岑守が緊急の時に片腕と頼めなかったのを補って余りある活躍をした。わが同年の兄弟葛原親王《かずらわらしんのう》が彈正尹《だんじょういん》(長官)と大宰帥《だざいのそち》を兼ねていて岑守父子の善き上官でもあったのですが、検察官としての篁は部下に絶大な信望があり、二十代半ばという若さも力の源でした。宮都の政事は左・右京大夫が担っていますが、この度は彈正台が隈なく巡察して行政を助けることが出来ました。また篁は嵯峨先帝の側近・前中納言三守の婿で、当日は三守の伏見の別業《べつごう》に避難して夜を明かしたといいます。翌朝から三守もいち早く救援に加わってくれた。こうして地震直後の救済策は成功したと思っていました。

しかし地震は止まるところを知りませんでした。直後二・三日は連続でしたが、救援に追われて寧ろ奮い立っていた。地霊の恐ろしさと向き合ったのはその後です。七月中は殆ど連日それも何度も地震に襲われる日が多く、雷のような地鳴りを伴いました。八月になっても地震は止《や》まず、九月に入り却って地鳴りが顕著になって、私は高志の霊魂との和解を急がねばならない事情に迫られました。世間ではますます父桓武と高志との祟りだという噂が高まってきたが、私は柏原《かしわら》の父の山陵に訴える前に、どうしても妻の高志と向かい合いたい。石作山陵に行ってではなく音楽を通して向かい合いたい。

✣

嵯峨帝と弘仁三年から始めた『史記』の講書は長く続いたので、終り頃には正良も参加していました。兄の四十の賀の時、皇太子になっていた正良のした奏言に、司馬遷《しばせん》の言った「孔子曰『必世然後仁　誠哉是言（必ず三十年で仁政を布くに至る。誠なるかなこの言）』」を引いていますが、ちょうどその頃私と皇太子は、『史記』の中の［樂書《がくしょ》］を二人だけ相対して読んでいた。

私と甥の正良はなぜか親子よりも近い性情を持つらしく、二人だけで内蔵の書所《ふみどころ》に籠ってありとある文を繙いていたのでした。『史記』でも［樂書］のほかに［孔子世家《こうしせいか》］を併せ読んで、理想が実現できず半生を流浪に明け暮れた孔子の言行録から、宮刑《きゅうけい》に処された史官の太史公（司馬遷）が抜き出した言葉が「吾従周」であったことに、いたく共感しました。「吾」は孔子であり司馬遷でもあって、「周」とは理想の国家としての周です。それに「従う」と言うのだ…。ところが私や将来の正良は、国家でなければならない。而《しか》して国家は礼楽に依って治めるべきなのでした。立場がまるで違うわけです。あちらの二人（孔子と司馬遷）は衰微した時代に屈辱の中にあって、聖明なる王者を上古に求めてその股肱《ここう》であることをなおも夢みたが、日本國にそれほどの古《いにしえ》はありません。

天下の太平を願って大唐の礼楽制度を導入し、唐土の文物《ふんぶつ》を求めて礼楽の道をつぶさに学習してきましたが、この百年あまりの間にも政争や叛乱が繰り返されて、最も理想の形に近い盛儀の中で開眼《かいげん》した天平《てんぴょう》の大仏さえ、国の混乱と衰微を招く元凶になった。聖武帝が盧舎那大佛《るしゃなだいぶつ》を造ろうと発願《ほつがん》した所以《ゆえん》は、罪己詔の発布と同一でしょう。発願詔には「有天下之富者朕也。有天下之勢者朕也。以此富勢造此尊像。事也易成心也難至。但恐徒有労人（天の下で富と権勢を有する者は朕である。富勢によって大仏を造るのは容易《たやす》いが、本意を天下に伝えるのは至難の業で、只々いたずらに人民に労働を強いることになるのを恐れる）」とあるが、これでは罪己にはならない。仏の威霊に頼って現世の王である自覚を欠いています。こうした近古を顧みて、正良皇太子と「吾従周」の意味する重責を確認しました。奈良を捨てて平安京を営む事になった我々としては、新しい国家と仏法との関わり方も深刻に問われています。

ところで仁王會《におうえ》は鎮護国家の法会《ほうえ》として聖武帝の時から行われて来ましたが、空海法師が請来《しょうらい》した不空《ふくう》新訳の『護国仁王般若經《ごこくにおうはんにゃきょう》』は、経典の中でも最も奥深く尊い経典とされて、密教の修法《しゅほう》によって読誦《どくじゅ》し講説すれば災害はたちまち除かれ、人々を救済する威神力《いしんりょく》が発揮されるというので、私が罪己詔を発布した年の秋、新法による仁王會が宮中はじめ各所で催されることになりました。東宮での仁王會の講師に選ばれた空海は、兄帝が退位直前に東寺を密教の根本道場にすることを勅許し、私が一年前に造東寺《ぞうとうじ》別当《べっとう》に任じたばかりですが、寺の金堂の北に新しく講堂を建てて大日如来はじめ密教の尊像を安置し修法の道場にするという案を押し進め、一方では安居《あんご》（四月十五日～七月十五日）の期間に『守護國界主陀羅尼經《しゅごこくかいしゅだらにきょう》』を毎年講じたいと申し出て早速実行に移す、と八臂天《はっぴてん》の如き活躍の最中です。仁王會の呪願文《じゅがんもん》もその場で一気に炎のような筆勢で書き上げたのには、正良も驚きの目を瞠《みは》ったものです。しかも私の罪己詔の文言《もんごん》まで踏まえて、仏の加護を祈願する陀羅尼《だらに》を唱えその心を説き、国家の災いを鎮め民の苦しみを救いたいという篤《あつ》い志が吐露してありました。空海は、いや眞言密教は私の支えです。

✤

であるからこそ、いま私の為すべきことは、仏法に依る以前に天子として地霊に如何に対するかです。罪己詔を繰り返す前に聖躬を賭けて高志の霊魂と向き合うのは音楽を通してしかない。兄太上帝の四十賀に定らの舞ったあの童舞の至福を思い起こすと、四十を過ぎた己が、幽明を隔てて高志との和合を成就するには、正子に吉野の天女を観て恋慕し、精力を気に昇華して日と月が合体することで皇子が生まれた事実に倣うべきだ。高志との鬼交を希む私は、弾琴して恋歌を詠い上げることで、天女が地上に現前《げんぜん》して共に舞うことを願って、歌を預作《よさく》（前もって作る）しました。

吉野川岩きりとほし行く水の音にはたてじ恋ひは死ぬとも
ながれては妹背の山のなかに落つる吉野の川のよしや世の中

紫宸殿《ししんでん》の南面の広庭には、舞台は設けず白砂を厚く敷きつめた地面に川波を描き出し、庭の三面に幄《あく》を立てて親王と公卿の座も地上に設ける。紫宸殿には中央の玉座《ぎょくざ》と南廂に西面する皇太子の座のみを置き、東廂の御簾《みす》内に皇后の座を設けることにしました。正面十八段の階《きざはし》の下、東《ひがし》砌《みぎり》に幔幕《まんまく》を張って鼓《こ》・琴《こと》・笛《ふえ》などの楽人の座とし、西砌《にしみぎり》を右近衛《うこのえ》の陣座《じんざ》として奏楽に備える。舞楽と奏楽に服用する装束と、皆に下賜する花葉《かよう》の簪《かんざし》。それらの設営や調達については藏人頭の吉野が三守に図って尽力してくれました。宴会《えんえ》は唐礼に則って整備中ですが、この度は神靈を悦《よろこ》ばせるのが目的で、琴歌・酔舞の粋《すい》を尽くそうとして、臨時に新礼を案出しました。

そうして幸いにも、皇太子が共に舞うと言うのです。私の志を受け継ぐだけでなく行為でも支えてくれるという。また定は鼓を文室麻呂は琴を奏したいと申し出て、宴に備えての練習が始まりました。定は笛の才もあるとわかって、天上の声を響かせてくれることになりました。源氏の皇子たちも皇太子の音頭で練習に加わり、兄太上帝だけが身分上参加できないのを嘆くという有様です。

音楽の練習を始めてから、奇妙にも地震のない日が続きました。試楽を重ねるにつれ私は力が充ちてくるのを感じ、只々高志恋しさへと意識を集中していました。宴会の前日、先の競馬《くらべうま》で負けた右方が負け態《わざ》を広庭で催すことになったので、庭砂の敷設は当日の早朝に行う手順になりました。

私は自ら作った恋歌を、白砂の川の岸辺で和琴を奏でながら繰り返し繰り返し歌いました。

吉野川岩きりとほし行く水の音にはたてじ恋ひは死ぬとも

ながれては妹背の山のなかに落つる吉野の川のよしや世の中

途中から文室麻呂の琴が加わり、定の龍笛《りゅうてき》が先導して通い路《かよじ》ができたのか、高志は遂に私の眼前に現れました。波の上では既に皇太子が遊び戯れていましたが、高志がそこに舞い下りるのが幻視され、私は思わずながら古歌を口ずさんでいました。

呉床居《あぐらい》の神の御手《みて》もち弾く琴に舞する女常世《おみなとこよ》にもがも

呉床居の神の御手もち弾く琴に舞する女常世にもがも

それから私も波を踏んで高志を抱きとり、共に舞ったのです。楽人たちはこの三首の歌を繰り返し奏で歌い、皆人たちは冠に花葉の簪をさして、地を踏み鳴らし夜を徹して酔舞しました。古《いにしえ》の童女《おとめ》さながらの高志の舞い姿は、わが眼だけに映じており、皆は私と皇太子が連れ舞う姿ばかりを見ておったと思われるが、これで地霊の患《わずらい》は克服されたと、わが心から確信しました。

十一月の半ばまで地震はなかった、一か月以上小康が続いたのです。従って十五日に地震が再発した時は打撃でした。更に二十二日には地鳴りを伴う大地震、二十四日にまた地震。堪《たま》らず柏原山陵に直世王《なおよおう》らを遣わして地下の桓武帝に宣命《せんみょう》を奉りました。しかし父帝は聞き入れなかった。答えは三度続けての地震でした。

こうしていよいよ十二月十四日から三日間、大極殿《だいごくでん》に清行僧《しょうぎょうそう》百人を集めて大般若經を転読することになりました。空海法師が仏法の総力を挙げて地震からわが国土を護るための呪願を続けて三日目、百人の禅師が清んだ音声《おんじょう》を一つにして唱える読経の熱気にも拘らず、外は陰鬱な寒い日になり雪が積もり始めました。その夕方またもや地震が地鳴りを伴って起こったのです。

補説1 「淳和天皇日録《じゅんなてんのうにちろく》」とは、淳和が晝御座《ひのおまし》の御帳臺《みちょうだい》（天皇の休息所）に置かれた御厨子《みずし》の中にあって、公私にわたる行動や述懐《じゅっかい》を躬《みずか》ら記した記録である、と想定した。

中国では、「起居注《ききょちゅう》」といって皇帝の日々の言行を記した日記体の記録があった。それに基づいて皇帝の一代記である「實録《じつろく》」が編纂された。周代《しゅうだい》に始まると言われるが、記録に残るのは後漢《ごかん》の「明帝起居注《めいていききょちゅう》」である。筆記をする近侍の官も起居注といい、唐代には門下《もんか》起居郎《ききょろう》・起居舎人《ききょしゃじん》がこれに当る。

日本では律令制の太政官に属する「外記《げき》」がこれに相当する。その職掌に天皇の動静の記録が加わった事は、延暦二（七八三）年官位相当が引き上げられ、延暦九（七九〇）年に「外記別日記《げきべつにっき》」（日次日記とは別に、事の詳細を記録した）が存在する事、弘仁六（八一五）年嵯峨が外記の職務に天皇の日々の動静を記録する事を加えて（中務省の内記《ないき》が務めていたのを、外記も共にその場に控えて外記日記をつけることにする）、内《だい》裏儀式書《りぎしきしょ》を編纂する史料にしようと図った事、から推測できる。

日録という名称は、古代中国でも日付を伴わない考証・語録・教訓などに用いる一方、日次記《ひなみき》の意味でも用いていたという。皇帝の起居注＝日録にも両方が存在あるいは混在したと思われる。

『續日本後記《しょくにほんこうき》』（仁明朝についての勅撰歴史書）には、仁明が所有する隼《はやぶさ》（狩に使う）への愛を「鷹賦《ようふ》」（芸《げい》文類聚《もんるいじゅう》）の詩句を用いて記録している個所（承和三年二月二十日條）、仁明崩伝に薬石《やくせき》について侍臣に語ったとして、幼時（淳和の指導で）から晩年まで丹薬《たんやく》を服用してきた詳細が記録してある事（嘉祥《かしょう》三年三月二十一日條）、など仁明自身の記した「日録」が基にあったことを想像させる内容がある。

以上を参照して「淳和天皇日録」を作った。原文は殆ど漢文で書かれたはずで、それの現代語訳と思っていただきたい。

補説2　小町が産声をあげた天長四（八二七）年、大地震発生以後を見ると、十月二十日の音樂会で淳和天皇《じゅんなてんのう》と正《まさ》良皇太子《らこうたいし》が演じた連れ舞をピークに、その前後一か月余りが群発地震の終焉を予感できた期間だった。それではこの義理の国王父子の発揮した不可思議の力は、新仏教の神呪力を超えたかというとそうも言えない。大般若會が終わってから、明けて天長五年二月までは地震の記録がない。しかしその後も月に数度の地震、五月二十三日には大洪水で山が崩れ、六月二十三日再び大雨で水が溢れ山崩れのあった直後、六月二十五日に大震に見舞われて再三山崩れが起こり、淳和は遂に二度目の罪己詔《ざいきしょう》を発布する。

小町が生まれたのは天長四年春、と想定する。五月十四日には淳和に恒貞親王《つねさだしんのう》が生まれ、八月に皇太子正良と順子《のぶこ》（藤原冬嗣と藤原美都子の娘）の間に道康王《みちやすおう》が誕《う》まれている。生まれたばかりでまだ名もない王子にもその日から乳が必要となるので予め哺乳できる乳母を定めておく。
親王の乳母は三人というのが令の決まりだが、嵯峨上皇《さがじょうこう》の側近藤原三守《ふじわらのみもり》の妻である安万子《あまこ》（嘉智子皇太后の姉）は、正良親王の生まれた時に甥（妹・嘉智子皇后所生の第一皇子正良＝仁明）の乳母になったらしい。その年（弘仁元年）安万子は、嘉智子《かちこ》の一歳年上だったとしても既に二十七歳になるが、無位から従四位下に特進した。以後、典侍《てんじ》を兼ねて宮廷に仕えて七年後に他界した。

三守と安万子の娘で、後に仁明（正良）の女御になって三人の皇子女を儲ける貞子《さだこ》は、正良の乳母子《めのとご》と思われる。立太子の時も正良は、三守の邸を里として内裏に入り立坊《りつぼう》（春宮坊《とうぐうぼう》を立てる＝立太子）した。そして今、三守の婿である篁《たかむら》に女児が生まれたのである。篁の妻が貞子の妹（『篁物語』では三人姉妹の末娘）とすれば、十六歳ぐらいの若さである。彼女は嵯峨上皇に望まれて正良皇太子の第一皇子の乳母となった、との推理によって作品中で「禮子《ゐやこ》」と名づけ、小町は後の文徳天皇《もんとくてんのう》（道康）の乳母子であると想定する。（図3）

補説3　淳和天皇御製と仮定した二首の吉野川の歌は、『古今集』［戀歌］四九二番歌と八二八番歌で、いずれも詠み人知らずとして入集している。三首目の古歌は、『古事記』に雄略天皇《ゆうりゃくてんのう》が吉野川のほとりで琴を弾き、童女《どうじょ》に舞わせた時の御歌とされる。

図3　主要登場人物相関図

〔 〕内は推測　★は重出　太字は主要登場人物。

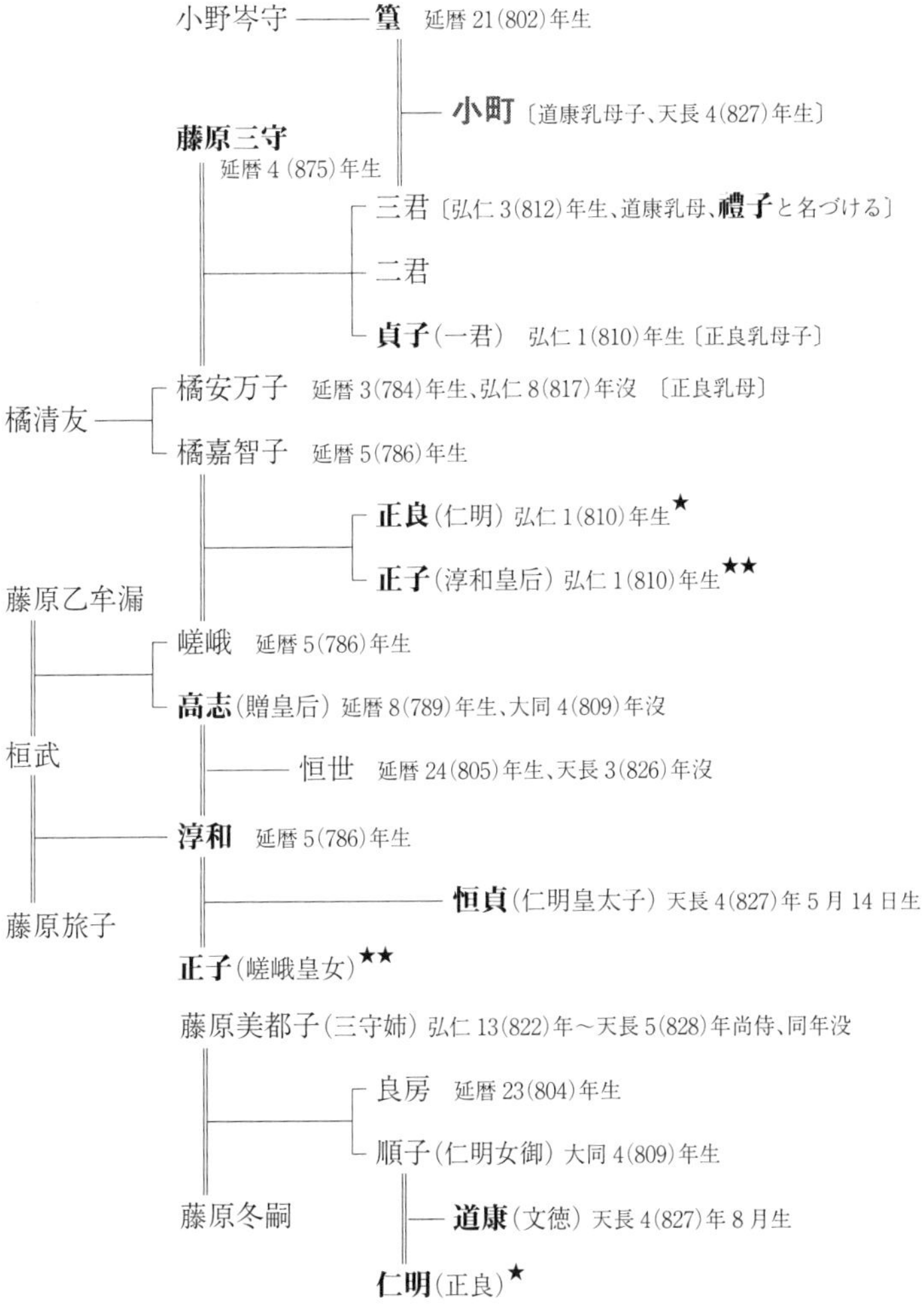
小野岑守
篁 延暦21(802)年生
小町〔道康乳母子、天長4(827)年生〕
藤原三守
延暦4(875)年生
三君〔弘仁3(812)年生、道康乳母、**禮子**と名づける〕
二君
貞子(一君)　弘仁1(810)年生〔正良乳母子〕
橘清友
橘安万子　延暦3(784)年生、弘仁8(817)年没　〔正良乳母〕
橘嘉智子　延暦5(786)年生
正良(仁明) 弘仁1(810)年生★
正子(淳和皇后) 弘仁1(810)年生★★
藤原乙牟漏
嵯峨　延暦5(786)年生
高志(贈皇后) 延暦8(789)年生、大同4(809)年没
桓武
恒世　延暦24(805)年生、天長3(826)年没
淳和　延暦5(786)年生
恒貞(仁明皇太子) 天長4(827)年5月14日生
藤原旅子
正子(嵯峨皇女)★★
藤原美都子(三守姉) 弘仁13(822)年～天長5(828)年尚侍、同年没
良房　延暦23(804)年生
順子(仁明女御) 大同4(809)年生
藤原冬嗣
道康(文徳) 天長4(827)年8月生
仁明(正良)★

第四章　禮子《ゐやこ》という女（小町、『篁物語《たかむらものがたり》』を読んで母を知る事）

篁《たかむら》の妻で小町の生みの親である藤原三守《ふじわらのみもり》の三女を、禮子《ゐやこ》と名づけよう（前頁図3）。彼女は道康《みちやす》（後の文徳《もんとく》）の乳母《めのと》に選ばれた時十六歳、利発な娘ではあったが「禮」の名に相応《ふさわ》しいうやうやしさはまだなく、篁に望まれて（『篁物語』では姉二人は断って三女が承諾した事になっている）結婚し、漸く篁の性格も理解し始めて一女（小町）を儲けたのに、宮廷での生活が性《しょう》に合ったとみえて、母の安万子《あまこ》同様に、内侍《ないし》を兼ねて宮仕えを続けていた。父の三守はなかなかの美丈夫で、その姉美《み》都子《つこ》は藤原冬嗣《ふじわらのふゆつぐ》に嫁して良房《よしふさ》らの兄弟を儲けているのだから、禮子も聡明な美人だったはずだ。そして篁もこうした状況をむしろ幸いとし、小町は父である自分が養育すると決めていた。小町もまたそれに相応しい利発な少女だったのである。ただ、少女が母親について複雑な感情を抱えていることは、父親には解らなかった。

小野屋敷には書殿《ふみどの》が建てられた。篁は大地震を教訓にして、二條邸ではなく山科に、別棟を新築したのである。外壁を塗り籠めて入口は杉の板戸にし、片側に並べた二階厨子《にかいずし》（両開き戸で二段になった戸棚）や唐櫃《からびつ》（中国風・六本脚・蓋付の物入れ）の中身も、珍しい古詩や文集・楽器類が主で、向い側は書棚を何段にも設《しつら》えて梁《はり》まで届くほどに蔵書を積み上げた。小町にはとても上の方まで手が届かなかったが、父に入室を許されて読書という楽しみも知り、日中をここで過ごすことが多くなっていく。篁が訪れた時は中央の机案《つくえ》に相対して漢詩集や史書を学ぶが、日本の歌集や物語類は、下の方の棚にさり気なくおろされてあった。そのうち新着の唐伝奇《とうでんき》（小説）が加わって、小町は自《おの》ずから舶来の書物の伝播者《でんぱしゃ》になっていくのだが、それはまだ先の話。まずは近頃の武勇伝を披露しよう。

部屋の隅には脚榻子《きゃたつ》（踏台）がうっすらと塵に覆われていた。篁は淳和朝の末年大宰少貳《だざいのしょうに》になって赴任していたが、淳和《じゅんな》が正良《まさら》に譲位して仁明朝《にんみょうちょう》に改まったため、少貳は遥任《ようにん》となって呼び戻され、皇太子・恒貞《つねさだ》の東宮學士《とうぐうがくし》に任ぜられた。その頃から小町の教育（文武とも）にも熱が入るのだが、俄かに彈正少弼《だんじょうしょうひつ》（二等官）に昇進し、一方『令義解《りょうのぎげ》』の論議に加わり序を書くなど、働き盛りと代替わりが重なってなかなか多忙である。更に承和《じょうわ》（改元して）の遣唐副使《けんとうふくし》に選ばれるが、やがて狷介《けんかい》の性を発揮して大使藤原常嗣《ふじわらのつねつぐ》と争い乗船を拒否、小町は隠岐《おき》に流罪になった父と隔てられて青春を生きることになる。だが、それは先の先の話。

今は篁の訪れがない日にも退屈はしない。ただ、手の届くところの本はほぼ読み尽した。となると脚榻子を使って、あの梁の上に何があるか探ってみたくなるではないか。

篁は遣唐副使に任ぜられると、早速馬を馳せて大宰府《だざいふ》へ向った。少貳の職務は篁在京中は筑《ちく》前守《ぜんのかみ》が代行し、権守《ごんのかみ》に在地の小野末嗣《おののすえつぐ》という優能な同族の青年を任用していたが、大使の藤原常嗣は京にあって準備に追われていた時期である。だが篁にとって西海への往還は馴れた旅で、先ずは海外へ解纜《かいらん》（出帆）する地の現状をつぶさに視察し、諸般の事情に通暁しておきたかった。

父が暫く留守にするのは、小町には絶好のチャンスである。脚榻子の塵を払って書棚のある壁の中ほどまで持ち出した。高いところに上るのもお手のもの。袴だけになってよいしょと登ってみると、梁の上は思いのほかに広かった。置いてあったのは、上下の帙《ちつ》（数巻一部の書物を包む覆い）に入った十巻の『養生要集《ようじょうようしゅう》』と、『篁物語《たかむらものがたり》』と題した冊子だけだった。『養生要集』の方は肝心なところに絵まで入っていたが、少女の見るべきでない秘密のような気がして、ちょっと開いたあとで元に返しておいた。『篁物語』は同じ秘密でも小町も知っておくべき事に思われた。以後、彼女はこの物語の虜《とりこ》になる。

✤

美濃紙《みのがみ》を二十枚ばかり袋綴じにして、表紙には筆太にただ篁物語とだけ草書《そうしょ》で記されていた。

綴じ目は麻糸で固く結ばれ、開いてみると小町にも読みやすい草の仮名で、「於也乃以止与久加之津幾介留人乃武春女阿里介利（おやのいとよくかしつきける人のむすめありけり）」と書き始められている。

この「人のむすめ」は誰なのだろう。父篁の物語なら、私の母の事か。父の腹違いの姉妹《いもうと》らしくもあるけれど、私と同じ様に漢籍を学び始めている。父が學生《がくしょう》の頃の話だ。と心を引かれて読み進めるとすぐ、恋歌のやりとりになる。それも使いを立ててではなく講書の最中に。少女の私は父と相対して学べるが、母は御簾《みす》の内に几帳《きちょう》も立てていたのに、いつの間にか中にすべり入って角筆《かくひつ》（象牙や竹を削って作ったペンのようなもの）で書いたこんな歌を渡している。なんと今めいたやり方でしょう。

中にゆく吉野の河はあせななむ妹背《いもせ》の山を越えて見るべく

（あなたと私の間を流れる吉野川が干上ってほしい。妹山と背山がじかにむかいあえるように。）

すぐに母は返歌する。

妹背山かげだに見えでやみぬべく吉野の河は濁れとぞ思ふ

（妹背山がその影すら見られないで済むように、吉野川が濁ればいいと思いますわ。）

ここまで来て、これは私の母ではない、腹違いの姉の母なのだと気がついた。

続けて、また男、

濁る瀬はしばしばかりぞ水しあらば澄みなむとこそ頼み渡らめ
（川が濁ってもほんの一時のこと。水さえ流れていればやがて川は澄む《あなたのもとにいつか私は住む》と信じつづけます。）

女、

淵瀬《ふちせ》をばいかに知りてか渡らむと心を先に人の言ふらむ
（どこが淵どこが瀬と（私の思いが深いか浅いか）知りもせず、どう見分けて渡ろうとおっしゃるの？）

男、

身のならむ淵瀬も知らず妹背川降り立ちぬべき心地のみして
（淵となるか瀬となるか、それはわからない。ただ妹背川には降りたたずにはいられない《恋しさを抑えがたい》のです。）

と「男と女」の恋物語になっていく。
私が乳母から聞いているのは、父に六歳違いの姉がいるという事。姉が生まれた頃父が學生だったのは事実らしい。けれど私が生まれたのは地震の年で、それも母の胎内での記憶のように不確かな事実だ。その時父は大宰府から二條の邸に帰って程なくで、私は邸内の塗籠《ぬりごめ》に乳母の松女《まつめ》と避難して助かったとも聞いているが、義母はどこに居たのだろう。

私でも、こんな恋歌を渡されたら返歌するに決まっているわ。でもその切り返し方のなんと上手なこと。漢籍を習う前に女のする教養は全部身につけたと書いてあるけれど、恋歌もすらすら詠《うた》えるようになっていたのね。私は吉野の柘枝《つみのえ》の物語をこの間読んだばかり。その吉野では背の山と妹の山の間を河が隔てていて、柘枝（桑の枝、実は仙女）はこの河を流れてきたのでしょう。そして渓流で梁漁《やなりょう》をしていた味稲《うましね》（漁師）と結ばれるのだけれど、吉野河には両側の山の姿が映っていて、その大きな影に向って「濁って見えなくなれ」だなんて、吉野の景色も強い女心も目に見えるようで、お父さまが夢中になっていくのが分ります。神秘な吉野の国が話題にされる恋の成り行きには私もわくわくします。

その次は「師走の月」の話。月を眺めながら二人が廂《ひさし》（宮殿や貴族邸の母屋の周りで、一段低く造った板敷の場所）に出て語り合っていると、多分松女と思われる人が「まあ凄《すさま》じい」とたしなめるのです。秋ではなくて冬の月というのがいいじゃないの。

年が明けて二月の初午《はつうま》に、女は願いごとがあって稲荷詣に出かけます。二條の邸からでは歩くには遠いので、多分深草《ふかくさ》の別邸から行ったのよ。侍女と女童と皆で五人、お姫さまは舶来の桜色の細長《ほそなが》（姫君が重ねの上に着る脇の開いた長着）が上品だけれど夏物なので、その上に白綾の細長を重ねて、それが何と今日のために紫の露草で華やかな模様を染めだした（花染）もので、裾を折って着た旅姿はすごく目立ったはずだわ。篁も男童三・四人と見張りについて行くのだけれど、早速貴公子に目を付けられてしまった。

父は學生ですから将来は有望でもまだ親がかりの無位でしょう。相手は二十歳ぐらいでもう兵《ひょう》衛佐《えのすけ》（貴族の子弟が任じられる武官）になっている美丈夫で、実は大納言《だいなごん》の子だった。疲れて道に蹲《うずくま》っている女に「あなたを輿《こし》にお乗せして后の峯に据えてあげたいな。帝にはこの私がなって」なんて戯言《たわれごと》を言って、馬から降りて来て歌を詠み懸けるの。女も例の上手な歌で切り返すのだけれど危ないこと。無論お父さまは怒って女を車に押し込んで連れ帰ったわ。

兵衛佐の方でも女の家をつきとめて、使いの童《わらわ》に恋文を持たせてよこしたけれど、文は粗雑だし歌ときたら全く下手なのよ。何回かやり取りがあって、最後にはお父さまが童に「お返事を差し上げるはずの方は、夕べ男に盗まれてしまったので、これから捜しに行く。この文の主こそ怪しいから案内してくれ」とこちらも戯言で童を追い返して、兵衛佐は諦めたという話です。

✣

それまでの男の文や歌はみな女が受け取ったことになっているので事実だとしても、兵衛佐が心の中で思ったことや童に指図するところは、篁にも知りようがないのですから作り話ですよね。男が「兵衛佐」だというのだって偽《うそ》かもしれない。いくら大納言の子でも「年二十ばかり」でなるなんて若すぎます。でもこの話の元になった事件のために、父と義母はお互いに自分の心の内を曝《さら》して確かめ合うはめに落ちて、二人の仲は堰が切れてしまったのだと思うわ。「いかでか入りけむ、この妹《いもうと》の寝たる所へ入りにけり。」というのは事実でしょう。

そうして『篁物語』にはもう一つ、もっと大事な偽があります。義母が私の姉を産んだという事実が、消されているのです。一夜だけの逢瀬《おうせ》の後、昼間はいつも向き合っているのに夜は逢えないまま、女の孕《はら》んだことが侍女たちから母親にも知られ、一方篁は大學での宴席から橘の実を貰ってきて、

あだに散る花橘《はなたちばな》のにほひには緑の衣《きぬ》の香こそまさらめ

という歌を添えて渡したことになっています。

岑守《みねもり》お祖父さまは、「二人とも、もう分別のある大人なのだから、結婚させてやればよろしい。」とおっしゃった。

〔古代日本で異母兄妹婚はタブーではなかった。大伴親王《おおともしんのう》〈淳和〉と高志内親王《こしないしんのう》も異母兄妹である。〕

でも母親は娘を宮仕えさせようと厳しく育てていたのでますます怒って、父の目の前で無理に娘の手を摑んで蔵部屋に連れていって押し籠めた、これも実際にあったことでしょう。暗い部屋に閉じ込められて、義母は殆ど絶食して死ぬのですが、胎内の子はどうなったのかしら。確かにその時生まれた私の姉が居るのに物語には描かれていない。

息の絶え際《ぎわ》に女が、

消え果てて身こそはるかになり果てめ夢の魂君にあひ添へ

（このまま死んで身体はあなたと離れてしまっても、私の魂はあなたの夢に出てきて一緒に居たい。）

と詠うのですが、父には死んだ魂が夢に出てくるなんてまだ信じられない。女はそれきり物を言わなくなって、父が「死ぬ」と泣き騒いだので、やっと部屋の鍵が開けられて絶え入っているのが判ると、親たちは穢《けが》れを懼《おそ》れて逃げてしまうの。その後で父が入って見ると妹は死に臥していた。ところが夜中に、泣き臥していた父の夢に現れて、添い臥して泣きながら話す声は生前のまま、二人でいろいろ語り合って、泣き泣き抱こうとするが手にも触れない。

父はその後、遺体を清め部屋を払って花を供え香を焚き、離れた所に火をともして座っていると、妹の魂が夜ごとに訪れては二人で泣きながら語り合ったそうです。父は涙ですった墨で法華經を写して七日ごとの法要を欠かさずしますが、七七忌が果てても魂はほのめく事を止めなかった。三年過ぎると夢にもあまり出てこなくなったけれど、父はまだ悲しくて結婚せず独身でいたのですって。

✣

三年過ぎた頃から父は『篁物語』を書き始めたのだと思います。本当は生まれた私の異母姉は死穢《しえ》に触れないように急いで連れ出されたのでしょう。現場はもっと血塗られていたはずです。でも物語ではそれは拭われていて、死後にまで続く恋だけが物語られています。夢の中にいる時に恋歌は凄いのが出来ても、恋物語は書けないわ。夢から覚めると、もっと夢の中にいたかったという思いが募って、夢だけを物語ろうとするでしょう？　それが恋物語を生むのね。恋歌がその中で生かされて、おもしろい物語が出来る。

〔弘仁十四（八二三）年に篁は文章生試《もんじょうしょうし》に及第、翌年一月冬嗣の長男・長良《ながら》が従五位下になり左兵衛佐《さひょうえのすけ》に任官、九月篁が巡察彈正《じゅんさつだんじょう》に任用された。物語の中に、除目《じもく》で話題になった若き左兵衛佐を取り込むというアイデアが生まれたか。〕

その頃父は文章生試に及第して、巡察彈正に任官するまでの一年間、祖父（岑守）は大宰大弐《だざいのたいに》で筑紫《つくし》に行っていたので、二條邸で『篁物語』を書いたのだと思います。松女もそこで姉を育てていたのかしら。もしかすると、祖母（岑守の正妻）の邸に引き取られていたのか。いいえ児《ちご》に罪はないのだし、実の祖母も乳母（松女の母）も深草の邸に戻ってきているはずなので、案外早く深草に帰っていたのか、私には分らない。また、父も家に籠ってばかりいる人ではないので、筑紫まで騎馬で行って来たかもしれない。今もそうなのですから、きっとそうです。

ただ、物語はそこで終らないの。三年経って妹の魂がほのめかなくなった頃、父は結婚を考えるようになった。読書の合間に父から聞いたことがあるわ。「奉右大臣」という漢文で書いた結婚願を作ったと。右大臣の冬嗣には十二娘《じゅうにじょう》なんて居なかったけれど、賢い十二人目のお嬢さまを下さいと、學生の篁が右大臣に書状を奉る形にして真情を吐露したのだと聞きました。中国で家柄のいいお嬢さまに結婚を申込む時は、親に書状を差し上げるのが正式で、お互いに文才を競うのだそうです。おもしろいのが出来たので、右大臣冬嗣にではなく三守卿にその書状をお見せしたということです。

『篁物語』の方では、右大臣（実は三守）が参内なさる道に、跪《ひざまず》いて書状を奉った事になっています。また御むすめは三人になっている。これは三守家の三娘のことでしょう。ならば、結婚を承知した三君《さんのきみ》は私の母です。物語では上の二人が断って第三娘だけが「お父さまのお言葉に従います」と言ったことになっていますが、父は本当は「第三娘を下さい」と書き直したのを差しあげたのだと思うわ。大君《おおいぎみ》（第一娘）の貞子《さだこ》姫は、今や仁明天皇の後宮に入っていらっしゃるのよ。当時からそのつもりで育てられていた事は、父もよく知っていたはずですから。

ここから文体がすっかり変わって、右大臣家の方々には（前の恋物語とは違って）丁寧な詞《ことば》づかいになっているし、文章がたどたどしいのはまだ書きかけなのでしょう。それで梁の上に隠して大宰府へ行っておしまいになったのだわ。


三守卿は寝殿をきれいに設えて篁をお呼びになった。母は帳台《ちょうだい》（座所や寝所として屋内に置かれた）の中でどきどきしながら待っていたでしょう。だって、漢文での結婚申込みなんて聞いたこともない。まだ恋歌の一首も貰っていないのよ。どんな男が現れるか想像もつかなかったでしょう。そこへ破れて汚い衣を着て、古くてぶくぶくの文巻《ふみまき》を抱えてやってきた。文巻は姫君に差しあげるつもりだったのに母（姫）が驚いて断ったものだから、お父さまはそのまま帳台からさっさと出て行こうとしたのね。すると母は革帯（多分汚れた）を（多分後ろから）摑んで引き止めた。これは凄く大胆なことよ。まるで前の恋の時とは反対だわ。

右大臣は娘の行為を「賢明なふるまいだったよ。」と二度も繰り返して喜ばれたと書いてあります。男が帰ってしまえば、結婚は成り立たないので人聞きが悪いのは確かよ。けれど、祖父（三守）が喜んだのは世間離れした父を受け入れて理解しようと決めた娘の賢さを知ったから。母がとっさに引き止めたのも世間体ではなくてこの男を知りたいという思いが激しく動いたからだと思います。

私はそんな母の娘だと判った。でも何故母に会った記憶がないのか。

✤

さて篁は三日目の夜（露顕《ところあらわし》＝披露宴）には、童を一人だけ連れて（普通は供を大勢連れて行く）やってきたのですが…。

その先の話がまだあるのです。この頃、夢の中に出てこなくなっていたはずの亡霊を再び呼び出すかのように、深草の邸の妹が閉じ込められていた部屋に行って、悲しみに耽りながら寝ていると妹が現れて、

見し人にそれかあらぬかおぼつかなもの忘れせじと思ひしものを

（この方は、私が契った方かどうかはっきりしませんわ。もの忘れは為さるまいと思っていましたのに、私のことを忘れておしまいになるなんて。）

と言ったので、父はその屋に何日も籠って泣いていた。七日ほど経って三守邸へ行くとお祖父さまが「何故お出でにならなかった。」とおっしゃったので、ありのままを話したそうです。もちろん母も凡《すべ》てを聞いていた。

どうしてこんな話まで書きとめたのかしら。妹との幽明を隔てての恋が実は終っていない事を言いたかったのか、それとも私の母の賢明さを試そうとしたのか。お父さまも随分我儘《わがまま》だと思うけれど、お母さまの賢さはそれに耐える事で輝きを増していきます。

母は父の昔人《むかしびと》（故人）の事を知らないで結婚したのを恥じながら、

飽かずして過ぎける人の魂《たましひ》に生ける心を見せ給ふらん

（愛し足りないうちに亡くなってしまった人の霊魂に、あなたは今も生身の愛をお示しになっているのでしょう。）

と、そのような恋に心を打たれたことを詠って、「私にはそんな事はなさらないでね。ただ、私の後の世はどうなるのかしら。」と言った。

すると父は「何故そんなことをお思いになる。こんなことでは、行く末はどうなることか。試しに別れてみますか。」と厭《あ》くまでも母に厳しいのよ。

別れなばおのが魂魂《たまたま》なりぬともおどろかさねばあらじとぞ思ふ

（あなたと私が別れたとしたら、魂も離れ離れになってしまいますが、それでも通ってきて相手の魂を動かすようでないなら、真の夫婦ではないと思う。）

と返して更に
「はじめ私が帰ろうとしたのをあなたが引き止めて、今日まで私を通わせておかれたのだよ。亡き妹の恨みまで解って下さるあなたは、何とうるさい人だろう（うるさしかし）。」と言った。でもこれ、新しい結婚の形を作ろうと思う相手として不足はないと、実は認めているのではないかしら。

『篁物語』はそこで終っている。お父さまが大宰府から帰ってくるまで、私は書殿に籠っては読み耽った、というか考え抜いたお陰で随分大人びたと思います。殆ど諳《そら》んじてしまった冊子は、元の梁の上にそっと戻してあります。

補説1　『篁物語《たかむらものがたり》』は『小《お》野《のの》篁《たかむら》集《しゅう》』とも『篁日記《たかむらにっき》』とも言われて、書名は伝えられながらも中世の半ばから本は姿を消していた。秘蔵されていた伝本が発見され紹介され始めたのは昭和になってからで、現存する諸本は三種だけであるが内容はほぼ共通する。それによると続きがあって、「この男は」若いうちはほかに夜がれ（妻のもとへ来ない事）もしていたが、出世して宰相《さいしょう》（參議）以上になった篁であって、三の君の姉二人はもっと身分の低い男の妻にしか成れなかったという。そして三の君はこの上なく大切にされ、子孫もみな歌詠みになったとされる。最後は、「今の人、まさに大學の衆を婿にとる大臣もあらむや。ただ、心高き、才《ざえ》を、とり給ふなるべし。また、あらじかし、かやうに思ひて、文作る人は。」と結ばれている。

小町が『篁物語』の草稿を見たとすればこの前まで、「この男は」以下の部分は後世に付加されたものと考えた。

なお「姉妹」について、平安時代には兄弟からみて姉妹を年齢に関係なく「いもうと」(妹人の音便形)と言っている。

補説2　『篁物語』の中の歌の表記は草仮名《そうがな》であるが、小説中では、平野由紀子『小野篁集全釈』に依り、平仮名に常用した漢字も交え、濁点を施してある表記に従った。歌の口語訳も参考にさせていただいた。

第五章　『傳奇鶯鶯事《でんきおうおうのこと》』（私は鶯鶯なのです／篁の心配）

お父さまが大宰府からお帰りになった。舶来の書籍をたくさん西海の土産として持ってお帰りになった。私には元稹《げんしん》の『傳奇鶯鶯事《でんきおうおうのこと》』という本を下さった。

お留守の間私は乗馬することが出来なかったので、まずは馬場に連れ出された。松女《まつめ》は相変らず、馬戯《ばぎ》は姫君に相応《ふさわ》しくない、打毬《だきゅう》などもっての外と止めたけれど。お父さまは私の背丈が半年で見違えるほど伸びたのに驚かれた。私はといえばすぐに騎乗の勘を取り戻し、久しぶりの打毬は随身《ずいじん》の童《わらわ》二人も加わって楽しかった。でも今はそれより、早く『鶯鶯事』を読みたくてならなかった。

ところが書殿《ふみどの》でお父さまと二人きりで相対した時、以前には覚えたことのない恥ずかしさが私を襲った。馬場で「大きくなったな」と言われた時には全く感じなかった気持ちです。私はお父さまの秘密を知ってしまった。父を男として考えるようになって、私の心はすっかり大人びてしまったのに、お父さまはそれをご存知ない。と思うと、顔をあげられないのでした。でも父の目はまじまじと私を見つめている。私が美しく成長したことに心を動かされていらっしゃるのが判りました。

「この本はね、ちょっと君には難かしいかもしれない。」と、一度下さった『鶯鶯事』を引っ込めそうなそぶりをなさったので、私は俯《うつむ》いたまま机案《つくえ》の上に置かれた本を抱え込みました。「いいの。一人で読んでみます。」と言うと、私のむきになった態度に苦笑いなさりながら、「詩には使わないような言葉がたくさん出てくるのだよ。」と言われる。

『傳奇』というのは何かしら。ぱらぱら繙《ひもと》いてみると、確かに詩ではなくて文章で書かれているけれど、それならこれまでの様に教えて下さっても良いはず。敢てそうなさりたくない風だったのは、訛った俗語を用いてあるだけでなくて、きっと内容が憚《はばか》られるのでしょう。お父さまが『篁物語《たかむらものがたり》』を隠しておかれたのと似ているのね、『傳奇鶯鶯事』は。それならやはり私は一人で読んでみようと思いました。

✣

この中国の恋物語は、『篁物語』が「出でてまかりしを、引きとどめて、今日までさぶらはせ給ふ、うるさしかし（はじめ私が帰ろうとしたのをあなたが引きとめて、今日まで私を通わせて置かれたのだよ。亡き妹の恨みまで解って下さるあなたは何とうるさい人だろう）。」までで未完になっている所から出発して、私の二人の母を合体したかのような女になっていく鶯鶯の話でした。決して浮薄な作り話ではなくて、女の生き方を突き付けられて私はすっかり大人にさせられてしまいました。

張生《ちょうせい》という穏やかで美しい二十三歳の男子が、非常に誠実でまだ女を知らないのですが、「自分こそ真の好色で、まだ心に適《かな》った相手に出会っていないだけなんだ。」と言っていたの。彼は官吏になるために文戦《ぶんせん》（科挙の試験）に挑もうと考えているのだけれど、その頃蒲州《ほしゅう》へ旅して「普《ふ》救寺《きゅうじ》」という寺に泊った時、財産家の崔《さい》氏の未亡人が長安に帰る途中で子どもや大勢の召使と同じ寺に泊っていた。ところが、軍が反乱を起こして略奪に遭いそうになったのを、張が知人の将校に頼んで助けてあげた。それで崔の未亡人の鄭《てい》氏（張生の母も鄭氏で親戚だった）は張に感謝して宴を催し、そこで娘で十七歳の鶯鶯と出会ったのです。

〔中国では、正妻も婚姻によって姓は変わらず、生家の姓による。〕

娘が鶯鶯と呼ばれていたことは、最後まで読んで始めて分ります。李公垂《りこうすい》（李紳）という人が元稹からこの話を聞いて、『鶯鶯事』と題名を付けた事になっている。元稹がこの話を書いたという事だって、張生が鶯鶯に贈った「會眞《かいしん》（仙女に会う）詩《し》三十韻」に感動して「續會眞詩《ぞくかいしんし》」という長詩を親友の元稹が作ったということで、張の詩はなくて元稹の詩だけが出てくるので、ああこれが「傳奇」というものなのね、張生は実は元稹その人なのだと判ります。話の中で張生は二度目の試験に合格して鶯鶯を捨ててしまう。理由は「尤物《ゆうぶつ》」（特に選《す》ぐれた美人）は自分を滅ぼすか相手を破滅させるか、そのため国を滅ぼした昔の王の例はいくつもあって、私の徳はそんな災いに勝つほどのものではないから感情を押し殺すことにした。そういうと男たちはみな張の決断を賞《ほ》めるのよ。でも元稹の本心は「續會眞詩」に籠められているのだと、私は思いました。この詩には鶯鶯との密会の事が、細密に写し出されていました。

お父さまがためらったのは、正式に結婚の申込みをしないで道ならぬ恋に深入りする二人を有りのままに書いた物語に共感しながら、娘にはまだそこまで知らせるのは早かったなと思い返したからでしょう。私が『篁物語』を読んでいるなんて知らないのですもの…。張生はその頃のお父さまよりもっと先の分らない試験前の書生ですが、そんな男と「詩」を通して恋に堕ちて、自分の恋心を正直に貫いていった鶯鶯の気持ち、私にはよく解りました。

✣

鶯鶯はまだ男には関心がなくて、詩書の中で夢みている少女でした。張生が好色なのに女を知らないというのと良い対照です。二人の運命の出会いが鄭氏の催した宴で、母に出てきて挨拶をしなさいと言われてもなかなか現れなかった。やっと出てきた鶯鶯は、平生の服のまま飾りも着けず化粧もせず髪も乱れたままなのに、顔色は特異な艶《なま》めかしさで光り輝いていて、人の心を動かす力があるのに張は驚きます。しかし母のわきに座ると無理に張に引き合わせられたのをひどく怨む風情で、目を合わせず一点を見詰めたまま、歳を聞かれても物も言いません。代りに鄭氏が「今年貞元《じょうげん》の庚辰《こうしん》年で十七歳になります。」と取り持って、とうとう一言も話すことなく別れたのでした。

お父さまは以前ほど度々ではないけれど書殿にいらっしゃって、同じように詩書を教えて下さいました。そんなある日、思い切って聞いてみました。「貞元の庚辰というのはいつ頃なのかしら?」ちょっと考えて、あの事かとお解りになって「延暦十九年だ。私が生まれたのが延暦二十一年で、鶯鶯の事件の終った頃だな。」と言われる。ああ、お祖父さまの頃ね、それなら「長恨歌《ちょうこんか》」よりずっと新しい時代の話なわけだ。作者の白樂天《はくらくてん》は確か元稹と…、と思い当たって「元稹は」と言いかけると即座に、「白樂天の『長恨歌』は読んだことがあるだろう? あれはお父さんが五・六歳の頃作られた物語詩で、今まで無かったような新しい詩だったのだよ。元稹は微之《びし》ともいって樂天より若いのだが、一緒に勉強して同年に及第した、しかも樂天より成績が上だったという天才で、詩人としても優れていた。二人とも貞元の頃に進士科には合格していて、『鶯鶯事』はその時の元稹の体験が元になっているらしい。」と、終りはしみじみと我が事を振返るかのように話して下さった。

俯いたままで「凄い話でした。」とだけ呟くと、改めて熱い視線が注がれるのを感じた。私が一人で最後まで読み切ったことに驚歎していらっしゃる。急に抱きしめられたように恥ずかしさが募って、違うのよと叫びそうになった。私は「鶯鶯」なのです。

✤

下仕えの紅娘《こうじょう》に、恋する張生は必死で取り入ります。紅娘が「お嬢さまは操《みさお》正しく身を守っておられる方で、お母さまさえ無理は言えません。鄭氏のご姻戚なら、正式に結婚を申込まれては如何ですか。」と言うのですが、張は「私はこれまで女の人に目を奪われたこともなく、道を踏み外したことは一切なかったのだが、崔氏に出会ってからは恋の病になって、他のことは何も手につかず物も喉に通らない。このままでは何か月も待つ間に死んでしまう。」と訴えた。同情した紅娘は、「お嬢さまは詩や文章がお上手で、よく詩句を口ずさみながら物思いに耽《ふけ》っていらっしゃいます。試しに恋心を訴えるような詩を送って、気を引いてご覧になっては？」と知恵を貸します。張生が早速「春詞」二首を作って紅娘に託しました。その夕方、鶯鶯は「明月三五夜」という詩を書いた文《ふみ》を返して交情が始まるのです。

紅娘が張生に届けた詩は、

　待月西廂下　迎風戸半開　拂牆花影動　疑是玉人來

　（月の出を西の廂《ひさし》の間で待つ、風を迎え入れるのに戸は半ば開けて、見ると垣根を揺らせて花影が動く、もしや玉のように美しい方がお出でなのか。）

この夜は二月十四日でしたが、張は詩の意味を察して、十六日の夕べ崔家の東側の杏《あんず》の樹によじ登って垣根を乗り越え西廂《せいそう》まで行くと、戸が半ば開いていて紅娘が牀《しょう》に寝ていました。室の奥には鶯鶯が居るはずよ。紅娘が目をさますと、「崔氏のお招きで来たのだ。私が来たと伝えてくれ。」と言われたので、慌てて奥へ行ってすぐさま、「来ました。来ました。」と鶯鶯を連れて現れました。張は驚くやら喜ぶやら、思いが遂げられそうです。

いいえ、それは大違いよ。鶯鶯は端正な服装で厳しい顔つき。戦乱から一家を守って下さったのには感謝しますが、仕女《しじょ》などに仲立ちさせて淫《みだ》らな詞《し》をくださるなんて何事でしょう、と怒るの。戦乱には正義のために子女を護るような顔をして、終ると不正な仕方で女を手に入れようとなさる。それでは不正を不正と取り換えるだけのことです。

初めは無視しようか、母に打ち明けようか、短い手紙でお招きして直接私の気持ちを申し上げようかと迷いましたが、必ずお出でになるようにと卑猥《ひわい》な詞で誘うことにしました。垣根を乗り越えてみえるなんて、恥かしいとお思いになりませんか? 礼を守ってお慎み下さい！ と言い終えると、袖を翻して行ってしまったのです。張は茫然自失して、絶望したと書いてありますが、鶯鶯の心中もどんなにか苦しかったでしょう。

✤

篁はこれまでになく心配が募っていた。小町の早熟ぶりが書物の中の鶯鶯に傾倒することで育《はぐく》まれたとすれば、母の禮子以上の美貌と相俟《あいま》って、夢物語ではなく現実に張生のような男と相思相愛に陥る可能性が高い。遣唐副使《けんとうふくし》に任じられた今、渡唐中に篁の目の届かない所でそれは起こるだろう。

ところで、鶯鶯の心中では張生に出会った時から葛藤が始まっていた。一度は拒んだものの、数日後張生が西廂で独り寝ていると突然、紅娘が衾枕《きんちん》（寝具）を持って来る。そして俄かに、紅娘に支えられて「嬌羞融冶《きょうしゅうゆうや》　力不能運支體（恥じらいを含んでなまめかしく、自分の身を運ぶ力さえない）」様子の崔鶯鶯が、夢うつつの張の前に現れる。十八日の月は寝台の半分を輝かし、仙女が降りて来たのかと疑われた。一晩中言葉を交わすことなく逢いに逢って、やがて寺の鐘が鳴る夜明け方、紅娘に促され「嬌啼宛轉《きょうていえんてん》（媚びを含んだ泣き声をあげ、身をくねらせながら）」連れ去られた。張生は「豈其夢邪？（夢ではなかったか）」と呟くが、明かるくなって見ると、白粉の跡や移り香が残り、敷物の上には涙がまだ「熒熒然《けいけいぜん》（きらきら）」と光っているのだった。

それから十日あまり音沙汰がなく、張生が思い余って「會眞詩《かいしんし》三十韻」を書いていると、紅娘がひょっこりやって来たので、鶯鶯にその詩を贈った。以後一か月、毎夜のように西廂で密会が続く。仙女に逢った事になぞらえて詠《うた》った詩に、明らかに鶯鶯が動かされたため深い仲になってしまうのだが、張生の詩はここでは紹介されない。代って、後にこの詩を読んだ元稹（作者）が唱和したという「續會眞詩三十韻」が、結び近くに載せられてある。

元稹の詩は実に斬新で、愛欲をなまなましい言葉で描いている。一部を掲げると、

轉面流花雪　登床抱綺叢　鴛鴦交頸舞　翡翠合歡籠　眉黛羞偏聚　脣朱暖更融
氣清蘭蕊馥　膚潤玉肌豐　無力慵移腕　多嬌愛斂躬　汗流珠點點　髮亂綠葱葱

さらにズームインしてみよう。「鴛鴦交頸《えんおうこうけい》舞」は「鴛鴦交頸」と「舞」に分解できる。日本にも奈良時代には伝来していた中国・南北朝撰『玉臺新詠《ぎょくだいしんえい》』の「古絶句四首」一首目は、『萬葉集』に「山上復有山（出《で》）」という万葉仮名として応用されたことで知られるが、その三首目は「南山一桂樹　上有雙鴛鴦　千年長交頸　歡愛不相忘」、樹上の雌雄の鴛鴦（おしどり）が頸を伸ばして絡め合ったまま、千年でもお互いに愛の歓びを忘れない、という。長江《ちょうこう》（揚子江）の下流で流行していた民謡から、キャッチフレーズになる四句だけを切り取って、繰り返し朗誦したものらしい。エロティックな恋歌なのだが、あくまでも静止画像で「舞」の要素はない。

古来鳥獣も人も区別なく舞うが、詩文では「鸞歌鳳舞《らんかほうぶ》」のように想像上の霊鳥が理想郷の山野で歌舞するイメージが強い。神話が生まれて国が形成され始めた当初から、鳳凰《ほうおう》（鸞《らん》も）は治世のシンボルとして国の神事に取り込まれ、王都に翔来して舞うことを願って、祭祀《さいし》の場で人によって舞われた。従って恋歌の「鴛鴦交頸」と神事での「舞」は本来親和的ではない。しかし「鸞歌」の語は「續會眞詩」の三聯目に既に「鸞歌拂井桐」と用いていて、「鳳舞」も当然元稹の念頭にはあった。

もちろん自然界の鳥たちも、例えば白鳩が庭に翔んで来て羽を振って交々《こもごも》鳴き合いながら舞う姿を舞曲にしたり（白鳩篇）、また「白紵歌《はくちょか》」という舞曲では、様々な鳥の比喩が用いられて、真白な春衣《しゅんい》をまとった佳人たちが、鳳凰を連想させる鵠《こく》（白鳥で高翔する）のように軽やかにゆっくり、やがて洋々《ひろびろ》と飛翔するかの如く、笛や琴に合わせ両の袂や羅《ら》の裳裾《もすそ》を翻して舞う。その姿は鸞鳳《らんほう》が翔ぶようだが、でも現実の人生は短いのだから早く仙界に飛んで行こうよ、と歌いながら佳人たちは舞い続ける。舞女の歌声が鳳歌のように梁《はり》に留まり、媚びを含んで嫋《たお》やかな舞姿がいつまでも君王の世で継続することをと願って…。時代を経ると共に、「四時白紵歌」（南朝・梁《りょう》）では翡翠《ひすい》が、唐《とう》の李白歌《りはくか》では鶴が登場するが、人間と神仙の距離感は保たれている。

元稹のテーマは全く別のところにある。この一句は、伝統を逆手にとってわざと「鴛鴦交頸」と「舞」を短絡させることで、いわば動画にして性愛をリアルに表そうとしたのだろう。

対句にされた「翡翠合歡籠」も同様な構成である。翡翠（かわせみ）は渓流にいて青い宝石とも言われ、繁殖期には雄が長い嘴の先を使って雌へ獲物をプレゼントして、番《つが》いが成立すると垂直な土手に巣穴を作るそうだ。「籠《こもる》」とは巣ごもる事だ。鴛鴦と翡翠は唐詩でよく対句にされているが、それらは自然の鳥そのものではなく、物に描かれているとか、建物の名前になっているとか、服の色や形を表すとかである。

そもそも『文選《もんぜん》』（梁《りょう》・昭明太子《しょうめいたいし》撰《せん》）に収録された「古詩」（後漢の頃）に、すでに「文綵雙鴛鴦裁爲合歡被（綾絹の模様は雌雄の鴛鴦、これを裁って共寝のふとんにしましょう）」と歌われている。これを転じて「傷美人賦」で「虚翡翠之珠被　空合歡之芳褥（翡翠合歓の共寝のふとんも今は空しい）」と嘆いたのは、先ほどの「四時白紵歌」を作った梁の沈約《しんやく》だった。

宮殿名としては、漢《かん》の長安宮に既に「鴛鴦殿《えんおうでん》」「合歡殿《ごうかんでん》」があり、唐代の歌にも「草緑鴛鴦殿花紅翡翠楼」などと歌われている。日本では平安京《へいあんきょう》の應天門《おうてんもん》左右の楼を棲鳳楼《せいほうろう》・翔鸞楼《しょうらんろう》と命名したが、発案者は唐帰りの菅原　清公《すがわらのきよきみ》だろう。それ以前『凌雲集《りょううんしゅう》』に載る清公の「途中聞笙《しょう》」という詩に、「寫鸞模鳳以吹笙」（鸞を写し鳳を模《ま》ねて笙を吹く）という句もある。さっそく唱和して「鳳皇吟《ほうおうぎん》」（嵯峨《さが》）・「鸞響・鳳形」（冬嗣《ふゆつぐ》）と転用は続く。これら連綿と変奏されていく言葉を辿《たど》って驚くのは、超自然（仙界）の鸞鳳だけでなく、自然に棲息する鳥たちも遥か古代から素材として扱われることで文化に組み込まれ、治世に加えられていくことだ。そして鳥獣たちは笙や歌舞につられて王宮に連れ出されて来る。

元稹の「翡翠合歡」のイメージは、全くこの伝統的な文脈に逆らう。翡翠は渓流に住む鳥の生態そのもので、「籠《こもる》」と組み合わせるやいなや、巣穴（狭い入口の奥は生殖の場で広くなっている）もどきの塗籠《ぬりごめ》の、ベッドルームと化する。この一句も他例はなくて、篁ならずとも見たことのない斬新な表現なのだ。

✤

こうして物語の文中で、「鶯鶯」が仕女に助けられて張生と逢った一夜の有様は、夢ではなく現実だった事が描かれてあった。それでも張生は、あれはやはり仙女だったと、三百言を積み上げて詩に詠っていた。それを贈られた鶯鶯が恋に絡めとられて行くのだが、肝心の「會真詩」は崔氏の手元にあって、張生に話を聞いた元稹は見ていないはずだ。にも拘らず「續會眞詩」で神仙世界を用いて、人間《じんかん》の愛欲を描き切って見せた。

　女が顔を背けるとその美しい面《おもて》に流れるのは花か雪か、
床上の寝台に登ると麗しい叢林《そうりん》に遊ぶ鶯さながら。
男と女は樹上に双栖《そうせい》する鴛鴦と化して頸を交え喜びの舞を舞い、
合歓(むつみあい)の末に番《つが》いになって籠《すご》った翡翠よろしく。
女は羞《はじら》いを含んで頻りに黛《くろ》く描いた眉を顰《ひそ》めつつ、
合わせた唇の朱は暖められて融けに融けゆき。
女体は秋蘭の雌しべのように馥郁《ふくいく》と清らかに香り、
玉のごとき肌膚《はだ》は豊かに潤い溢れて横たわる。
力尽き果てて露わな腕《かいな》を動かすのさえもの憂く、
屈《くぐ》められているつややかな肢体は愛嬌に満ちて。
したたる汗が点々と光る珠を連ねて肌膚《はだ》を流れ、
緑なす髪はほどけ乱れてあたかも草木の青々と茂るに任せた姿。
（第十一韻〜十八韻　訳）

張生の「會真詩」なるものを仮想してそれを介することで、現実から飛び立つことが表現上可能になる。しかしそれを生きることは危険この上ないと、夢から醒めた張生＝元稹は鶯鶯を遂に捨てることで官界入りを果たす。一方、鶯鶯は夢の世界を生きる道へ飛び立って、捨てた男への長文の手記を残した。物語の最後に、崔氏の愛称を「鶯鶯」としたのは、彼女の生き方から付けたあだ名なのだろう。

元稹は実際に彼女に貰った手紙（長文の手記）を物語の素材にしたので、これまた迫真の表現を可能にした。しかしいずれにしても、わが娘が感化されているとすれば、どうしたものか。

第六章　『傳奇鶯鶯事《でんきおうおうのこと》』つづき（小町、童女殿上《わらわてんじょう》／遣唐副使篁の休暇）

小町の母禮子《ゐやこ》は、後宮《こうきゅう》で小野の町《まち》と呼ばれた。始め正良《まさら》の住む東宮《とうぐう》に第一王子（道康王《みちやすおう》）の乳母《めのと》として仕えて、やがて淳和《じゅんな》の後宮にも出仕するようになったので、正良が即位するとそのまま仁《にん》明《みょう》に内侍《ないし》（＝掌侍《しょうじ》）として仕え、小野の町と呼ばれていたのである。当時は「女房《にょうぼう》」という言い方はまだなくて、女官が後宮に宿直するための曹司《ぞうし》（部屋）が並んでいるのを「町」と言った。『古今集』に三條町《さんじょうのまち》の歌一首が残るが彼女の本名は紀靜子《きのしずこ》で、小町と同世代である。一つ上の世代の小野の町は、篁《たかむら》に「うるさしかし」と言われるほど賢い女で、詩も解し歌も詠んだが、歴史には名を残していない。しかし禮子のお陰でその子はやがて童女殿上《わらわてんじょう》して「小町《こまち》」と名づけられる。

秋の一夜、久しぶりに三守《みもり》の邸に里居《さとい》中の禮子のもとを篁は訪れていた。二人の夫婦仲は悪いわけではない。ただ、張生《ちょうせい》と鶯鶯《おうおう》が初めて枕を共にした夜ひと言も言葉を交さなかったのと違い、また後に小町が「秋の夜も名のみなりけり逢ふといへば言ぞともなく明けぬるものを」と詠《うた》ったのとも異なって、同衾《どうきん》して一夜を語り明かしたのである。もちろん小町の行く末についての論議が主だった。

「渡唐はいつ頃になりますかしら?」

「年が明けると賀茂神社への奉幣《ほうへい》に始まって、節刀《せっとう》を賜るまで次々と準備や行事に追われるだろうよ。夏には出発だな。」

と妻の瞳を覗きこみながら、

「その前にもう一度大宰府《だざいふ》まで行ってくる。まず難波津《なにわづ》で遣唐使船の建造を観察してから、途中備前《びぜん》の唐琴《からこと》にも立ち寄りたいと思っている。」

「まあ、またですか。」

あきれたという表情から素早く夢みる目になって、

「唐琴には私も行ってみたいわ。馬でおいでになるあなたと違って、船で行き来していらした岑守《みねもり》お父さまはいつも寄港されて。綺麗な浜辺があるのですってね。」

と夫の臂《ひじ》を枕にする。そこで、

「いや、あなたには姫を預ってもらわねばならぬのだよ。」

と話は転じられた。それからはうるさいほど詳しく、父親から見た小町の成長ぶりと危うさの説明である。

「あなたにも見せた元稹《げんしん》の『傳奇《でんき》』をね、あの子に与えてしまったのです。大失敗だった。」

それを読んでから、小町が急に大人びて篁の手に負えなくなったことを、帳台《ベッド》に起きあがって身振りを交えながら話しては、禮子の瞳を覗きこむ。本当にどうしたものか。

禮子の方は、むしろ平然としていた。当り前ではないか。そうやって少女は大人になっていくのよ。あれは実に良くできた愛欲の物語で、確かに八歳の娘には早いけれど、彼女は立派に読みこなしたに違いない。私の娘なのですもの。しかし心中では次第に愕然《がくぜん》となっていく。篁の言うように、早熟な娘が恋に陥る時は迫っている…。とっさに、

「それほど賢い娘に育っているのでしたら、童女として殿上させましょう。皇太子とは同い年ですし、道康親王《みちやすしんのう》も平生は内住みが多いのですよ。世の中に交わると心の紛れることも多くて、鶯鶯のように思い詰める方へは進みにくくなりますわ。私が何とか致しましょう。」

と、篁にとっては頼もしい結論であった。

それから明け方までは、『鶯鶯事《おうおうのこと》』についての論議に終始した。間接的に小町の将来を話し合ったわけだ。

「あなたは、元稹が伝えたかったのは男女の恋の事実で、言葉を使って交歓の場を有りのままに描く方便に仙女を借りたとおっしゃる。その通りだと思います。けれど…」

「解っているよ。恋情は愛欲を極めて成就する。だが絶頂を超えると転落するしかない。」

「私も転落するところだったとおっしゃりたいの？」

「そうさ、私はその苦しみを体験済みだ。だからあの時残酷でも実相を話して、別れようと言っただろう?」

「私はうるさい女だからその手には乗らなかった。」

「そんなあなたが本当は好ましくて、一旦別れようと言ったのだよ。」

「私はもうあなたを愛してしまっていたのね。」

「しかし幸運だった。あの子が生まれた年に道康親王が生誕して…、」

「私は乳母に選ばれました。今、娘に同じような道を辿《たど》らせようとしている。でもね、幸運なんかではありません。むしろもっともっと難かしい道を選ぶことになるわ。」

「ん?」

✤

禮子は話し続ける。

張生は何か月も鶯鶯と密会を重ねた揚句、科挙《かきょ》のために長安《ちょうあん》に行って二年目に合格すると、結局彼女を棄ててしまいますよね。でも鶯鶯はずっと愛し続けていた。その愛し方に女は共感して、物語の中で一緒に生きてしまう。元稹が「續會眞詩《ぞくかいしんし》」を詠い上げた時には、我が身が仙女にされようと淫女にされようと構わない心境になっている。で読み終わってから、あゝこんな恋をしてみたいと思う。

元稹は物語を作るのに、崔氏《さいし》との出逢いの数か月と、別離と、彼女からの長文の書簡を素材にしました。「續會眞詩」は昇りつめた恋の実相を描き切ってはいるけれど、別離までの間彼女が秘《かく》していた恋情は、詩に映されていないわ。張生が長安に旅立つことになってから、鶯鶯は別れの悲しみを琴に託して夜更けに独り奏でていますが、張生が聴かせてほしいと求めても羞じて拒み通していた。けれどいよいよ別離の前夜、張が嘆き悲しんでいると、思いを決して「霓裳羽衣《げいしょううい》」の序を弾こうとしますよね。

鶯鶯（崔氏）は文章にも音楽にも豊かな才能があって、悲愁の情を琴で巧みに表すのは上手なはずです。「霓裳羽衣」は天女の舞で、玄宗皇帝《げんそうこうてい》が作って楊貴妃《ようきひ》に舞わせたのでしたね。それが国を傾ける元になったという。鶯鶯はその曲の序（楽器だけの前奏部）を変化させながら気持ちを込めた曲を作って、弾こうとしたのではないかしら。けれどいざ弾き始めると、二・三節奏しただけで悲しみに調べが乱れて、何を弾いているかも解らなくなって、事情を知る周りの人たちはすすり泣き始めた。鶯鶯も急に手をとめて琴を投げ出すと、激しく泣きながら鄭氏《ていし》（母）の所へ駈け込んで、そのまま姿を見せようとしなかった…。

元稹の作り事だという見方もできますが、これは本当に元稹が経験したことで、実は弾こうとしたのは鶯鶯の中にだけあった幻の曲だと思うわ。そして翌朝、張生は長安へ旅立ったのでした。音の聞こえない滝のような女の激情から男は逃げていくことになって、ちょっとほっとしているのじゃあないですか?

張生と鶯鶯は、こうして別れてから一度も逢っていません。二年目に科挙に合格して更に一年余り経った時、二人はもう別の相手と結婚をしていて、長安でたまたま巡り合う機会が訪れたけれど、張生が詩を贈っても鶯鶯は逢おうとしなかった。「棄置今何道　當時且自親　還將舊時意　憐取眼前人(棄てられたことを今さら怨みはしない。あの頃は私の方から身をまかせたから。昔日の私への情を、今は眼前の人にかけたまえ)」とはっきり訣別を宣言します。

でもお互いに忘れ去っていたわけではないわ。ただ張生は勉学に励んで合格し官途に就いてから、正式な結婚もして有力な後見を得たでしょう。職務に忙しくて、鶯鶯からの便りが届かなければ疎遠になっていったに違いないですよ。けれど鶯鶯は、別離の夜の操琴《そうきん》には失敗したけれど、今度は連綿と書簡を送り続けました。おおよそをここに載せたとありますが綴られた文章は相当な長さで、三節にわたって纏《まと》められています。男が想像したのでは書けないような思い詰めた内容で、逆に女だったらぐんぐん惹きつけられてしまいます。作者の元稹は恐らくもっともっと大量の文《ふみ》を崔氏から貰っていて、それに突き動かされて『傳奇』を書いたのよ。これは崔氏の書いた文章のごく一部だと思うわ。

私だったら何もかもを余さず語りたいと思います。でも、それは音楽よりもっと困難な道になるでしょう。娘(小町)は、童女殿上から宮仕えさせるにしても、世の中を知って結局は文章の道を選ぶような気がするのです。

『傳奇』に引かれた鶯鶯の書簡は、抄訳すると次の様なものだった。（原文は補説2にある）

「お気持ちありがとうございます。（張生は試験に失敗して都に留まることを、変わらぬ気持ちの告白に都からの贈り物を添えて伝えてきた）花飾りと口紅は、頂いてもあなたがいなければ使うあてもありません。学問のために、田舎に住む私が棄て置かれるのは、怨めしいけれど仕方のないことです。昨秋から気がぬけたようにぼんやりしています。賑やかな所では紛らしても、独りの宵はいつも泣いています。**そうすると夢の中であなたに逢って、しばらくは本当に睦み合っているようですが、まぼろしの逢瀬《おうせ》の果てぬうちにふと目覚めるとあとかたもなく、衾《ふすま》の半分がまだ暖かいようでも思えば遥かにあなたは隔たっているのです。**

行楽の地長安にあって、今もつまらぬ私を心にかけてくださるのに、何もお報いできませんが、いつまでもと誓った志は変りません。思えば従兄妹として出会って言い寄られましたのを、愚かな私は拒むことができず、自分からこの身を捧げ、不義の恋でも愛情の深いのを義と感じて永く心を託しました。たゞ正式の結婚もできず、晴れてお世話できないのが一生の心残りです。しかし今さら何を歎きましょう。もし情深いあなたがはかない私の思いを掬《く》んで下さるなら、たとえ死んでも生きているのと同じです。もし大事に従って私との約束を反故になさるなら、**身は滅び**

ても真心だけは風となり露となってお側にまつわりたいと思います。生死をかけた誠はこれ以上言葉になりません。くれぐれもお大切に。
玉環《ぎょくかん》一枚、玉はあなたの心の変らぬよう願いをこめて、環は私の絶えぬ思いのしるしとして、愁緒《しゅうしょ》をあらわす糸一絇《く》、涙の痕の斑竹《はんちく》でできた茶臼《ちゃうす》一個を形見にさしあげます。**心は近くても身は隔ってお会いする期《ご》もないでしょう。でも思いが積り積れば、千里のかなたまで魂は通うと存じます。**くれぐれもお大切に、私のことは心配なさいますな。」

✣

篁は安堵した。これで後顧の憂いはなくなって、遣唐副使《けんとうふくし》としては大船に乗った心境であるはずなのだが…。その職務としての渡唐の方が、前途多難に思われた。先ずは堅牢な遣唐使船を建造する。この春、造舶使長官《ぞうはくしちょうかん》が木工頭《もくのかみ》の丹墀貞成《たじひさだなり》に決まって間もなく視察した時は、巨木の杉材を、飛騨から水路を使って運び込んだところだった。しかし四隻の大型船を短期間で造るのは難事業で、当初造船使次官に任命されていた主税助朝原嶋主《ちからのすけあさはらのしまぬし》に加えて、大工《おおだくみ》の三嶋嶋繼《みしまのしまつぐ》が次官に登用されたが、飛騨から徴集された木工も労役に耐えきれず逃亡するものが多く、八月には長官が更迭《こうてつ》になった。後任は右中辨《うちゅうべん》の伴氏上《とものうじがみ》で実力派の事務官僚ではあるが、老齢で現場の指揮を執るなど到底無理である。篁としてはどうしても再度難波津《なにわづ》へ行って造船の実態を確認し、場合によっては監督も代行するような事になるだろう。全くうるさい男だが、母親への孝養のためにも、禮子と娘の将来を見届けるためにも、勅命を全うして生還しなければならないのだった。

前年（天長十年）に即位・改元して承和元年、二十五歳の若き仁明が最初に企てたのが、この三十年ぶりの遣唐使だった。二人の父帝（嵯峨《さが》と淳和《じゅんな》）が規範とした「文章經國《ぶんしょうけいこく》」の継承と実行になるだろうこの事業への意欲は、しかし現実には遣唐使船に関わる人員が膨らむにつれて空回りし始めていた。篁が翌年かと予想した節刀を賜わる儀も、もう一年持ち越されることになった。それは篁にとっては思い掛けない休暇となるのだが…。

持節遣唐大使《じせつけんとうたいし》と遣唐副使《けんとうふくし》の任命には、とりわけ新帝の期待がかかっていた。藤原常嗣《ふじわらのつねつぐ》は延暦の遣唐大使藤原葛野麻呂《ふじわらのかどのまろ》の子で、二代続いて大使に選ばれた。小野篁は言わずと知れた遣隋使《けんずいし》小野妹子《おののいもこ》の後裔、現に恒貞親王《つねさだしんのう》の東宮學士《とうぐうがくし》で、妻禮子は道康親王の乳母として近侍している。常嗣は漢籍に通じ漢詩文をよくし書にも堪能、生れつきの才気に加えて礼儀正しく育った、外交官にぴったりの人材だったらしい。片や篁は後世に多くの逸話を残す型破りの天才で、児童の頃すでに嵯峨天皇に見込まれていた逸材であった。副官で納まるような人物ではない。

とはいえ官界から超出した天皇の宮廷と、律令位階制《りつりょういかいせい》の下で官職を争う官人の世の中で、常嗣は名門の藤原氏出身、しかも篁より六歳の年長で官歴は九年先行していた。如何ともしがたい格差である。ただ仁明の信頼は厚かったから、四年後に乗船拒否事件が起こるまでは、むしろ篁の行動によって事業は促進されていく。しかし今は、二年目の休暇（承和二〜三年）までを辿るとしよう。

承和元年、小町の腹違いの姉は十四歳で髪上《かみあ》げと裳着《もぎ》を済ませ、吉子《よしこ》という名で殿上した。禮子（小野の町）が吉子を養女にして、仁明後宮に推挙したのである。父の三守は大納言《だいなごん》で皇太子傅《こうたいしふ》（恒貞の守役）、夫の篁は恒貞の東宮學士、自身は仁明の第一皇子（道康）の乳母なのだから、これで小町まで童女殿上となれば、後宮の皇子たちを一家で養育することになりそうだ。

仁明宮廷は皇家《こうか》の児童たちで賑やかだった。皇太子の恒貞は一人前の大人のようにしっかりしていたが、道康も同い年の八歳（小町同年）、道康の腹違いの弟・宗康《むねやす》が、この八月初めて父仁明にお目見えしたが七歳の生意気ざかりで、すぐ後宮の人気者になった。宗康・人康《ひとやす》・時康《ときやす》（後の光《こう》孝天皇《こうてんのう》）三皇子の母澤子《さわこ》（藤原総繼《ふじわらのふさつぐ》の娘）も改めて女御《にょうご》として召され、後宮に殿舎を賜っている。

このような中で承和三年には、小町の外伯母で仁明の乳母子《めのとご》である貞子《さだこ》（三守・橘安万子の長女）が第八皇子成康《なりやす》を生む。母安万子《あまこ》（嵯峨皇后嘉智子の姉）は典侍《てんじ》になって淳和の宮廷に居ることが多かったので、貞子も時々殿上して正良（仁明）とは幼な友だちと言ってもよい。女御として召されたのは仁明朝になってからで、成康が三守邸で生まれたのは二十七歳の時だが、母安万子が貞子を産んだのも二十七歳である。皇家の子弟とその守役《もりやく》の一家との関係は、絶対的な身分の違いはありながら親密で家庭的なものだった。

秋の暮れぬ内にと、篁は西へ旅立った。途中で難波津と唐琴に立ち寄る計画である。禮子はさっそく小町を乳母（松女《まつめ》）と共に三守邸の対《たい》の屋《や》（篁・禮子の住居）に引き取った。小町は初めて母に逢って（誕生して数か月の記憶は、禮子には鮮明でも小町にはないので）、禮子が大宅寺《おおやけでら》の吉祥天女《きっしょうてんにょ》の像にそっくりなのに驚いたが、禮子もまた娘が自身の少女の頃を見るようで、もっと美しく大人びているのに感動していた。殿上すればたちまち注目の的になるだろう。早くも世の中に触れて更に大人になっていく。禮子は愛憐の情から抱きしめたい衝動を抑え、我が子に向き合って言った。

「あなたを宮中へ連れていくつもりです。いいですか?」

「お母さまは…」

「私は帝の一の皇子《みこ》の乳母として宮中に出仕しているの、知っていましたか?」

ああそうだったのかと小町は思い、以前から判っていたような気もしながら、曖昧に頷いた。どうしてお父さまは母の宮仕えに触れようとなさらなかったのだろう。私が『篁物語』をこっそり読んでしまった事を察して、敢てその後の事情は口に出されなかったか。しかしお母さまは『篁物語』の事をご存知ないはずだから、娘がそんな風に母親を知っているなんて思いもなさらないでしょう。私は恥かしくなった。以前父の前で抱いたのと同じ感情です。でもお母さまは平然と、

「ですから、あなたはその皇子の乳母子なのよ。」

とおっしゃる。凄いことになってしまったと、私は思いました。もう母との関係をうるさく言っている段ではないわ。

✤

松女は姫君の童女殿上のために、献身的に立ち働いた。出立前の篁から改めて依頼もされたが、吉子が宮仕えに出たことも告げられて、亡き母君の望みが叶ったと涙が止まらない。篁は松女を抱いてくりかえし姫から離れないでほしいと頼んだ。松女は陸奥から上京して十五年、全く思いもかけず後宮を見ることになるだろう。

禮子が大宅寺の吉祥天にそっくりだった事は、寺の吉祥悔過《きちじょうけか》に参加して天女の虜《とりこ》になっている松女の心を奪い去った。境内の毘沙門堂《びしゃもんどう》には姫君を伴ったこともあって、童女から成長するにつれて天女像に似てくるのに驚いていたので、その母上なのだから似ておられるのは当然と考えても、震えは止まらない。こんな不思議なことがあるのだろうか。それでいて松女は篁の妾《しょう》でもあるのだった。

後宮の中心は、天皇の第一皇子道康の生母藤原順子《のぶこ》（故冬嗣と美都子の娘、良房の姉）で、次いで宗康の母藤原澤子。禮子の姉貞子はまだ女御ではない。けれど天皇の乳主《ちぬし》（授乳する乳母の実子・乳母子）で、昨年仁明朝になると典侍（ないしのすけ）に任じられていた。妹の禮子にはもちろん似ているが更に婉美《えんび》、寧ろ外叔母の嘉智子《かちこ》を若くしたような容姿である。

〔嵯峨皇后の嘉智子は、手が膝を過ぎるほど長く髪は地に引きずるほどあって、観る人が皆驚いたそうだ。奈良・法華寺の十一面観音は光明皇后《こうみょうこうごう》がモデルだとされるが、嘉智子がモデルなのだという噂もあった。観音菩薩に擬《なぞら》えられるような風貌だったと思われる。〕

ただ嘉智子が男勝りなのと逆に、貞子は物静かで大人しい性格だった。そして禮子は掌侍《しょうじ》（ないしのじょう）として貞子を助け、天皇にとって最も身近で気の置けない召使なのである。彼女の娘が殿上するというので、仁明も心待ちにしていた。

後に氏の長者として政事に辣腕を揮い、藤原北家一強の時代を築くことになる藤原良房は三十歳で仁明宮廷の藏人頭《くろうどのとう》に抜擢され、位階も四階級特進して今年七月參議《さんぎ》に任じられた。三十一歳で參議とは、嵯峨朝の初め藏人頭に任ぜられ弘仁七年に三十二歳で參議になった三守を越えた昇進で、当然噂で持ちきりである。

「嵯峨天皇に見込まれて皇女の源潔姫《みなもとのきよひめ》と婚姻しているからな。」

「幼い姫（後の文徳女御明子・この年六歳か）が一人居るのだが男の子には恵まれず、さればとて妾も持たず政事に没頭しているらしい。」

「とはいえ嵯峨の賜姓源氏の皇子たちは、二十代になるやならずでもう三人も太政官入りだよ。常君《ときわぎみ》は前代から參議を経ずに中納言《ちゅうなごん》、兄君の信《まこと》が參議で左兵衛督《さひょうえのかみ》、二十歳の定君《さだむぎみ》まで昨年から參議で中務卿《ちゅうむきょう》なのだからな。」

等々。ちなみに三守は現在大納言で皇太子傅、良房にとっては外叔父に当たる。というわけで殿上での評判は良房に好意的なのだった。

松女に伴われて初めて後宮に上がった日、まず仁壽殿《じんじゅでん》の女御（順子）にお目見えである。仁壽殿は紫宸殿《ししんでん》の後にある東西七間・南北四間の母屋《もや》の四方に廂《ひさし》のついた広い御殿で、先帝淳和はこの後殿《こうでん》を平常の御座所とし、母屋の南西隅には石灰壇《いしばいのだん》（天皇が毎朝神を拝する場）が設けてある。先帝の皇后（正子）も幼時から住み慣れた宮殿なので、東側を皇后宮として用いていた。順子は皇后ではないがここを在所にして、仁壽殿の女御と称した。

しかし、代替わりを前に清涼殿《せいりょうでん》を修造して帝の御在所に相応《ふさわ》しく設《しつら》え、漆喰《しっくい》で塗り固めた石灰壇も作ってあった。仁明が新居として移御《いぎょ》するように配慮したのである。

✣

仁壽殿の東南角の階段《きざはし》から南の簀子《すのこ》（廂の外に更に張り出している）に昇って跪《ひざまず》く。紅の下裳に重ねた花染の裳裾《もすそ》が童女には少し余って、後ろから裾を捧げながら松女も簀子に平伏した。やゝあって、廂の間の御簾《みす》の内から同じ年頃の童女が現れ、二人を中へ招き入れる。母・小野の町はそこに待っていた。中央の御座には順子が居て、道康の乳母子が参上するのをこれも心待ちにしていた。

仁壽殿の女御順子を見上げた童女の風貌は母親にそっくりで、切れ長の目の中心から発する清涼な光が、吹き抜ける風のように順子には感じられた。

「まあ、あなたは小野の小町ですね。ほんとによく似ておいでだこと。」

小町と呼ばれて素直に低頭する。父母の前では感じていた我が身の恥かしさが、消えていた。順子の方が寧ろ押された気分になりかけた所に、禮子の姉・貞子の登場である。姪の童女が「小野の小町」と称することになったと告げられて、「なにとぞよろしく。」と三人揃って礼をする。小町の腰のあたりで切り揃えて扇を広げたような黒髪が、前に垂れかかって一層美しく見えた瞬間の姿を、その時弟の宗康を追って母屋から走り出た道康は目撃した。

仁壽殿の南廂の西側には御倚子《おんいし》が置かれてあって、帝が今そこに出御《しゅつぎょ》なさると藏人が伝えてきた。清涼殿から「童女殿上」の儀でお出ましになるという。通常は帝の宣旨《せんじ》を外記《げき》が代書して伝える程度の事柄で、女官の人事でそれも童女が後宮に殿上するというだけの事に、仁壽殿出御とは異例である。しかし仁明は小町を早く観たかった。道康の乳母子でもあるが、あの篁に育てられたという童女に、強く魅《ひ》かれていたのである。女たちは俄かのお召しに装束を整えるひまもなく、形だけ扇で顔を隠しながら隣の間へ移動する。御倚子の左側には、手早く三尺の几帳《きちょう》が立て並べられていた。松女は簀子に引き下がった。

中納言源常、左兵衛督源信、中務卿源定、これら若き嵯峨の皇子たちもこの際小野の町の娘の顔を見たいものだと参上し、ただ一人乳呑み児の頃の小町を知っている中納言藤原吉野《ふじわらのよしの》、そして末席には淳和朝から藏人を務めて禮子とは昵懇《じっこん》の良房（今年參議になった）が侍《はべ》った。大納言三守は、貴公子たちの目に曝《さら》される孫娘が労《いたわ》しくてならず、同席して庇《かば》ってやりたいと思う私情

（娘の禮子の時はあまり心配しなかった）を抑えて、早々に自邸へ引き揚げることにした。

小町はといえば、宮廷での名前が定まったことですっかり落ち着いていた。そもそも物心つく前から父篁に男女の差もなく育てられているので、公の席だと弁《わきま》えてしまえば、臆することは何もなかった。色好みの男の直視にもふるまいにも怨みにまで、身近にあった書物によって精通している、恐るべき童女に成りおおせた。

松女が居なくても、私はもう大丈夫。

✣

禮子は、本来は後宮の中央に皇后御所として建てられた常寧殿《じょうねいでん》に、房《ぼう》を貰っていた。先帝淳和は紫宸殿の後殿である仁壽殿を日常の御所に使っていたので、その北の承香殿《じょうこうでん》を女御らに割り当てた。更に北の広い前庭のある常寧殿（後宮の中央になる）は、皇后の私室として母屋の西半分（南向き三間）を塗籠《ぬりごめ》に作り、その西側は廂と孫廂《まごびさし》で、東西三間《さんげん》・南北四間《よんけん》の広いテラスになっている。仁明の代になってからこの常寧殿西半分が女官の局《つぼね》として与えられた。はじめ典侍になった三守の長女・貞子が、塗籠の一間《ひとま》を与えられた。次いで掌侍となった三女・禮子が隣の一間を与えられたが、小町はまだ童女なのに残る一間を房として与えられることになった。板戸を開けて西側へ出ると広廂《ひろびさし》である。これからの宮仕えがどう展開するか、楽しみではないか。

さて出仕する場所は、最初に殿上した仁壽殿だった。ただ、儀礼や位階や長幼の序、男女の別といった世の中の掟は、日常に一切通用しないのが天皇家の生活であるらしい。翌日のこと、母に伴われて小町が仁壽殿へ通じる渡殿を上《のぼ》っていると、承香殿から皇子が飛び出してぶつかりそうになった。宗康だ。侍女である二人はとっさに身を屈める。宗康は驚いた顔で慌てて殿内に隠れようとする。禮子は笑って「宗《むね》さま、こちらへこちらへ」と両手を差し出した。いつもならその胸に飛び込んでいくのに、今日は恥かしくて様子が違った。小町に目を奪われて気が動転したのだ。昨日も逢ったはずなのに覚えていない。

こうして小町は、道康とも宗康とも遊び友だちになったようだ。次に「恒貞親王にお目通りを」と願ったが、「今日はお出ましにならない」という。皇太子の東宮御所は内裏の外の東宮《とうぐう》雅《が》院《いん》に在って、恒貞はそこでの生活を好んだ。篁も東宮學士だが、帝王学に際限はなくて、その道の博士を招いての御学問が日課である。同い年の小町が成る程と心魅かれる皇子だ。同時に大人びた気配りも欠かさないので、暇ができると仁壽殿に顔を出して、その時は無心に遊んでいると見えた。恒貞の乳母二人は禮子と同様に掌侍として仕え、やがてその乳母子たちも遊び相手に呼び出されて、昼間の仁壽殿は全殿が児童たちの家のようになっていった。承香殿の女御（澤子）は宗康の下にも二皇子がおり、よちよち歩きの三の宮までここに来て遊んでいた。小町は幼児にも気に入られて、松女を引き入れて下《しも》の世話まで見ることもある。

年上の皇子たちが好む遊びは、蹴鞠《けまり》と囲碁それに音楽だった。音楽は琴や笛だけでなく歌も、歌うためには和歌を、漢詩もいいね、という様に広がっていく。小町はこれらの仲間にも引き込まれて、すぐにリーダーに成り上がった。ただ、「打毬《だきゅう》＝ポロ」なら得意で（松女も）、馬術まで披露して驚かすところだが、蹴鞠ではさすがにコーチ役だけ。実は仁明は打毬を好み、この五月には武官の競技を観戦している。しかし皇子たちには、危険を伴うので騎馬もまだ禁じていた。

〔「蹴鞠」は、後に平安貴族が楽しんだ「けまり」の前身と考えた。『日本書紀』の有名なエピソードに、六四四年法興寺での「打鞠」で中大兄皇子《なかのおおえのおうじ》（後の天武天皇《てんむてんのう》）の鞋《くつ》が脱げ落ちたのを、中臣《なかとみの》（後の藤原）鎌足《かまたり》（当時は鎌子《かまこ》）が拾って掌中に捧げ持ち跪いて奉ったというのも「蹴鞠」であろう。〕

✤

篁が大宰府から帰ってきた。小町は初めての里帰りである。正月を、掌侍の禮子は宮中で迎えるのに忙しいが、童女はむしろ邪魔、それで小町はゆっくり三守邸で年を越すことになったけれど、大人たちは内裏と里邸を頻繁に往来する。それでも一家にとっては貴重な時の共有だった。

三守の里邸は三條の大學寮にほど近い場所にあったが、別邸を藤原氏の本貫の地・山科に造営し始めていた。広い邸内にゆったりと殿舎を配置して、背後は山林に続く静かな環境で暮らしたいと、問わず語りに小町は祖父から聞かされた。

〔三守はやがて右大臣になり、それから三年足らずで薨去《こうきょ》、後山科右大臣《のちのやましなのうだいじん》と称された。〕

篁は朝賀に参列、七日に従五位上叙位、十一日には備前権守《びぜんのごんのかみ》に叙官され大宰少弐《だざいのしょうに》は解任。禮子と親子三人が初めて三守邸の対の屋で一日を過ごしたのは、明けて十二日のことだった。

「殿上ではどうであったかな」

と篁に水を向けられて、小町は一気に話しだす。それだけやはり強烈な体験だったのだ。禮子も最初こそ娘に付き添ったが、本来は清涼殿での奉仕が主なので、耳新しいことばかりである。しかし数か月で小町と共に皇子たちが随分成長を見せている事に驚く。蹴鞠の話では、実は小町が馬を乗りこなして打毬まで出来るのだと聞いて仰天した。次いで音楽の話は、親子でも出来ますねとすぐさま一致、楽器を持ち出し紙筆を用意して一家で試みることになった。

篁は龍笛《りゅうてき》、禮子は箏《そう》の琴を三守邸本殿から運び込み、小町は和琴《わごん》の菅掻《すががき》を教わる。禮子は箏を娘の頃から弾き習わしており、篁は笛も詩も歌も上手で、二・三度音《ね》取りをしただけで見事な合奏が始まった。一曲了えたところで篁が和琴を引き寄せて、正月に相応しく
「ひもろきは　神の心に　うけつらし　比良の山さへ　木綿《ゆふ》鬘《かつら》せり」

と二度繰り返して歌ってみせた。

「どうだ、歌ってみるかな」

と促されて小町も、和琴を爪弾《つまび》いてみる。仁壽殿では琵琶の華やかな音色に惹かれていたが、五弦の琵琶は抱くと少女の体に余ったものだ。これは平らに置かれて穏やかな心に沁みる音を奏でる。間もなく澄んだ歌声が和琴の菅掻のリズムに合わせて天に昇っていった。聞きつけた三守も対の屋に渡って来て、「比良の山さへ～木綿《ゆふ》鬘《かつら》せり～」と声を合わせる。篁と禮子は歌いながら廂に出て舞い始めた。

夜に入って初雪も降り始め興は尽きなかった。母屋《もや》の炭櫃《すびつ》に火を多くおこし、灯りを掲げて歌を詠《よ》むことに。「『霓裳羽衣』でいかがかな」と篁が題を出す。

まず篁から

思はざりき　吉野の川の　霞みきて　天つ乙女の　ここに舞ふとは

次いで禮子が

羽衣を　まとはばいとゞ　天翔けり　あも連れ舞はむ　袖濡るるとも

小町が応じて

いざさらば　共に舞はなむ　雪降りて　春の心の　序は奏でつゝ

最後に三守

かつて見き　今はた夢か　幻か　天つ乙女に　逢ふはうつゝぞ

孫娘小町の生まれた年に淳和天皇が催した宴で、今の帝が（皇太子で）先帝と連れ舞った姿が髣《ほう》髴《ふつ》と甦る。いま參議の源定が当時わずか十三歳で、龍笛を天上に届けとばかり吹き鳴らし、淳和帝躬《みずか》ら琴を弾いての「吉野川戀歌」吟詠、それに加えて正良皇太子の無心の舞に招かれて、亡き高志皇后が天女の姿で舞い降りてきて共に（帝も共に）舞ったあの日、その舞台を設営したのは今の中納言藤原吉野と他ならぬ私だった。年老いた今、わが家でそれが再び見られるとは、何とめでたい事であろうか。

補説1　『傳《でん》奇《き》鶯鶯事《おうおうのこと》』は、原文を汪辟疆校録『唐人小説』（中華書局）所載『鶯鶯傳』に依る。解釈には、前野直彬編訳『唐代伝奇集Ⅰ』（東洋文庫）中の『鶯鶯の物語』を参照させていただいた。

補説2　『傳奇鶯鶯事』では、鶯鶯から来た返事のおおよそを記すとして、原文は以下の通り。（106頁抄訳の太字部に傍線）。

「捧覽來問、撫愛過深。歎兒女之情、悲喜交集。兼惠花勝一合、口脂五寸、致燿首膏唇之飾。雖荷殊恩、誰復爲容？ 覩物增懷、但積悲歎耳。伏承使於京中就業、進修之道、固在便安。但恨僻陋之人、永以遐棄。命也如此、知復何言！ 自去秋已來、常忽忽如有所失。於喧譁之下、或勉爲語笑、閒宵自處、無不淚零。乃至夢寐之間、亦多感咽、離憂之思、綢繆繾綣、暫若尋常、幽會未終、驚魂已斷。雖半衾如暖、而思之甚遙。一昨拜辭、倏逾舊歲。長安行樂之地、觸緒牽情。何幸不忘幽微、眷念無斁。鄙薄之志、無以奉酬。至於終始之盟、則固不忒。鄙昔中表相因、或同宴處。婢僕見誘、遂致私誠。兒女之心、不能自固。君子有援琴之挑、鄙人無投梭之拒。及薦寢席、義盛意深。愚陋之情、永謂終託。豈期既見君子、而不能定情。致有自獻之羞、不復明侍巾幘。沒身永恨、含歎何言！ 倘仁人用心、俯遂幽眇。雖死之日、猶生之年。如或達士略情、捨小從大、以先配爲醜行、以要盟爲可欺。則當骨化形銷、丹誠不泯、因風委露、猶託清塵。存沒之誠、言盡於此。臨紙嗚咽、情不能申。千萬珍重、珍重千萬！ 玉環一枚、是兒嬰年所弄、寄充君子下體所佩。玉取其堅潤不渝、環取其終始不絕。兼亂絲一絇、文竹茶碾子一枚。此數物不足見珍。意者欲君子如玉之眞、弊志如環不解。淚痕在竹、愁緒縈絲。因物達情、永以爲好耳。心邇身遐，拜會無期。幽憤所鍾、千里神合。千萬珍重！ 春風多厲、強飯爲嘉。愼言自保、無以鄙爲深念。」

（『唐人小説』所載『鶯鶯傳』より）

補説3　仁明朝で、清涼殿は天皇の平常の御座所となって、日常の政務はここで執られることになったと思われる。仁明は治世の初め（承和元年）から毎年一月二十日に仁壽殿で内宴を催した。公宴が豊樂院か紫宸殿で開かれるのに対して、内宴は正月を締めくくる内輪の宴で、内教坊《ないきょうぼう》（女樂《じょがく》）の歌舞を観賞し、限られた側近と文人《もんにん》（詩人）に「詩題」を与えて賦詩《ふし》を競った。『續日本後紀』には「内宴于（於）仁壽殿。」と記されることが多いが、承和十五年と翌・嘉祥二年は「上（仁明）御仁壽殿。内宴如常。」と記す。「仁壽殿」は平安時代「じんじゅでん」と言い中世以降に「じじゅうでん」と訓《よ》まれるようになった（『平安時代史事典』）。「御《ぎょ》」は「出御（おでましになる）」の意味で、嘉祥三（八五〇）年は「聖躬不豫《せいきゅうふよ》」により、「不御仁壽殿。於清涼殿、垂御簾覧舞妓。」とある。清涼殿の御帳臺《みちょうだい》（カーテンで囲んだ昼間のお休み所）の正面の帳を掲げてそこに御簾を垂れたのだろう。自室で女樂だけは楽しまれたわけだ。晩年は度々「聖躬不豫」に陥りながらも、出御しての公の政務も遅滞なく執行に励み、最期は清涼殿で受戒して出家入道し、嘉祥三年三月二十一日に四十一歳で崩御した。

第七章　二年目の休暇（篁、三守《みもり》と山科に遊ぶ／小町、『任氏傳《じんしでん》』を読む）

大宰少貳《だざいのしょうに》の任を解かれた篁《たかむら》は、自由を取り戻した心境に遊んでいた。一月二十日仁壽殿《じんじゅでん》で内宴が催され、「春色半喧寒」の題で賦詩《ふし》が行われたが、篁は病だと称して出席しなかった。禮子《ゐやこ》は接待のため前日から小町も一緒に殿上《てんじょう》している。帝の私宴なので、伎樂《ぎがく》や舞楽は皆で楽しみ、児童たちも遊戯に加わる。恒貞《つねさだ》も今日は仁明《にんみょう》の側《そば》に侍していた。

音楽に深く心を寄せて来た仁明は、遣唐使船で音聲長《おんじょうのちょう》良枝清上《よしえのきよかみ》と准判官《じゅんはんがん》藤原貞敏《ふじわらのさだとし》を唐へ送り込むことにした。貞敏は帰朝後琵琶の名手として名を馳せ、譜曲を伝えた事でも有名だが、清上も横笛を能く吹き、承和の初めに勅命で「承和樂《じょうわらく》」の曲を作っていた。舞も伴ったこの新政を寿《ことほ》ぐ楽には、当然漢詩の歌詞が先に必要だが、仁明自ら作詩したか、あるいは篁が作者かもしれない。それほどに、篁の詩才は仁明に皇太子の時代から認められていた。その篁が遣唐副使であるという事は、新しい唐の文学を持ち帰る使命も担っているはずだった。

四月、藤原良房《ふじわらのよしふさ》が従三位《じゅさんみ》権中納言《ごんのちゅうなごん》に任じられ、政事の実務はこの若き為政者の肩に移って行くことになる。

秋の重陽節《ちょうようのせつ》宴には篁も出席して賦詩に参加し、「承和樂」も賑やかに演奏された。

さて三守《みもり》はといえば、春先から山科《やましな》の別荘の造作に力を入れていた。南の小野屋敷の側《がわ》から言えば、小町が幼い頃父に馬術を教わった山科川の出合の向う側・栗栖野《くるすの》の更に北、陶田《すえだ》地区は藤原氏の始祖となる中臣鎌足《なかとみのかまたり》の別荘「陶原家《すえはらけ》」のあった所で、晩年重病になった時屋敷の東南角に建てた持仏堂を、やがて鎌足が薨ずるや「山階寺《やましなでら》」としてここに葬ったという。鎌足は死の前日に大織冠《たいしょくかん》と藤原《ふじわら》の姓を与えられた。「山階寺」は藤原氏の氏寺・奈良の「興福寺《こうふくじ》」の起原である。移転後の山階寺の跡地は興福寺の荘園になっている。三守の別荘の土地は、「陶原家」の更に西北の小高い所で、嵯峨《さが》天皇の弘仁《こうにん》期に右大臣《うだいじん》になって「山科大臣《やましなのだいじん》」と言われた藤原園人《ふじわらのそのひと》の邸の隣だ。園人を失って十六・七年にもなる屋敷はすっかり荒れている。現在、三守も篁も平安京内に賜った土地に邸がある。政務が多忙な間は、里邸は内裏に近い事が不可欠で、郊外の別荘には時折しか出かけられない。園人も右大臣になった頃初めて本拠を山科にして、世に「山科大臣」と呼ばれたのである。

三守は京内の邸の三倍はある陶田の別荘地に、大邸宅を建てるつもりはなくて、本殿の母屋も桁行が三間あればよかろうと考えた。門構えも大袈裟ではなく、前庭に池は造らない。北側の山林に水鳥の棲む広い池と、ちょっとした狩場ができないものか。俟《ま》てよ、三人の娘にそれぞれ住みやすい別殿を造作するには、山林を削って平地を拡げねばなるまい。婿君も気に入るような瀟《しょう》洒《しゃ》な建物を考えよう、と夢は広がるのだった。

朝政の暇を見て山科へでかける。篁も同道した。屋敷地の南に佇んで想《そう》を廻らせていると、嫌でも隣屋敷の荒廃ぶりが目に入ってくる。この土地の一部でも借りられないものか。そうすれば別殿を広い池の畔に建てて…。思い返すと、園人が大納言から右大臣に昇った時、三守は藏人《くろうどの》頭《とう》になって二年足らず、その後「山科大臣」の殿上ぶりも側で見てきた。京の三條から粟田口《あわたぐち》へ出て日岡《ひのおか》を越え山科へ入る道が、大道として整備されたばかりではあったが、すでに五十代後半の大臣が、特に冬から春にかけての早朝に山科の私邸から内裏に通うのは、容易でないと思われた。私自身も現在五十歳を過ぎて、思えば実にさまざまな生き様《ざま》を経てきたものだが、大納言《だいなごん》から間もなく右大臣になって、「後山科大臣《のちのやましなのだいじん》」と呼ばれるのだろうか。園人卿は六年間政事に預って確か六十三歳で薨《こう》じたのだったが…。はたして我が身はそれほどの長寿を全うできるか。と八《や》重葎《えむぐら》の茂る現地で感傷に捉われていた。

篁は、陶田の地から南に広がる山科盆地の中央やや西寄り、栗栖野の方を眺めていた。あのあたりは、時折狩に来る場所でもあるが、更に向うの山科川の出合近くが、小野家と藤原家の共用の馬場である。今年は暇を見て小町にもっと馬術を伝授したいが、ひとつ馬場を拡張して整備したいものだ。

「のう三守卿」

振り向くと岳父殿は身じろぎもせず佇んでいる。その視線の先の園人邸が、篁にも父岑守を思い起こさせた。

岑守が大宰大弐《だざいのたいに》だった時、宿もない路上生活者や疫病に罹って宿を追われた者のために、「續《ぞく》命院《めいいん》」という宿舎を自力で作って救済に努めていたのを目の当りにした。離任後、公の力で管理して「續命院」を存続させるようにと願い出たが、叶わないまま三年経って岑守は他界したのだった。

今突然、篁の脳裏に荒廃した桧皮葺《ひわだぶき》の七棟の宿舎のある一郭が映った。「續命院」は、父の死後二年目に篁が少貳になり、財源として当初選定した墾田からの稲の収穫で何とか維持してきたが、遣唐使として出発する前にあれを公に委ねて何とかしなければ。

✤

馬場を拡げるのは三守も同意で、厩《うまや》も建て替えよう、邸を建てるにも早速材木が必要だというので、篁が遣唐使船の建造を通して知った飛彈の匠《たくみ》（大工）から、材木を入手する手はずは整った。旧園人邸の一部も借用できたので、厩の材はそこに自生する松の木を用いることになり、直ちに工事にかかる。邸宅は飛彈の匠の手で桧材を柱に用い、寺社並みの本格的な建築になりそうだ。

馬場はできたが、小町の里帰りはなかなか実現しなかった。晩春の頃になって漸く許されると、篁は二條邸の厩から小町と松女《まつめ》の馬も引き出し、滑石峠《すべりいしとうげ》越えで真っ直ぐ山科へ連れてきた。そこには厩ばかりか舎人《とねり》が宿泊できる小屋まで造られていた。広い馬場を駈けめぐり、小町も松女も随身《ずいじん》の男たちも加わって「打毬《だきゅう》」に熱中した。朝政を終えた三守まで観戦に駈けつけたのだった。

小町は、この馬場で初めて子馬に乗った時の愉しさを想い起していた。あれから三年の間にいろいろな体験をして大人びて来たし、生活も全く変ってしまった。

私にとって山科の景色は前のように小野からの眺めだけではなくて、陶田からも観ることになるのだわ…。馬場が拡がったように山科盆地の視界も開けて、目が眩むようだけれど、まずは小野屋敷に帰ってみたい。とりわけあの書殿《ふみどの》へ行きたい。

「ねえお父さま」

即座に思いは通じて、篁は日の暮れないうちに塗籠《ぬりごめ》の書殿で小町に対していた。松女も旧知との再会を楽しんだ。書棚には又新しい蔵書が増えている。その中から篁は『任氏傳《じんしでん》』（沈既濟《しんきせい》）と『任氏怨歌行《じんしえんかこう》』（白居易《はくきょい》）を取り出して小町に

「読んでご覧なさい。」

と手渡した。お父さまはもう私を大人と認めて下さっている。そして、

「父は必ず帰って来る。それまで禮子を宜しくたのむ。」

とおっしゃるの。信頼に答えなければと私も思わず背筋を伸ばしました。久しぶりに小野に一泊して、翌日は陶田まわりで日岡峠を越えて、三條の里邸に帰りました。これからは小野篁の娘と

してお母さまを支えなければと思います。

✤

小町は、『任氏傳』と『任氏怨歌行』それに『傳奇鶯鶯事《でんきおうおうのこと》』を、里邸に持ち帰った。母の禮子にも読ませてあげたいと思っていた。

でも早く私が読んでみたい。新しい二冊は綺麗な表紙のついた冊子だった。まず『任氏傳』の方をぱらぱらと開いてみる。最初に「任氏、女妖也《じょよう》。」と書いてある。え！　化け物なの？　少し先まで目を通すと、女は実は狐らしい。『鶯鶯事』だって、主人公は鶯鶯と鳥の名をつけられたけれど人間の女よ。そうそう、有名な『遊仙窟《ゆうせんくつ》』では、張生の相手は仙女です。美女を夢に見ることは、昔襄王《じょうおう》が雲夢《うんぼう》の台で神女に逢った話（高唐賦《こうとうふ》）からはじまって、『遊仙窟』だって凄く卑近には描いてあるけれど、なかなか叶わない男の夢の物語でしょう？　それから白樂天《はくらくてん》の「長《ちょう》恨歌《こんか》」。陳鴻《ちんこう》という人の「長恨歌傳」と合わせた冊子でお父さまと読みましたが、「長恨歌」では、死んだ楊貴妃《ようきひ》を道士が仙界に捜しに行くわね…と考えている内に、小野屋敷の書棚にどっしりと積まれていた『白氏長慶集《はくしちょうけいしゅう》』が目に浮かんできた。

そうだ、あれを見るためにも書殿に通わなくては。あれには白樂天の詩文が全部入っているのでしょう？　二條邸に置いてあったのを持って来られたのね。

「長恨歌」の結びは確か「天長地久有時盡　此恨緜緜無絶期（たとい天地が終りになることがあって

も、この恨みはめんめんと続いて絶える時がないだろう）」です。明皇《めいこう》（玄宗《げんそう》）に寵愛されて安禄山《あんろくざん》の乱の元凶になった楊貴妃の生涯は、「長恨歌傳」の方で詳しく知ったのだけれど、皇帝（歌の方では漢皇とされる）が長安城から落ちのびる途中、馬嵬驛《ばかい》で躬《みずか》ら命じて寵妃を殺さなければならなくなったという悲惨な事実を、天才詩人の白樂天が詠い上げたのが「長恨歌」。七言の歌行体《かこうたい》なのは『任氏怨歌行』も同じの様だけれど、玄宗皇帝の寵愛と悔恨を、永遠の恨みの歌にした、やはり男の恋の物語でした。だけど、『任氏怨歌行』は違うみたいです。歌っているのは女でもなくて、狐の化けた女らしい。白樂天は「長恨歌」より前に、もっと若い頃『任氏傳』に感心して『任氏怨歌行』を書いていたのではないでしょうか。

確かに『任氏傳』は、化け物の話なのに本当の事のように語られていて、長安《ちょうあん》の街路まで目に浮かんできます。新昌里《しんしょうり》の花街《はなまち》で連れ立って遊び回っている韋崟《いぎん》と鄭六《ていろく》（名は不明）の二人の男の話に見えますが、本当は女に化けた狐の物語です。それにしてもお父さまはまだ九歳の私に、こんなに生生しく世間の大人の生態が描かれているお話を何故読ませるのか。私は成人と同じに認められただけでなく、もう娘でもなくて、お父さまの身代わりになってしまったのだと改めて思いました。

任氏が出没するのは長安の街中ですが、私が知っている平安京《へいあんきょう》にはこんな所はない。狐が出てきて人を化かすにしても、内裏の西側の荒れた松原とか、人里離れた野原でしょう。さもなければば、仁壽殿《じんじゅでん》に狐の化けた女官が居るとでもいうの？　お母さまに聞いてみようかしら。だったらおもしろくなりそうだけれど…。

ただ、日本でも狐が人を化かす話は確かにあります。ある男が妻にする女を求めて馬に乗って路を行くと、広い野原で美しい女に遇いました。女は流し目で男を見て馴れ馴れしくするので、男も見返して声をかけました。男が「私の妻にならないか？」と言うと、「いいですよ。」と答えるので、連れ帰って夫婦になります。そして男の子を生むのですが、同じ日にその家の犬も子を産みました。その子犬が吠えかかって嚙みつこうとするので、女は酷《ひど》く怯《おび》えて主人に犬を打ち殺してくれと頼みますが、男は妻がまさか狐とは知らないので子犬を殺さなかった。ところが春の終り頃に年貢米を納める時期になって、忙しい米搗き女の間食（昼食）を作るために厨《くりや》に入っていた時、又もや子犬に吠えつかれ恐怖で堪えきれなくなって、もとの野干《やかん》に還って高い所へ逃げたの。そう、『靈異記《りょういき》』には「野干」と書いてあったわ。男は驚愕しますが、「子まで成した仲ではないか。俺はお前を決して忘れないぞ。これからも来て俺と寝てくれ。」と叫んだ。それで夫の言葉に従って来て寝たので野干を「きつね」と名づけたというお話。確か生まれた子の名も「きつね」と言って、成人して「狐」という姓を負ったそうです。

✤

でも、普通には狐は神の使いですよね。お父さまの『篁物語』では、二月の初午《はつうま》の日に稲荷《いなり》詣《もうで》をしている。伏見稲荷は年々お参りする人が増えているそうだけれど、義母は何の願いごとをしたのでしょう。その帰り道で兵衛佐《ひょうえのすけ》に出遇うところ、男はひらりと乗っていた馬から降りて、道端に蹲《うずくま》っていた女に声をかけます。そうそう、行き道では篁がこれも馬で妹をそれとなく護衛しているのですが、女の一行(五人)に先立ったり後れたりしながら付いて行った。

『任氏傳』では三人の婦人が長安京という繁華の地の街路を連れ立って歩いています。そこへ鄭六が驢《ろ》(ろば)で通りかかって中央の白衣の美人に魅せられ、女たちの後になり先になりして付けていく。なんだか似ていますね。男女の出会い方が。篁の方は護衛だけれど兵衛佐は道中で目をつけたのですから…。それに『靈異記』の話だって、逢ったのは野中の路ですが言い寄り方はそっくりです。

さて、韋崟と違うのは鄭六の乗っているのが馬ではなくて驢だということ。これは大きな違いで、崟の方はこの日は途中で鄭と別れ東に折れて先に新昌里の酒家《しゅか》に行くのだけれど、白馬に乗っているのです。鄭は街路を南下して宣平里《せんへいり》から昇平里《しょうへいり》に入る辺りで歩いている女たちに逢った。きっと賑やかに話しながら前を行く一行に追いついたのね。で追い越しざまに白衣の女に目が止ったものだから、そのまま行き過ぎ難くてまた後ろに回って、今度は声をかけようと思ってもう一度前に回ったのだけれど、貧相な驢に乗って女を口説くのは無理な話。でも女も時々流し目をくれて気のある様子だし…。とっさに鄭は驢から降りると戯れたふりをして言い寄ったの。

「こんなお綺麗な方が、どうして乗物もなしに都大路を歩いておられるのかな?」

そして、

「つまらぬ乗物で佳人のおみ足代りにはなりますまいが、只今この驢にお乗りあれ。それがしは歩いてお供できれば十分で。」

と言ったものだから、二人顔を見合わせて大笑いになったのよ。けれどこれで仲良くなって、次の曲り路を東に向かった女たちに従って樂遊園《らくゆうえん》まで来た頃はもうとっぷり日が暮れていた。すると突然、暗闇の中に立派なお屋敷が現れたの。そこが狐の化けた女たちの棲《す》み処《か》だったのね。

家の中から三十歳ぐらいの任氏のお姉さんが出てきて、奥の間に招き入れられて宴が始まり、何回か酒杯が回った所で、任氏が衣裳を着替え化粧直しもして現れた姿の美しさ。夜中まで賑やかに酒宴は続き、さて寝所へ。そのあでやかな姿、玉のような肌、歌ったり笑ったりする有様、何もかも艶《なま》めかしくて、「殆非人世所有」だと言うのよ。この言葉、どこかで聞いたことがあるわ。そう、この世の人とは思えない、殆ど仙人の様だという意味よ。でも狐についてそこまで言うの？　鄭はただもう夢中なだけで、狐だとは知らないのだから、これは作者が口を出して言っているのです。

明け方近くなって、任氏は鄭に早く帰るよう勧める。私たち姉妹は教坊《きょうぼう》（歌舞教習所）に朝早く勤めに出かけますからと言う。これも事実とは思えない。夜が明けて屋敷が消える前に客を帰してしまうのが、大都市長安での狐の住まい方だったのですね。鄭は再会の約束をして家を出ると街の木戸まで来ましたが、まだ閉っています。門の側に一軒だけ胡人《こじん》の餅屋が開いていたので、そこで休んで聞いたのよ。「ここを東に曲って行った所に門があるのは、誰のお屋敷かね？」すると「あそこは塀も壊れ果てた空地で、屋敷なんか有りませんぜ。」「俺は今行って来たところだ。無いなんて言わせないぞ。」と言い争っているうちに主人は気がついて、「ああ、分りました！あそこには狐が一匹棲んでおりまして、男を化かしては連れ込んで泊らせるんです。これまで三人やられましたが、あなた様も化かされましたか。」ですって。

でも鄭にはそんなこと信じられなくて、夜明けを告げる太鼓が鳴るやいなや、屋敷のあった場所へ行ってみると、崩れた塀の中は荒地と廃園だけだったのよ。それでもまだ化かされたとは思えない、思いたくない。というところから、物語は始まるわけです。

✣

先ほどは、作者が口を出していると言いましたが、ここで顔まで出してもらうと、表紙には「沈既済撰《しんきせいせん》」と書いてあります。鄭は物語の主人公の様だけれど、どこまで実話なのかは疑問ね。鄭六（鄭家の六番目の男子）とあるだけで字《あざな》もなしにずっと「鄭子《ていし》（鄭さん）」と呼ばれていて、もう一人の友だちの方は字で「崟《ぎん》」と言っています。作者の既済が地方に赴任した時、同じ長安から来ていた崟と知り合って、狐の任氏の不思議な話を繰り返し詳しく聞いたのですって。その後崟は都に戻ったけれど、隴州刺史《ろうしゅうしし》を兼ねることになって、長安育ちなのに任地で死んだ。何年か後に既済自身が仲間と一緒に東南の地方に流されて、流謫《るたく》地に行く車や船の中で、毎晩皆が「夜《や》話《わ》」をしたのだそうです。きっと崟の終焉《しゅうえん》の地近くを過ぎる時、任氏の話を思い出したのね。思わず熱が入って物語が膨らんで行ったのだと思うわ。一座の人はその話に感動して、既済に「志《し》異《い》」（異類の記録）として書き伝えるように勧めた。こうして『任氏傳』が私の手元にまで伝わることになるのです。

ところで鄭は、任氏と約束した通りにまた逢いたいと、日毎に思いが募っていました。崟にはまだ任氏のことは秘密です。十日余り経った頃、鄭は西市の衣裳店街で任氏らしい女を見かけて、急いで呼び止めましたが任氏は人ごみに紛れて逃げようとします。鄭が名を呼びながら追いかけて前に回ると、くるりと後ろを向いて扇で背中を隠しながら、

「判っていらっしゃるのに、どうしてそんなに近寄ろうとなさるの？」

「判ったって何が悪いんだよ！」

「恥かしい。あわせる顔がないわ。」

「こんなに想っているのに棄てるっていうのかい！」

「どうしてわざと棄てるものですか。嫌われるのが心配なのよ。」

そこで鄭は誓いを立てて、まごころこめた言葉を述べた。すると任氏は振り向いて、翳《かざ》していた扇を外すとあの光り輝く艶《あで》やかな顔が顕れて語りかけてきたの。

任氏も鄭をだました事を恥じていたけれど、都に棲む狐はたくさんいて、男たちを誑《たぶら》かして生きているらしいのです。でも私はあなたのまごころに応《こた》えて一生お側にいたい、と言い出します。任氏はこの先の閑静な所にある空き家を借りようと言い、この間《あいだ》白馬に乗っていた崟の家には三軒分の道具（地方に赴任している伯父たちの）があることも知っていて、借りてきてほしいと言います。

鄭が崟に美人を手に入れたことを告げると、さんざん揶揄《からか》われたけれど、家財道具一切を貸してくれたの。それを気の利く下男に持たせてよこし、様子も見てくるようにと命じます。下男が駈け戻って、「大変です絶世の美人でした！」と言うものですから、今すぐ観たくなって尋ねていったところ、鄭は外出中でした。部屋の中を覗くと赤い裳裾《もすそ》が戸の下から見えて、女は扇で体を隠しています。崟が女を明るみに引き出して見ると、聞きしにまさる美しさ。愛欲に気が狂って抱きしめますが、任氏はいう事を聞きません。力任せに押さえつけると従う振りをし、手を緩めるとまた諍《あらが》い、とうとう力尽きてぐったりと抱きすくめられましたが、顔色は蒼白。

「どうして嬉しそうな顔をしないの？」

と崟が言うと、

「鄭さんが可哀そうなのですもの」

と答えます。

「鄭さんが深い仲なのは私だけで、貧乏なばかりにあなたの言うことを聞かなければならないなんて…。崟さんはいくらでもお相手がおありでしょう！」

崟は義俠《おとこぎ》の豊かな人で、これを聞くとすぐ押さえつけていた力を抜き、任氏も乱れた衣を掻き合わせた所に鄭が戻ってきて、それからというもの任氏の生計は全て崟が引き受けたのよ。任氏も時々崟の家に立ち寄ったりして親しい仲だけど手を出すことは決してなかった。こんな愛し方をされるなんて、世間には珍しい事でしょう？

任氏は花街のあちこちに親族がいるので、崟さんの好みの女をお取り持ちしましょうと言う。崟は以前から目を付けていた商人の妻女に渡りをつけて貰いましたが、この女には数か月で厭《あ》きてしまった。もっと手に入りにくい女を何とかしてあげたいと勧められて、昨日が寒食《かんしょく》で、友だちと寺に遊びに行ったところ勢力家の刁《ちょう》将軍が音楽を奉納していて、笙《しょう》の上手な十六ぐらいの可愛い娘が居たが…と言うと、あれの母親は私のいとこで娘は将軍の寵奴《ちょうど》なのだという事で、まず娘を仮病にしてからあらゆる策を巡らせて、とうとう母親と一緒に任氏の家に引き取ってしまいます。将軍が何も知らないで女の病気を治すために奔走して罠《わな》にかかっていくのが、読んでいると何ともおかしいのです。それから何日も経たない内に、任氏はそっと崟を案内して娘と逢わせます。ひと月もすると娘は身籠《みごも》ってしまったので、母親がこれは大変と将軍のお屋敷へ娘を戻して一巻の終り。でも将軍だけでなく崟さんだってこの一族が狐だとは知らないのですから、おかしいのは同じですよね。

それだけではなく長安京の馬市での商いの話など、任氏が鄭に教えて儲けさせようとするのだけれど、事実ありそうで興味をそそります。これも裏で狐が絡んでいるらしい。でも平安京では、やはり一番狐が居そうなのは後宮ね。お母さまだけでなく私がこれから関わっていく所。何故か、わくわくします。

✤

けれど『任氏傳』で実は私が一番魅《ひ》かれたのは、任氏が狐に戻る所なのです。鄭は妻を顧みず恋に落ちている怠け者の書生でしたが、一年余り経って武官に採用され地方へ赴任することになって、妻ではなく任氏を連れて行こうと思ったのね。ところが平生は優しい任氏が、喜ばないどころか嫌がるばかり。崟も力添えして説得するのだけれど、今年は西へ行くと悪い事が起こるのだと言い張るので、巫女《ふじょ》の占いに惑わされるなんて賢いあなたらしくないよと大笑いされ、とうとう仕方なく行くことにしました。

崟は任氏に馬を貸し与えて途中まで見送りに来ました。さて任氏が馬に乗って前を、鄭は驢に乗って後を行きます。二・三日経って馬嵬《ばかい》（楊貴妃が処刑された所）まで来ました。ちょうど西門にある御猟場の役人が猟犬の訓練をしていて、もう十日にもなっていたのね。犬たちは獲物に飢えていたわけです。

突然蒼犬《そうけん》（灰色がかった犬）が草叢から飛び出して、鄭の目には任氏がひらりと地に落ちたと思うと正体の白狐《びゃっこ》（鄭は白衣の任氏に恋したのでした）にかえって南へ駆けて行くのが見えました。蒼犬はあとを追いかける。鄭は必死で叫びながらそのあとを追いましたが、止める事は無理です。一里（約六七〇メートル）余り行った所で狐は犬に獲えられてしまいました。

鄭は泣きながら任氏（実は白狐でした）の死骸（猟犬にとっては獲物）を買い取って、その場に埋葬し木を削って目印を立て、引き返してみると、馬は道端でのんびり草を食っています。任氏の衣服はそっくり鞍の上に脱ぎ捨てられたまま、履物は鐙《あぶみ》の間にそのまま残っている。ただ首飾りが土の上に落ちていて、任氏の姿だけ消えているのね。

その有様を「若蟬蛻然」（蟬の抜け殻のよう）と表してある。鄭の直感と同じかもしれないけれど、鄭の言葉とは思えません。崟もその場に居なかったのだから、鄭が伝えなければ崟もそうは言えないでしょう？　これは沈既濟の作った譬《たと》えです。それにしてもなんと斬新な譬え方だと思いませんか。蟬の抜け殼は「空蟬《うつせみ》」と言いますよね。世の中が空しいことをたとえるのにも使いますが、その時抜け出るのは人の体ではなくて魂でしょう？　短い命でも蟬のように羽化するのよ。「若蟬蛻然」が仙人になる時に言われるのなら驚かないけれど、狐がするりと抜け出すのですから！　驚きと同時に実に任氏らしいと思ってしまうわ。しかも仙化するのとは違って、事実は犬に捕まって殺されるのです。

最初にこの物語に任氏が登場した時、「殆非人世所有」（この世の人とは思えない。ほとんど仙人の様だ）と紹介されていましたが、舞台を退く時は「若蟬蛻然」で、楊貴妃のように歴史に名を残すのではなくてはかなく消える。ですが、白樂天は「長恨歌」を作るより何年も前に『任氏傳』

を読んで、一匹の白狐（『任氏傳』には「狐」とあるが白居易は「白狐」だと解した）の生き方に詩心を揺すぶられて『任氏怨歌行』を作ったことは確かかね。『任氏怨歌行』があったから「長恨歌」は生まれ「長恨歌傳」が書かれたという順序だと思います。

十日余り経って鄭は帰京して、崟に初めて不思議な事実を告げます。崟は嘆き悲しんで翌日馬車を仕立てて馬嵬に行き、二人で塚を掘り返して遺体を確かめ（狐だったのか…）、懇《ねんご》ろに追悼したことになっています。

第八章　『任氏傳《じんしでん》』と『任氏怨歌行《じんしえんかこう》』（『任氏傳繪巻』を作る事／賀茂祭）

『任氏怨歌行《じんしえんかこう》』の方は、女に化けた狐の任氏が歌った怨みの歌でした。『怨歌行《えんかこう》』はもともと、「班婕妤《はんしょうよ》」という漢の寵妃《ちょうひ》が皇帝の愛を失って、長信宮に籠って作った怨歌として有名です。「白い練り絹を裂いて扇の表と裏から張り合わせると、団々として明月のよう」で「君のふところに入り微風をおこして喜ばれるけれど、いつも秋が来て箱の中に入れてしまわれるのを恐れている」というの。五言で綴られたこの『（班氏）怨歌行』に対して、『任氏怨歌行』はまるで中身が違います。ただ同じなのは白絹の団扇《だんせん》が思いを表すのに使われている事。

任氏はね、やはり白狐《びゃっこ》なのです。長安《ちょうあん》の街路で初めて鄭六《ていろく》に逢った時も白衣だったけれど、柄の長い白絹の団扇で両側の女奴に顔を覆ってもらいながら歩いていたのよ。その白一色の装いの中から、ぱっと

「燕脂漠々桃花淺　青黛微々柳葉新（うっすらと桃色の頬に、柳の若葉のように細くて青黒い眉）」の美しい顔が顕れて、鄭を恋の虜《とりこ》にします。

え、実は老狐が鄭六を迷わしているのだ？　いいえ違います。これは鄭を愛したまま無惨に死んでしまった狐の任氏の怨みの歌として書かれているのだから、舞台に登場した時からこの世にある人とは違うけれど実在なの。鄭六は迷ったのではなくてひたすら夢中になるのよ！　任氏は、不思議なことにそれに応《こた》えていきます。

それ、街路を東に曲って樂遊園《らくゆうえん》のある高台の方へ上って行くでしょう。高く聳えるような大木が繁っていて古い庭園なのです。一番高くて遠くを見晴るかせる処《ところ》に壮大な御殿があって、昔からいろいろな宴が催されてきた。今は夕方、黄昏《たそがれ》になるにつれて園は黝黝《くろぐろ》と奥深くなって森森《しんしん》とした神秘な杜《もり》に化します。平安京《へいあんきょう》にはこんなに広い遊楽の地はないけれど長安は大きいのですね。それでいて夜になると暗闇の自然に戻る。一筋北の崖下の新昌里《しんしょうり》では、崟さんが歓樂街で遊んでいるのに…。で、白狐の任氏が森の向うの棲息地へ鄭六を誘《いざな》います。

樂遊園の向うは夜になると、『靈異記《りょういき》』で狐の化けた美女が現れたあの野原と同じなのね。違うのは「野干《やかん》」（黄狐）ではなくて白狐の棲《す》み処《か》だった事。任氏という女になっている白狐を中心にした一家の棲み処だったのです。任氏のお姉さんに招き入れられた屋内はそれはそれは風流にしつらわれていて、明々と灯が点され酒饌《しゅせん》の支度が整っている。早速酒宴になって数杯傾けた所に、任氏が粧いを改めて現れるのですが、それがまた玉人《ぎょくじん》のような白衣裳《しろいしょう》でした。夜が更けて鄭は羽衣のように軽い任氏の衣裳に覆われて共寝します。「霓裳《げいしょう》羽《う》衣《い》」とここに書いてあるのだけれど、霓裳ってどんな裳なのかしら？『鶯鶯傳《おうおうでん》』では鶯鶯が「霓裳羽衣」の序を弾こうとするし、「長恨歌《ちょうこんか》」では明皇《めいこう》と楊貴妃《ようきひ》の愛の形が「霓裳《げいしょう》羽《う》衣曲《いのきょく》」ですよね。「霓」とは、私はまだ見たことがないけれど雌の虹のことで、二重に架《か》かる虹の外側の方が雌で光が薄いのですって。白に近い虹色がかった裳なら、白い羽衣と重ねるとそれこそ「玉人初著白衣裳」ですね。

白狐の任氏はすっかり鄭六に恋してしまったのでした。私がこれから生きていくことになる俗界では、貧しいとか醜いとか賤しいというのは大きな問題ですが、動物にとってはそうではないのね。でも狐は人に近づく時に化かす事が多くて、任氏だって化けているのだけれど、人のひたむきな心とか清らかな心に魅せられる力が大きく働いて、それは寧ろ狐の任氏の方が、人のもう失いかけている純粋な情《こころ》を持っているからだと思うの。『任氏怨歌行』はこの純粋な相愛《そうあい》を歌い上げていて、鄭六が驢《ろ》に乗っていたのに同情したとは言っていません。

次は十日余り経って、西市の雑沓の中での二度目の出会い。鄭六はあれから毎日のように長安中の繁華街を彷徨《さまよ》っていました。任氏の方はどうだったのかしら？この前の一夜では、狐と知られないよう夜の明けぬ間に鄭を帰したわね。この終りの聯。教坊《きょうぼう》に朝早く出かけるのでと嘘をついてから、再会の約束をしている。でも昼間に鄭が訪れれば荒地なのだから判ってしまう。人を愛してしまった任氏も、鄭以上に惑っていたでしょうね。

西市の張家楼《ちょうかろう》という二層の大きな衣裳店で、あの白衣も霓裳もあつらえたのでしょう。鄭六がその店から出てくる任氏を見つけた時は、「紈素《がんそ》（白い練絹）」で作った新しい小団扇を自身で翳《かざ》していて、それが「團團如明月」満月のように輝いて見えたのよ。雑沓も喧噪もすーっと消えてしまって、鄭にはもう任氏しか見えない。大声で叫びながら人を掻き分けて近づこうとすると、はっと気づいた任氏は思わず身を隠そうとしますが、猪のような鄭の勢いに押されて路を開けた人々の真中に却って曝《さら》されることになり、ふと狐に還って逃げ出しそうになる間もなく、鄭は目の前に来ています。後ろを向いて団扇で顔を覆い隠しましたが、艶《つや》やかな姿態は蔽いようがなくて、もうその時は鄭への思いが溢れて身を任せるしかありませんでした。以後二人は異類ではなくなったのです。短い間でしたが…（任氏傳では一年余りですが怨歌行ではその年の秋の終りまで）。

✣

二人は東の高台にある大きな樹の繁った家に住むことになって（実は長安中が狐の棲み処のようです）、白馬に乗って遊び回っている崟の邸から家財道具も借りて、結婚します。ところが新婚の日、鄭がたまたま出かけている時に崟が尋ねてくるのね。任氏は白衣に紅の裳（平生着ていた）をつけた姿で戸口の近くに居たので、あわてて奥の部屋に籠り羅《うすぎぬ》の扇で身を隠したけれど、赤い裳の裾が下から覗いていたのです。

崟がいち早くそれを見つけ部屋から任氏を引き出して、鄭が居ない間に荒々しく抱きしめようとします。情欲のため獣になった崟は、狐の任氏から見ると襲われる恐怖そのものだけれど、鄭に対してとは違って異類だという事を隠し通さなければならないので、もがき続けるしかなかった。最後にぐったりとなった姿はもう半死の白狐に近かったのに、崟の目には美女の憔悴《しょうすい》した姿にしか見えなくて、貧乏人の劉さんが可哀そうという必死の訴えに口説き落されたのね。そこへ何も知らない鄭が帰ってきて、三人の間には無言の約束事ができた。私は潔《いさぎよ》く身を引いた崟に同情します。それは、お父さまに寄せるのと似た気持ちと言ってもいいわ。

任氏の崟への感謝の情《こころ》の表し方は、狐一族のやり方で長安中の好みの女を崟に取り持つ事でした。でもこの辺は割愛します。私もそろそろ殿上しなくてはならないのです。その前に里帰り中のお母さまに読ませて差しあげないと。ただ、『任氏怨歌行』の最後の歌だけはどうしてもお話しておきたい。

鄭六と任氏が馬嵬《ばかい》まで来た時です。突然、

「玉爪蒼鷹雲際域　素芽黄犬草頭飛」

と詠《うた》い始められるのは。

『任氏傳《じんしでん》』では「蒼犬《そうけん》」が飛び出して来たのでしたが、歌では足の爪を尖らせた「蒼鷹《そうよう》」と白い牙を剝いた「黄犬《こうけん》」が、空と地上から獲物に襲いかかります。獲物は一匹の白狐だけ。遊びのための狩猟なんかではなくて、殺されるに決っている。どこまで逃げおおせるかだけです。「蘆《ろ》芒《ぼう》」（蘆《あし》の穂）の繁みまで、速く走って！　ああ、最後の聯はこうです。

「白花搖動以招袖　疑是鄭生任氏芳」

草叢《くさむら》の手前で白狐は残酷に殺されたけれど、魂が蘆芒に化してその白い花の揺れ動くのが、まるで鄭生を招く任氏の袖のようだという。いいえ、疑いもなく任氏なのよ。だから『任氏怨歌行』なのです。

✣

私は里邸の奥にある塗籠《ぬりごめ》で三日間も、新しい二冊の冊子を読むのに夢中になっていたのです。そして誰かに向けて話しかけていた。朝夕は母屋でお母さまと食事を共にしていたのに私は上の空で、夜もまた灯火《ともしび》の下で読み耽ったの。三日目の夕方初めて冊子をお母さまに差し出すと、「面白かったのでしょう?」と私の瞳を覗きこまれた。お父さまのなさり方と同じだ。ただ私はお父さまの前と違って、それに今までこうした話はお母さまにも出来ないと思っていたのに、一気に『任氏傳』について話し始めたのです。話しかけたかったのは、実はお母さまにだったのね。でも全部読んでからでなければ、それは無理だった。お母さまは興味深そうに、それにすこし揶揄《からか》うような目で私を見続けながら、最後まで耳を傾けて聴いて下さいました。

お父さまがこれから遣唐使として行かれる遥かな憧れの長安京で、裏の世界を制している狐一族に育った白狐の任氏が、どんなに美しくて如何に純粋に鄭生を愛したか、いざ説明しようとするとなかなか上手にはいかなくて。「そうそう、平安京でいえば宮中が狐の棲み処かしら?」と思わず呟《つぶや》いたら、「先ずあなたが狐かと疑われるでしょうね。」ですって。不意を突かれて今度は私がお母さまの目を見詰めたわ。「白狐の任氏が乗り移ったような話し方ですよ。」と笑って言われる。『任氏怨歌行』の方はまだ話していないのに、私の中で両方が混淆《こんこう》してしまっているという事か？ それではお話にならないわ。

✤

二年前に賀茂の齋院《さいいん》に卜定《ぼくじょう》された高子《たかこ》（仁明皇女）が六歳になっていよいよ鴨川で御禊《ごけい》の儀を行い紫野院《むらさきのいん》に入る日が近づいていた。禮子《ゐやこ》は四月早々には小町を伴って殿上しなくてはならない。御禊の日は二十日で、すでに三守《みもり》は儀式の次第と紫野までの道中行列の詳細を検討して、諸司に準備を命じるのに忙しかった。

四歳で齋院になった高子は幼少のため、これまでも潔斎の場所として承香殿《じょうこうでん》の塗籠を充《あ》てられていたが、昼間は仁壽殿《じんじゅでん》での遊びに加わっていたから、小町も親しく存じ上げている。二十日の行列は齋院の御輿《みこし》の前と後に、晴の装束に着飾った官人や官女が何十人も続くのだそうだけれど、御輿には乳母《めのと》が内親王を抱いて乗るのだろう。高子付きの童女《わらわ》も同乗するのかしら？ 私は輿の後に左右各一人列《れつ》する童女に選ばれた。お母さまは宮人《くにん》の車に乗るのだとか。それよりも、事前の準備に追われておられる。私はといえば、（松女たちは衣服の用意などに忙しく立ち働いているが）とりわけてすることがない。当日は、行列とか装束よりも賀茂大神《かものおおかみ》の神前での儀をつぶさに拝見したいものだわ。境内で走馬《はしりうま》も行われるのでしょう？


仁壽殿では、皇子たちが小町の殿上《てんじょう》を待ち兼ねていた。小町もまた、新しく『任氏傳』を物語ってみようかと考えた。お母さまに話した時は上手にできなかったけれど…。

この前の殿上は長かったので、室内の遊びとしてはやはり音楽が中心になって、年上の皇子たちの間には歌詞にする歌や詩に関心が高まっていった。特に皇太子恒貞《つねさだ》が熱心で、小町が開講する時は必ず出席した。最後の講義では「長恨歌」を読んだのだが。

恒貞はその「長恨歌」をほぼ諳《そら》んじていて、小町が『任氏怨歌行』という新着詩が長恨歌より前に作られたらしい事を口にすると、すぐさま身を乗り出してきた。小町はしかし、先ず『任氏傳』の話をしたいと思っていた。この二人の関心事はどうも子どもの域を飛び越えている。

仁壽殿の女御《にょうご》の御局《みつぼね》の一隅（東廂《ひがしひさし》）で、二人は相談を始めた。

「これはね、人ではなくて狐の話なのです。」

と小町が言うと、皇太子は意表を突かれたという顔で
「成る程」

と一層身を乗り出してきた。

「でも私は歌より前に任氏という狐の物語をお聞かせしたい。」

と、小町は懐から取り出した冊子を差し出す。受け取った恒貞は二十葉近くが綴り合わされた美

しい冊子に目を瞠《みは》る。

皇太子お一人に対して進講するような内容ではないし
「何人もの前で物語るにはどうしたらいいでしょう？」

ややあって
「それはね、私が絵を画きますよ」

と恒貞。相談に熱が入ってきた。

「冊子ではなくて巻物にした方が良い。文も要約して絵の下に入れよう。」

「それは私が致します。」

「それにしても内容を深く理解しないと心を揺するような絵は画けないので、一緒に先ず読んでみませんか？」

この動静がどこから洩れたのか、仁壽殿の女御からに違いないが、帝が
「朕《われ》も共に読もうぞ」

と仰せられる。はてどうしたものか。小町の童女殿上の儀で出御《しゅつぎょ》になった仁壽殿の御座は毎年の内宴を催す所だが、内々の会読には相応《ふさわ》しくない。やはり女御の局《つぼね》の東廂（二人が相談している所）でという事になった。この三者による又とない会読には、時に局の主である順子《のぶこ》も加わって、論議は夜半まで続いたのだった。

恒貞の絵の才能はなかなかのもので、細い筆を巧みに操って本物そっくりに描く。そこで小町

が『任氏傳』を声に出して読んでは、俗語で解らない読みには仁明《にんみょう》が助け舟を出し、絵に相応しい情景としてまとまった所で、小町がそれを和文で書いていく。順子が口を出して少し変更する事もある。

「絵は全景と並べて任氏の写真（肖像）も画きましょう」

と、これは小町の提案でした。

「それはいい」

恒貞がすぐさま応じます。仁明が感歎の声をあげました。

仁明は恒貞に

「清涼殿《せいりょうでん》の壁に描いてある山水圖は観ているだろう？　丹青《たんせい》の妙（いろどりの美しさ）という…。」

と仰せられる。

「小町も見ておきなさい。夕陽が差し込む時が良い。」

順子も傍らから

「私が連れて行きましょう。絵巻も彩色した方が真に逼《せま》っていいわ。でも、絵具も用意して画と文を書き交ぜて巻物にするには日数がかかります。齋院の御禊が終ってからにしましょう。」

と助言なさる。面白いことになって来ました。

✣

今年の賀茂祭《かものまつり》は四月二十日（中の酉日）で、御禊の儀も当日執り行われるが、先立って十七日には帝が賀茂祭使《かものまつりのつかい》を任命し、勅使の乗る馬の飾付けや従者の容姿を観閲する式が紫宸殿《ししんでん》で行われる。それまでに祭の使（宣旨使《せんじし》）を始め斎院司の女官、太政官以下の官人で警護や行列に加わる者、京職《きょうしき》の役人や兵士たち、それに祭の日の騎射に加わる駿馬《しゅんめ》、行列の武官や文官の乗用の馬、全てを決め、装束や飾付けの仕方まで定めてそれを周知しなくてはならない。

中でも道中行列の次第は、嵯峨朝《さがちょう》に有智子《うちこ》（嵯峨皇女）が、淳和朝《じゅんなちょう》に時子《ときこ》（正良王女《まさらおうじょ》）が斎院を勤められた時の記録が前例になるのだが、有智子が卜定されたのは弘仁元年四歳の時で、後に嵯峨が内裏での儀礼の制度を整えて作った儀式書には、斎院の御禊については書かれていない。有智子が天長八年の十二月まで斎王を続けたので、その後を継いだ淳和朝の斎王には、仁明の皇女がまだ時子女王と言われた頃に卜定されたが、すぐ代替わりになってこの度の高子内親王の御禊の儀が行われる事になった。

天皇の行幸に際して官人の行列は必ずあって、大行列になる時は「次第司《しだいし》」が任命され同時に「装束司《しょうぞくし》」も臨時に任じられることが多い。それらの前例は恒例となって有るのだが、賀茂の斎院は嵯峨に始まったものなので、新京内外のどの道筋を通るかを漢風に改まった建物や道路の名称で正しく示し、新しい官職位階に応じた服飾の決りや輿《こし》・車・馬の装飾について間違いなく行えるようにする必要があるのだった。掌侍《しょうじ》禮子は、父三守を助けて装束司の役を担当して働いた。諸司に指示する前に、嵯峨朝から公的に記録し始めた外記日記《げきにっき》や帝の親筆になる日録を調べるという煩雑な作業は、篁《たかむら》に「うるさしかし」と認められた禮子だからこそ果たせたといえよう。さて祭の当日。

賀茂大神に奉幣《ほうへい》する勅使には左《さ》近衛《このえの》中将《ちゅうじょう》源《みなもとの》信《まこと》が選ばれました。男ざかりの二十六歳になる源氏の貴公子で、近衛中將に任じられたばかり。翌日帝が賀茂祭使に任命なさったのです。その噂で殿上は持ちきり。武官の装束に身を固めて飾り立てた白馬に跨《またが》った姿は、女なら惚れ惚れする様な気品があるでしょう。私も一目見てみたい。行列中の童女に選ばれているのが怨めしくなって来たわ。

いつもは清涼殿《せいりょうでん》の台盤所《だいばんどころ》に詰めておいでになる廣井《ひろい》女王（源信の母）が、「使いの君を見に行きましょう」と膳司《かしわでのつかさ》の采女《うねめ》たちを連れ物見車《ものみぐるま》五つばかりで、朝早く一條大路に繰り出されたとか。行列に加わらない人はみな見物のため一條大路を埋め尽くしているそうです。卯《う》の四刻（午前六時半）に帝が紫宸殿《ししんでん》に出御され奉幣使などの乗馬をご覧になって禄を賜ってから、行列は出発します。私も早朝から松女の縫ってくれた童女の装束を着け、母と共に用意を整えるうちに心が昂《たか》ぶって来ました。一度限りのお勤めですものね。

賀茂祭も賑わいの中でつつがなく終り、齋院は御禊の儀を了えて紫野《むらさきの》の野宮《ののみや》に遷られた。賀茂神社に奉納された走馬での左近衛中將（源信）の雄姿は、小町の記憶に焼き付いた。

源信《みなもとのまこと》は嵯峨と廣井の間に生まれ育った源氏の第一郎だが、二歳年下の常《ときわ》が先に中納言になっていた。信は俄かに左近衛中將に任じられ賀茂祭で有名になったとはいえ、政事の中枢に入ったわけではない。しかし昇進を意に介する風は全くなかった。左中將になる前は左兵衛督《さひょうえのかみ》だった。武官の経歴が続いているのは容姿にもよるが、騎射は幼い頃から父の鷹狩に従ったので得意だった。嵯峨は身体の技だけでなく音楽や文筆の教習にも熱心で、信もそれに良く応《こた》えた。音楽は廣井から歌を、それに笛・鼓・琴・琵琶と全てを学んだが、小さい時から読書も大好きで、草書《そうしょ》や隷書《れいしょ》も能くした。その上、絵を上手に描いて巧みに彩色を施し、特に好きな馬の形を描くとまるで本当の馬のように見えた。

「源中將は絵がお上手だそうなので、加わっていただけないでしょうか？」

早速絵巻の話を始めた小町。帝も、

「それはいいね。このような夜の会読なら来るだろう。」

続けて

「朝餉《あさがれい》の間にある『跳《は》ね馬』の馬形屛風《うまがたびょうぶ》は、信が描いたのだよ。」

と仰せになる。ああ、そうなのね。廣井女王のお子なのだから…。山水圖壁画《さんすいずへきが》を観る時にその馬形屛風も見たいものだわ。さて仁壽殿の女御のご案内で屛風拝見、伯母の典侍貞子《てんじさだこ》も解説して下さったが、これがまた詳しくて。

こうして有力な顧問ができ、清涼殿の見学も済んで絵巻の制作は捗《はかど》ることになる。

〔「絵巻」という呼称は江戸後期から用いられ、明治時代に美術史用語として定着したらしくて、平安時代には「長恨歌物語繪」「源氏繪」のように呼ばれたというが、殆どが巻子《かんす》（巻物）仕立てである。ここでも巻子に作っているという設定で、呼称には普及している「絵巻」を用いることにした。題名としては『任氏傳繪巻』と書記する。〕

仁明は一歳年上の信と幼い頃から音楽を通してだけでなく馬好きとしても一致した。帝になった今、停廃していた五月五日節を復活し行事として武官の馬射を、翌日は種々の馬芸を閲覧することにして、昨年は日を改めて打毬《だきゅう》の態《わざ》も行った。今年は、前もって節会《せちえ》に牽《ひ》く馬寮《まりょう》の御馬全てと競馬のために貢がれた馬の総てを閲覧し、五日の行事は滞りなく終った。翌六日には種々の馬芸を楽しんだ。

これで臨時の行事も節日の行事も済んだので、さて夏の休暇を取ろうではないか。

昨夏は、五月から降雨が少なく六月に入るとあちこちで日照りが続いて飢饉が発生。伊勢神宮や畿内《きない》の神々に奉幣し、大極殿《だいごくでん》では百人の僧に大般若經の転読を続けさせたが、一片の雲も無い晴天が続いて酷暑のまま秋になった。ところが七月八日の夕がた突然一天かき曇り滂沛《ほうはい》として雨が降り始めた。待ちに待った恵みの雨と思いきや、今度は天の底が抜けたように降り止まず、十二日には雨水がこの京の街にも汎溢《はんいつ》して、急ぎ畿内の名神に奉幣し諸大寺には修法《しゅほう》させて、淫《いん》淫《いん》と降る霖雨《りんう》を防ぐのに奔走したものだ。これに懲りて今年は早くから対策を考えていたが、幸いに天気は順調で穀物の生育も良いという。

官民には「假寧令《けにょうりょう》」（令制の休暇の項）に定められた通り田假《でんか》（農作業休暇）を与えて、我もひとまず安心して『任氏傳繪巻《じんしでんえまき》』の制作を進めるとしよう。

通例は暑気を避けて離宮へ行幸するところだが、多くの官人を引き連れての移動は煩わしい。とはいえ内裏で清涼殿の常の御座所は「清涼」の名にも拘らず風通しが悪く、山水圖のある北西の廂《ひさし》の間も夕陽を受けるので夏は暑い。寧ろ仁壽殿の北側に並ぶ後宮に暑を避けるに及《し》くはない。とりわけ常寧殿《じょうねいでん》の前庭は広く、殿の南廂は東西に風が通って涼しい。暫く彼処《かしこ》を絵巻物工房に借り、我は母屋《もや》の東半分に移り住もうぞ。

思い立てば帝を遮る物はない。早速御殿の室礼《しつらい》が改められ、小野氏の女たち（貞子・禮子・小町）の住む常寧殿の西半分は、帝の遷御《せんぎょ》する御座所の隣ということになった。もちろん、彼女らの房の中は塗籠になっているし、御座所に最も近い貞子の房の東側は、各殿舎を南北に貫く渡殿で隔てられている。しかし仁明は遷御後も公務に際しては紫宸殿や清涼殿へ出御の為に、渡殿を頻繁に往来することになる。渡殿の途中には女御澤子《さわこ》らの住む承香殿が、そのむこうに仁壽殿の女御順子の御局がある。絵巻物工房が近くに出来るのは小町にとって喜ばしいのだが…。

✣

六月に入ると早々に仁明は常寧殿に移御《いぎょ》し、夕の御膳を召すと直ちに絵巻作りが始まった。信はもちろんのこと小町の母禮子に伯母貞子も当然のように顔を揃えた。ほほ笑ましくも頼もしいのは、多くの大人に囲まれて中心に居るのが九歳の皇太子と、同い年の童女《どうじょ》であることだ。小町は『任氏傳』を声に出して読み進むにつれて俗語にも馴れ、それを和語の話し言葉に直す技も身について、十日ほどで読み終える頃には肉親の禮子や貞子も驚くほど豊かな表現力に達した。特に任氏の最期の、狐に戻って逃げ去る場面は、空蟬《うつせみ》のイメージを巧みに使って視覚に訴え、虚実の間を走る白狐の無惨《むざん》な美しさを語ってみせた。小町自身はこの心境には仁明帝に導かれて達したという意識が強くて、父の篁に抱いている感情にも似た慕わしさを帝に感じ始めていた。

仁明は二人のために、霓裳のように淡い虹色の彩色で漉《す》かれた巻紙を、内藏から調達して下賜した。絹の染料も紙の染料も、絵巻に必要な絵具も、みな同じ植物由来の色を用いる。茜《あかね》・紅《べに》花《ばな》・蘇芳《すおう》・支子《くちなし》・黄櫨《こうろ》・紫草《むらさきぐさ》・藍《あい》などから抽出して更にそれらを混合するが、俄かには作れないので、信の手持ちの絵具に、装束では禁色《きんじき》にされているような貴重な色の絵具を仁明が圖書《ずしょ》寮《りょう》から持ち出して加えた。これで微妙な色合いも表すことが可能だ。

まず恒貞が最初の場面の絵を画く。論議を重ねた上で小町が下書きした文は十分視覚的だが、それでも長安《ちょうあん》に行ったこともなく絵図もなくて街の風景を絵に表すのは、困難を伴う。さすがの信も傍らで助言もできなくて、何かを伝えるには自身も描いて見せるしかあるまいが、同じく長安の風景は知らないので、描けば空想になってしまう。絵画は一面で音楽とも文学とも違う孤独な作業だと、恒貞も信も思い知った。それに比べて人物を描くのには、手掛かりが多くある事も解った。仏像、神像、そして生身のモデル。

恒貞の絵は興味深い展開を見せて行った。

任氏が長安の繁華街を南下して侍女たちに大きな長柄の団扇で顔を隠して貰いながら歩いてくる場面、驢《ろ》から下りて話しかける鄭の目で、団扇の間から月光のように任氏の顔が輝き出る一瞬を写したいのだが…。背景になる長安の街は、輪郭を描かず淡い彩色で靄《もや》に霞んで見える。任氏の顔も、白絹を張った団扇の方が寧ろ月のようで、顔はまだ暗がりの中にある。けれど白衣裳に包まれた美しい姿態はくっきりと描き出されている。それらの全景が霓裳を漉き込んだような紙面に浮き上がって、顔の現れる一瞬への期待が高まる。

それに並べてやや右下に任氏の顔を画く恒貞の筆は、不思議なほど伸び伸びしていた。言わば一気に写し撮った趣きである。顕れたのは大人に成長した小町にそっくりの、任氏の肖像だった。母の禮子が奇《く》しくも、「先ずあなたが狐かと疑われるでしょうね。」と予言したように、狐の任氏は皇太子恒貞にとって小町と一体化するところに帰着し、絵巻を観ながら物語を聞く女たちは、ああやっぱり彼女こそ狐だったのだと納得する！

小町は何事もなかったという表情で、詞書《ことばがき》の文を草書に近い仮名文字で綴っていった。やや薄墨の流麗な筆が、絵画の具象性を吸い取りながら客観化する働きを促すのを感じつつ、皆は最初の場面からもう絵巻の複合的な面白さに引き込まれた。

最期の場面を画き了えたのは、六月も終ろうとする頃だった。母の禮子は、『任氏怨歌行』（『任氏傳』ではなく）の死後の場面、魂が蘆《あし》の穂になってその白い花の揺れ動くのが、鄭生を招く任氏の袖だ、という画面を加えてはどうかと提案した。

「あなたが狐なのだと判ってしまったのですから。」

しかし小町も恒貞も応じなかった。

「それは混淆しない方がいい。私が別の形で表現してみせるわ！」

✣

仁明は政務に戻った。現在、穀物の稔り具合はよくて秋稼《しゅうか》が期待されるが、風雨が適切でないと損害を被る恐れがある。十五大寺の常住僧に命じて、所属する本寺で「大般若經」を転読させ、その霊力による護りで必ず豊稔となるようにせよ、と先ず勅を下した。

七月になると、予め風雨の災を攘《はら》うため天下の名神に急ぎ奉幣、淡路の飢民には穀物を与え、五日には伊勢大神宮に奉幣した。これも風雨の災害を防ぐためである。

『任氏傳繪巻』は忽ち広まって行った。人々は狐に化かされる話が大好きなのだ。しかも異国の話で美女に化けた狐の純愛物語。おまけにこの後宮に仕えている美貌の童女が、あの常寧殿の西の房に住んでいる小町お姫さまが、実は狐の任氏なのだって。というわけで、下仕えの女たちが房の西廂に詰めかけた。そして同僚の松女に小町への取り成しを頼む。絵巻の読み聞かせは小町にしか出来ないので、数人ずつを招き入れては、秋の夜長の物語が続いた。

『任氏傳繪巻』の話は、篁の耳にも直ぐに伝わった。その制作に仁明が肩入れしているという噂も、西廂での読み聞かせの評判もあちこちから聞こえてくる中で、もちろん禮子を通して最も事実に近い話は聞くことが出来た。そして、昨秋禮子に小町を託した一夜の事を思い出していた。

あの時妻の言った一言、

「世の中を知って結局は文章の道を選ぶような気がするのです。」

それは難かしい道になるわ、とも言っていたな。すでに狐に化けたふりをして物言う術《すべ》に気づかされてしまったか！

そんな小町を労《いたわ》しくも頼もしくも感じるのだったが、娘の帝に懐《いだ》き始めた慕わしさの感情、ましてや仁明の小町への情愛には気付いていなかった。

補説1　『任氏傳《じんしでん》』、作者沈既濟《しんきせい》は徳宗《とくそう》時の人。原文は汪辟疆校録『唐人小説』（中華書局）に依る。解釈には、前野直彬編訳『唐代伝奇集Ⅰ』（東洋文庫）を参照した。『任氏怨歌行《じんしえんかこう》』は、承和六年『慈覺大師《じかくたいし》（圓仁《えんにん》）在唐送進録』に『任氏怨歌行一帖白居易』とあるのが初出だが、篁がそれ以前に筑紫で入手したと想定した。原詩は散佚し、『千載佳句《せんざいかく》』（大《おお》江維時《えのこれとき》）に二聯の断片、『新撰萬葉集《しんせんまんようしゅう》』（菅原道眞《すがわらのみちざね》）に一聯が残るのみである。

第九章　遣唐使の進発と遭難（月下の宴／遣新羅使・紀三津《きのみつ》）

承和《じょうわ》元年一月十九日に遣唐使《けんとうし》（大使藤原常嗣《ふじわらのつねつぐ》・副使小野篁《おののたかむら》）が任命されてから、三年目を迎えた。承和三年四月二十四日紫宸殿《ししんでん》で餞別の賜宴が催された。

常嗣は殿上に跪《ひざまず》いて天皇の長寿を祈願する壽詞《じゅし》を唱え、仁明《にんみょう》は起ち上がってこれを承けると釆女《うねめ》に命じて酒盃を賜り、常嗣は跪いたままで飲み干してから南階より降りて拝舞する。この間に五位以上の官人に「賜餞入唐使《にっとうし》」（入唐使に餞《せん》を賜う）という題で賦詩《ふし》が命じられ、仁明からも御製を賜ると常嗣はそれを懐に入れ、引き下がって再び拝舞。『續日本後紀《しょくにほんこうき》』にこの時の作法が克明に記録されている。大使常嗣の振る舞いが礼式に適《かな》って見事だったのであろう。常嗣の父葛野《かどの》麻呂《まろ》が前回の遣唐使に選ばれて節刀《せっとう》を賜ったのが延暦二十二年。『日本紀略《にほんきりゃく》』に、数日前に催された賜宴の席で桓武《かんむ》が餞《はなむけ》の和歌を詠《うた》い葛野麻呂はじめ一同が感泣したとあるが、一方で設宴の事は漢法に依って行われたのだとわざわざ断わっている。その場で父の唱えた壽詞を奉る作法（『紀略』には無い）が、前例として踏襲されたのではなかろうか。恐らく常嗣の行った作法の方が、平安朝に始まった漢法に一層沿ったものとして、詳しく記録されたのだろう。

二十九日大使と副使への節刀の賜与、そして三十日大使の母（菅野淨子・葛野麻呂の妻）の叙位に至るまで、全て旧例に准じて執り行われた。漸く四艘の遣唐使船が完成して乗員も決り、いつでも難波を出立できる準備が整った。

篁は、いよいよ節刀を賜わる時が来て、これまで散々に難航してきた遣唐事業と、その間に難《なに》波津《わづ》や大宰府《だざいふ》を往還して入手した新事情からすると、これら出航に際しての儀式はいかにも空々しいと感じていた。大使の母淨子が無位から従五位下に叙せられるに及んで、小野氏の祖先神の叙位を申し出たのは、篁としては極めて正当な要望だった。明けて五月二日に近江《おうみ》の小野神は従五位下を授かった。

三日後の五月五日節には、武官の騎射に加えて、五位以上の文官貴族も競争馬を出して勝負した。篁も馬場で育てた駿馬《しゅんめ》に自ら騎乗した。一昨年からの思いがけない休暇中に励んだ馬術だが、この次に騎乗できるのは何時だろうか。愛馬のためにも生還しなければならない。

仁明は遣唐使に託して、過去に入唐して彼の地で死んだ使人と留学生八人に位記《いき》を贈ることを考え、位記に付けて長い詔詞《しょうし》を自ら綴った。帝なりの心の入れようであった。その翌日には藤《ふじ》原助《わらのたすく》（近衛中將）を難波の港に遣わして、「道中恙《つつが》なく、出立する今日のように面変《おもがわ》りすることなく早く帰るように」と勅語を伝え、酒肴を賜った。次の日遣唐使らは乗船、翌十四日に四船共に纜《ともづな》を解いて出航した。ところが早くも十八日夜、畿内《きない》を暴風雨が襲い平安京《へいあんきょう》内で損壊を免れた家は稀れという有様、輪田泊《わだのとまり》(兵庫)に停泊していた遣唐使船の安否が気遣われた。二十二日には遣唐使のために山階《やましな》(天智《てんぢ》)・田原《たわら》(光仁《こうにん》)・柏原《かしわばら》(桓武)などの陵に幣帛《へいはく》を奉り、「風波の難に遭うことなく無事に帰朝できるように」皇祖に加護を願う宣命《せんみょう》をそれぞれ使者に託した。

一か月後には遣唐使船の筑紫《つくし》出発に合わせて紀三津《きのみつ》を新羅《しらぎ》へ遣わして、万一新羅領へ漂着した時の配慮を依頼(とはいえ旧例に准じて命令に近いものだった)、これで今度の入唐についての儀式と祈禱、死者にまで遡っての叙位など、万全を期したはずだったが、更に半月たって元興寺《がんごうじ》(三論《さんろん》宗《しゅう》)からの留学僧常暁《じょうぎょう》を伝灯満位《まんい》(凡僧の伝灯住位から一階上への叙階)にすると追加した。

✤

承和三年は閏年で、四月二十四日から始まった遣唐使の出発に際しての細々《こまごま》とした出来事が一段落した時は、もう閏五月が終ろうとしていた。しかしその内実は「外交」といえるものではない。篁の家系を外交官と言ったが、遣隋使《けんずいし》を務めた小野妹子《おののいもこ》の外交能力は然《さ》るものとして、隋が滅び唐代《とうだい》に遣唐使が再開されてすでに二百年近く、いま篁が当面しているのは外交ではなく国内事情ばかりである。唯一、新羅へ使者を立てて遣唐使をよろしくと言わせた対外策に至っては、見事にしっぺい返しを喰らうことになる。

遣新羅使《けんしらぎし》は遣唐使より一足先に筑紫を出立、十月下旬に紀三津はやっと大宰府まで帰って来たのだが、朝廷に復命できたのは十二月三日になってだった。その日の『續日本後紀』には、三津は勅使ではなく「太政官牒《だいじょうかんちょう》」を持って行ったのであるが、専ら友好が目的だと新羅の当局に媚びたため、牒の趣旨と齟齬《そご》を来たして疑われ、使者としての任務を果すことが出来ず、不当な脅しを受けて帰国したとある。そして三津の持ち帰った新羅國執事省《しらぎこくしつじしょう》の牒の内容を偽論《ぎろん》に近いと非難し、証拠として通牒《つうちょう》の全文を写して記載している。

この正史の記録に、篁に関する噂が登場する。新羅からの牒の中に、

「小野篁の乗った入唐船がすでに出帆しているのに、重ねて三津を唐に行かせることがあろうか？」

と書いてあるのに対して、

「唐へ派遣する使節には大使がおり、篁は副使でしかない。どうして大使の名を出さず、その下の者の名を出したのか。それだけではなく、篁はその時まだ日本にいて渡海以前であり、『遠く唐に向けて出帆している』というのは、いずれも海路をとり航行する商人らの流言《りゅうげん》を聞いて、でたらめを言ったに過ぎない。」

と決めつける。『續日本後紀』ではこのように書くが、これは実相を伝えているとは思えない。

紀氏は小野氏と似通った系譜を辿《たど》って今に至った氏族で、上代に天皇家から別れて武門として

大和王権《やまとおうけん》に仕え、朝鮮半島での軍事・外交に携わってきた家柄である。従って、紀三津は役目を全うしなかった咎《とが》で正史からは追放されるが、実は新羅への使者に適任だとして選ばれた紀氏のホープだったはずだ。史では「三津一介緑衫（位袍《いほう》の色が緑の三津はとるにたらない六位）」とあって、恐らくまだ若くて、位が低い。平安初頭の紀氏で公卿（三位以上）に昇ったのは奈良時代に生まれ長寿を全うした紀百繼《きのももつぐ》だけだが、氏族としては多くの官人を輩出してほゞ四位には至っており、三津の次の世代で、有能な少年だった紀夏井《きのなつい》（篁に書を学んだ）は、文徳《もんとく》（今の道康《みちやす》）に信任され、従五位上まで昇って右中辯《うちゅうべん》を務めた。

三津について不可解なのは、当時の史書には官人は必ず官職位階の下に氏族名・姓《かばね》・名の順で記される（百繼が今年薨じているが、「参議従二位紀朝臣百繼薨」とある。夏井も、後に應天門の変の巻き添えで流罪になるにも拘らず「従五位上紀朝臣夏井為右中辯」と記される）のに、紀三津は一連の騒動の記事の中で一度も「朝臣《あそん》」と姓が付されていない事だ。最初に遣新羅使に任じられる所から「以武蔵權大掾紀三津爲使」である。これは何故か？

✣

篁が二年後に遣唐使の在り方を批判して乗船を拒み、「西道謠《さいどうよう》」という童謡《わざうた》を作って流行らせ政策を風刺したため、嵯峨《さが》の怒りを買って出された勅では、冒頭「小野篁」と名指して、国命に叛《そむ》いた罪で絞刑に処するところ、死一等を減じて隠岐國《おきのくに》へ遠流《おんる》に処せよとある。この後で位記も没収されるが、その時の記事も「小野篁」と始まる。罪人には姓を付さない。しかし紀三津は遣新羅使に任命された時から罪人と同じく呼び捨てにされている。

ところで篁は二年足らずで罪を許され、その個所では「授無位小野朝臣篁正五位下」と記されている。しかし三津については、新羅の執事省牒が

「使人（三津）は専ら友好が目的だと言うのに、持参した牒は遣唐使の船が新羅の領域へ漂着した時は救助して速やかに送還するようにと告知するだけの文面で、本人の言う事と一致しない」

「太政官印を模して太政官牒を偽造し勝手に海上を往来している者」

「使人に相応《ふさわ》しくないこの小悪人を許して大国（新羅）の寛大な原則により送還するので、本国で処置を宜しく頼む」

と言ってきたのに対して、『續日本後紀』の記述は紀三津を散々非難してはいるものの、刑罰については何の沙汰もない。これはどうした事か。

『續日本後紀』は文徳の詔で編纂が始まり、成立したのは更に次の清和朝《せいわちょう》・貞観《じょうがん》十一年である。遣新羅使事件全体についての報告書は承和三年当時作成され、もちろん正史の編集はこの資料に依っている。しかし一方で紀三津は時の人として話題になり、寧ろ同情する意見が多く寄せられたのではないか。更にこの事件は新羅國の返書の内容を含めて、篁が密接に関係しているに違いない。残念な事に三津が以後の正史から抹殺されているので、作者としてはある程度の歴史的証

拠を示して推測するという方法が採れず、推理するしかない。即ち完全なフィクションになるが、真実はその中にこそあるだろう。

確かに、紀三津という名は小説の主人公にしてもいい名前だ。難波津の近くに三津寺《みつでら》という名《めい》刹《さつ》があって行基《ぎょうき》が開いたと言い伝える。『古今集《こきんしゅう》』に「我をきみなにはのうらにありしかばうきめをみつのあまとなりにき」と、「三津」と「見つ」を掛詞《かけことば》にした歌もある。昔、結婚していた女が男に捨てられて、三津寺に行って尼になりこの歌を詠んで男に送った、と詞書《ことばがき》にある。難波津の三津浜《みつはま》という所に寺を建てたので、三津寺と言ったらしい。そのあたりに難波の鴻臚館《こうろかん》もあった。紀三津とは何やら因縁の深い土地柄ではないか。

さて紀三津は玄蕃寮《げんばりょう》から太政官牒を託されて先ず難波の鴻臚館に入り、遣新羅船が用意されるのを待った。船は遣唐使船のように新しく大きな帆船を建造するのではなくて、張寶高《ちょうほうこう》（新羅商人）らが海上を乗り回している新羅製の小型船が安全で便利だというので、本朝でも買い入れて大宰府と難波に数艘ずつ繋留してあるのを、整備すれば済む。録事《ろくじ》（記録係）のほか傔従《けんじゅう》（私的な従者）や、船師（船頭）・水手《かこ》（船員）も任命されて二十人余りが難波の鴻臚館（補説1参照）に集合した。

閏五月の末に、遣唐使に追加任命された訳語《やくご》（通訳）の紀春主《きのはるぬし》（還俗僧《げんぞくそう》）と留学僧の元興寺常暁も大宰府まで同船させて、難波津を出発した。小型なので途中の港で順風を待って滞在を重ねることもなく、十日ほどで筑紫の大津浦《おおつうら》（現博多湾）に入航し、筑紫鴻臚館で先着の遣唐船乗組員らと合流した。三津は初めてここで遣唐副使の小野篁に出会い、強く魅《ひ》かれることになる。

大宰府に来てみると京で思い描いたのとは事情が全く違って見えた。三津は今まで内舎人《うどねり》として帝の側近で内裏の警護や伝令の役に当たってきて、遣唐使を送り出すまでの京での儀式や、難波津での見送りについても、凡そは理解しているつもりだった。仁明が三津の才智を見込んで使者に推したのかもしれないが、遣唐使と違って、新羅との交渉は太政官管下の官僚の手に委ねられた。なお武蔵権大掾《むさしのごんのだいじょう》に任じられたのは遣新羅使になるに当たっての人事で、実際に武蔵國に行ったことはない。この度初めて京を離れたのだった。

筑紫鴻臚館は広々とした土地に幾棟もの宿舎が立ち並び、遣唐船に乗り組む何百人もの人々で溢れていた。宿舎の北側には東西に拡がる蓮池に木橋を架け渡して回遊もできる庭園があって、その向うに厳《いか》めしい中国風の反りのある屋根瓦が見える。掘立て柱の長屋が並ぶ宿舎から見ると、一段高い基壇の上に立つ鴻臚館の本殿で、東西五間・南北三間の母屋は吹き抜けの広い空間を作り、ここが遠来の客を接待して交渉したり交易をする舞台だった。本殿の東と西の廂《ひさし》から左右の門楼まで渡殿《わたどの》が通じ、この二個所の楼内でも様々な会合が行われていた。外郭中央の北門から見渡すと、真正面の浜から那《な》の津《つ》（現在も地名が残る）を望めた。かつて篁が遥かな海彼《かいひ》に帝郷を夢見ながら「秋雲篇《しゅううんへん》」を作ったのは正《まさ》しくここで、三津は思わず學生《がくしょう》の頃流行したこの詩を口遊《くちずさ》んでいた。

✤

閏五月半ばに京を出立して一か月、満月に近い月が夕空に輝き始め、昇るにつれて砂丘のむこうの海が凪《な》いでいるのまで見渡せた。三津はこれほど曇りない月を平安京では見なかったように思う。月に誘われて丘に登ると、そこに巨《おお》きな男が立っていた。三津の胸は高鳴る。小野篁だ。篁は待っていたかのように紀三津に近づく。二人の初めての出会いだった。

「幸いの月夜だ。大宰府まで案内しよう。」

篁はその夜、少貳時代からの腹心で筑前権守《ちくぜんのごんのかみ》小野末嗣《おののすえつぐ》と大宰府庁で会う約束があったのだ。早速東門の側《がわ》に回ると、門の外に厩《うまや》がある。逞しい葦毛《あしげ》の馬を二匹引き出して厩舎人《うまやのとねり》に鞍を着けさせ出発、月は南天へと昇って二人の行く道を先へ先へと案内するかのように照らした。篁が大声で言う。

「鴻臚館から大宰府までは四里（十六キロメートル）ほどある。この道は古くは幅が五間（十メートル近く）もある広い道路だったらしい。都督府《ととくふ》（大宰府庁）が那の津から筑紫野の奥の山際まで入った所に出来たのだ。外敵からの守備固めでね。それも海とは逆の南向き、京の朝堂院《ちょうどういん》と同じ向きというわけさ。」

からからと笑って、

「であるから、鴻臚館は東門が重要なのだ。」

と、三津にとっては初めて聞く事ばかりである。

月が中天に懸かる頃、府庁に着く。南門は柱間が五間ある二重門で、門外に馬を繋いで内に入るなり、朝堂院の南門（應天門《おうてんもん》）を想い出さずにはいられなかった。三津はまだ應天門の内側に入ったことがない。大宰府では易々《やすやす》と境を跨《また》いで更に間口の広い（戸もない！）正門の階段を上ると、そこに府庁の本殿（都府樓《とふろう》）が聳えていた。

大宰大貳《だざいのだいに》藤原廣敏《ふじわらのひろとし》の弟で琵琶《びわ》の上手として知られる藤原貞敏《ふじわらのさだとし》が、この度の遣唐使《けんとうし》准判官《じゅんはんがん》に選ばれていた。貞敏は大同二（八〇七）年の生れで廣敏とは親子ほども年が違うが、三津とは同じ年代だ。今宵の宴は末嗣から廣敏の耳に入って、貞敏も招かれる事になっていた。琵琶が弾かれ詩も賦される風流な宴になることだろう。末嗣は唐人《とうじん》沈道古《しんどうこ》（篁薨伝によると、後に鴻臚館で詩賦を唱和した）と以前からの知己で、道古を篁に是非紹介したいと考えた。小野末嗣は天長の始め文《もん》章生試《じょうしょうし》に及第、篁より二・三歳年下だが文人《もんにん》としても認められた俊才で、篁の「秋雲篇」は当時諳《そら》んじて世に広めもしたものだ。

奈良時代の末期（七六〇〜七八〇年頃）遣唐使の送使に命じられて唐から大使として来日した沈《しん》惟岳《いがく》という人物がいる。惟岳は賄賂《わいろ》の嫌疑をかけられ副使らに訴えられたが、朝廷はこれを裁く立場にはないとして旧例の通りに保護した。唐は安史《あんし》の乱で混乱状態でもあった。惟岳は帰国を断念し当初は大宰府に、後（七八〇年）には従五位下清海宿禰《きよみのすくね》という日本名で平安京の左京に居住した。この時代に唐人への賜姓や叙位は多くあって、延暦《えんりゃく》十四（七九五）年には桓武が唐人ら五人に官職を与えている。沈惟岳も桓武に仕えたのではあるまいか。左京の屋敷周辺は唐人の居住区になっていたかもしれないし、惟岳に子孫がいる可能性もある。今の道古が沈氏の子孫だという証拠はないのだが、沈氏は南朝を代表する文学者・政治家の「沈約《しんやく》」が呉興郡武康縣《ごこうぐんぶこうけん》（現浙江《せっこう》省）の人であるように、長江《ちょうこう》下流（揚子江）の古代「呉《ご》」と呼ばれた地方に出自を持つ氏族で、唐代では政治家としての地位は下《さが》って史書に現れないが、詩人では沈千運《しんせんうん》・沈亞之《しんあし》が呉興人である。

　そもそも沈大使は蘇州《そしゅう》刺史《しし》によって任命され蘇州から船出しており、呉興郡は隋代に一時蘇州に編入されてもいる地で、惟岳が呉の沈氏の一族の出であることは確かだろう。さて、沈道古が筑前に滞在している経緯について説明するために横道に入ってしまったが、道古もまた呉の出身であるとして、仮に枝分れした一族の末端の一家族の中で、身内が日本の平安京に住んでいるとしたら、その消息について繰り返し話題になって言い伝えられ、日本に来る強い契機になったにちがいない。で、多分新羅船に便乗して筑紫に到着した。小野末嗣は筑前権守だが実権上は筑前守と同等だったので、才能ある唐人道古を上京させず筑紫に引き留めた。当初から篁に紹介する狙いでもあった。今宵それが実現する。

✣

月下の宴は、都府楼の背後の両翼に構えられた亭のうち東亭で催された。弄月亭《ろうげってい》（仮称）という。招き入れられた三津にとっては、目も眩み耳を疑う夢のような時間の始まりだ。反り返った宝《ほう》形造《ぎょうづく》りの屋根には緑釉瓦《りょくゆうがわら》を用い、柱は朱塗りで両開きの扉は全て開け放たれてあった。琵琶の名人が加わったので詩賦は自《おの》ずから楽府《がふ》に倣って、先ず有名な李白《りはく》の「關山月《かんざんのつき》」、「明月出天山　蒼茫雲海間　長風幾萬里　吹渡玉門關」と胡地《こち》に対峙《たいじ》した関（敦煌の近く）で眺める月を詠う。近くは嵯峨の御製と、奉和した有智子《うちこ》・菅原清公《すがわらのきよきみ》・滋野貞主《しげののさだとし》の「關山月」がある。これらは、漢の武帝が建造した玉門關《ぎょくもんかん》で見る月を詠い、七言八句の終りの聯で都に残る妻が同じ月を見て嘆くさまを描いた。末嗣はかつて文章生試を受けるに当たって、これらの詩をみな諳んじたものだ。奉試の題は「王昭君《おうしょうくん》」で（『經國集』に末嗣詩が入集）、こちらは女君自身が匈奴《きょうど》へ嫁がせられる話なのだが、「關山月」やその外の知見も絞り出して答案を書いたことを懐かしみながら、今宵の月は玉門關ではなく「明月出城山」であるな、と思いを巡らす。客人の道古は、同族出身の沈佺《しんせん》期《き》のこれも有名な『關山月』を、「漢月生遼海（天の川と月が遠くの海に生じ）」と口遊《くちずさ》んでいた。

篁は、琵琶を抱えて亭内の榻《とう》に胡坐《こざ》し調子を整えている貞敏の脇に座して、亭の内外を（詩を）嘯《うそぶ》きながら歩きまわる人々の声に耳を傾けていた。とりわけ沈道古の本来の漢音による朗詠《ろうえい》が心地よく響いて、それに誘われるように懐深くから龍笛《りゅうてき》を取り出した。三守《みもり》から譲り受けた秘蔵の笛を大宰府に携行したのだった。歌は「朣朧《とうろう》出半暉（おぼろに半ば輝き出て）」と続くのに合わせて、笛が初めは微かだが次第に旋律を主導し、途中から貞敏の琵琶も加わって、月は輝きを増しつつ天空を渡り、主客みな声を合わせて朗詠を楽しんだ。次いで篁は即興で作った歌詞を謡い始め、貞敏が即座に和するが、自身の唐への憧れと航海への不安が琵琶の音色に混じるのに、篁も直ちに反応して言葉も謡い方も変って行く。その変幻の自在さに人々は一旦静まって耳を傾けたが、折り返し折り返し変調しながら奏される歌に一人二人と皆が加わって、謡い且つ踊り始めて止《とど》まるところがなく、月が西の山の端に近づくまで宴は続いた。

✣

承和三年七月二日、遣唐使船四艘は博多津《はかたのつ》を進発した。大宰府は即日早馬《はゆま》を飛ばして朝廷に飛《ひ》驛奏《えきそう》で知らせる。京都では十五日に奏状を受け取ったが、翌日たて続けに第一船と第四船の遭難の報に接する。遭難の奏状の方は六日と九日に出されたものだが、朝廷は殆ど同時にこれらの事情を知ることになり、翌十七日には直ちに二通の勅符が下された。一通は遣唐使に宛てたもの、もう一つは大宰府への命令と言えるものだった。

「大使らは忠貞《ちゅうてい》の精神から敢て困難を厭わず大海に船出したが、事がうまくいかず途中で肥前國へ引き返したという。さぞかし苦労に遭ったであろう。奏状を読んで考えるに、両船とも無傷ではなく修繕が必要である。修理が済むのを待って渡海を果たすように。第二船と第三船の行方も心配している。」

そして大宰大弐廣敏には、

「西風に阻まれて漂流し肥後に辛うじて戻って来た大使らを府舘で受け容れて、再出発まで全てを供給して安らかに過ごさせよ。また壊れた船は府で修繕するように。船大工は朝廷から派遣する。また第二船・第三船も引き返している懼《おそ》れがある。値嘉島《ちかのしま》（五島列島）の船が着きそうな地点に監視人を配置して、もし漂着した時は速やかに上奏せよ。」

先の大宰府からの知らせで朝廷は大騒ぎになり、論議は紛糾して纏《まと》まるべくもない。公卿の中心たる右大臣三守は表は冷静に振舞っているが、内心は第二船の篁が心配でならず、事情の全体を察して最も心痛しているのは仁明自身で、安倍安仁《あべのやすひと》に命じ勅符の文案を練らせたのだった。安仁は、藤原良房《ふじわらのよしふさ》と並んで新帝の藏人頭《くろうどのとう》に選ばれ、権中納言《ごんのちゅうなごん》に特進した良房の後を引き受けた、事務にも政務にも有能ないわば帝の秘書室長で、仁明の意を体して迅速に二通の勅符を作成し、三守と良房も承知の上で即座に伝達の運びとなったのだ。

副使・篁の第二船は、すでに八日には別島《わけしま》（肥前・松浦郡）に漂着していた。朝廷に篁の奏状が届いたのは二通の勅符が出された翌日だったが、直ちに篁にも勅符が下された。中に

「本来忠貞の心があれば、必ず無事に行くことができるものだが、今回の遭難はいかなる鬼神の仕業なのだろうか。」

とある。博多津を進発してから凡そ一か月が経って仁明の勅に接した篁の心中は波立った。逆浪

に翻弄された船を修理した後、

「大使らと共に国命を果たせ。」

との命に、従うべきか。

大使常嗣もこれに先立って返書を奉っていた。勅に感謝し、神霊に助けられて生還できた喜びを述べながら、一方で日夜漂流した恐怖を綴る。（補説2の原文を参照）

「鋭い刀の切っ先のような水波に船腹を破られ、**大魚の腹の中で半死体でただ死を待つのみ**」

「詔命を果たすことが叶わず心も半死の状態です。」

と訴える。しかし勅符はやはり
「修理が済むのを待って渡海を果たすように。」

との命令なのだった。

補説1　鴻臚館は京と難波と筑紫に造営された。もともと国家の成立と共に隣国との国交や交易のための客館が整備されていき、難波館《なにわかん》とか筑紫館《つくしかん》と呼ばれていたが、平安初頭に中国の鴻臚寺《こうろじ》（日本の玄蕃寮に当たる）に倣って客館を「鴻臚館《こうろかん》」という名称にした。延暦の遣唐使の時すでに鴻臚館と言ったかどうかは不明だ。『日本後紀』では、大同五年（嵯峨朝）と天長三年（淳和朝）に「鴻臚館」の名称が使われるが、これはいずれも渤海使を安置し饗《もてな》すために平安京に造った客館を指す。
ところで発掘が行われて遺構が見つかっているのは現在の福岡市にある筑紫の鴻臚館だけ。正確に言えば筑紫館（奈良時代まで）の塀と門・奈良時代の掘立て柱で、平安朝の鴻臚館は大型建物の礎石のみが残っている。現在、発掘された筑紫館の跡地に「鴻臚館跡展示館」があり、二〇一六年に遺構を埋め戻し芝生の広場にして建造物跡地《あとち》を示す標識が完備された。それらによると客館には北館と南館があって、両館の敷地の間に「濠《ほり》」があった。中世以後の城の堀とは異なり、古代の「濠」字は『荘子《そうじ》』「秋水篇」の最後の説話に「遊於濠渠之上《ごうきょ》」（濠水という川の渡り場のあたりに遊ぶ）とあって、白居易《はくきょい》が「池上寓興」という詩の起句で「濠渠荘恵謾相争」（濠渠の上で荘子《そうし》と恵子《けいし》とは魚の楽しみについて謾《みだり》に言い争った）と、この話を種にした。鴻臚館の「濠」も池であったらしく、奈良時代には土橋が、鴻臚館（平安時代）の頃は木橋がかかり、池中からは各時代の陶器類が見つかっている。一方、北館と南館の外郭でそれぞれ発掘された東門の遺構は鴻臚館以前のものだ。

平安朝になって新しく建て替えられ鴻臚館と名付けられた客館は、規模が拡充されたと考えられるが礎石が僅かに残るだけで、一〇四七年に放火された記事を最後に文献からも消え、交易市場はもっと東の博多へと移っていったので、十二世紀後半には荒廃していたに違いない。その跡地に、関ケ原の戦の功績で筑前藩主になった黒田長政《くろだながまさ》が「福岡城」を築いた時、鴻臚館は破壊されて北館の基壇の痕跡を残すだけになったのである。

基壇の広さは東西が七五メートル以上、南北五七メートル以上あった。北側は海で、三・四メートルの崖下は砂丘だったのを、すでに奈良時代に平らにして瓦を敷き盛土して地盤を強化してあった。二・三百メートル先が海岸（江戸・寛永ごろまではそうだったらしい）で、ここが遣唐使も船出した港なのである。この地形から見ると、海に向かって開けた台地に基壇を築いて建てられた鴻臚館北館には、北にも門があったと考えるのが自然ではなかろうか（南館域には中央部に推定南門跡が認められる）。

また平安京の大極殿院《だいごくでんいん》はおよそ一町（一〇九メートル）四方、その中央に建つ大極殿は威容を誇ったがそれでも身舎《しんしゃ》（母屋）の東西は四〇メートルに満たなかっただろう。これに比べた時、基壇いっぱいに北館が建てられていたとは考えにくい。基壇の外郭を囲む回廊の角へ向かって、間口三〇メートルぐらいの幅広の建物の両翼の廂《ひさし》から渡殿《わたどの》が伸びて、大極殿で言えば蒼龍楼《そうりゅうろう》と白虎楼《びゃっころう》に当たる門楼が北東と北西の角に存在したと推理する。ちなみに鴻臚館から南南東十六キロメートルほど陸に入った大宰府政庁跡《だざいふせいちょうあと》は朝堂院形式で、回廊及び築地《ついぢ》の東西は一一九・二メートルの規模、正殿の桁行《けたゆき》は二八・五メートルである。

現在国の史跡に指定されている鴻臚館指定範囲は、「鴻臚館」の名称になった平安初期（承和の遣唐使の時代）の規模を示すと考えられる。その北側一万三千平方メートルに芝を張り、造構表示も行った。その結果、北館域から濠を挟んで南館域まで、館の外郭の周囲に緑地が拡がり、その広場の縁《ふち》の外側が遊歩道になっている。広場の縁までが鴻臚館の敷地とすれば、東西が南北より広くて一三〇メートルはある。この周囲を塀や石垣が取り巻いていたのだろう。

北館・南館ともに奈良時代の東門跡は詳細な発掘調査が行われて、門も推定復原した絵図がある。三段の石段を上ると基壇の上に八脚門があって、間口七・七メートル、奥行五・三メートル、大棟までの高さ五・五～五・八メートル、柱の太さ直径三十センチのスケールと推定され、瓦葺で中央に両開きの扉があり、門の両翼は瓦屋根の築地塀《ついぢべい》につながる。二重の楼門だったとする推測もあり、平安時代に楼門にしたとも考えられる。

小説中では、資料の不足で推測が叶わない人物（紀三津）に惹かれて推理で作中人物にしたが、同様に発掘資料には限界があり、文献資料も佚して補完が難しいので、私《わたくし》に想像を加えた。

常嗣奏の原文には「只待蕭鍔於水波 占殯塟（葬）於魚腹」とあって、「殯葬《ひんそう》」は『禮記《らいき》』にも出てくる葬送儀礼だが、古代の日本では「もがり」と言って、貴人を本葬にするまで棺に遺体を仮安置《かりあんち》して、肉体が崩れ魂魄《こんぱく》が飛び去るのを見届ける期間を指す。「魚腹」も漢語に由来する。即ち屈原《くつげん》が志敗れて遂に汨羅江《べきらこう》に身を投じる時、漁父の問いに「葬乎江魚之腹中」（漁父辭《ぎょほのじ》、『史記』〔列傳〕では「葬乎江魚腹中耳」）と言う。「魚腹」は普通に用いるが、人がその中に葬られると言う用法は屈原のみで、以後の用例はその影響下にあると思われる。「蕭鍔《しょうがく》」は用例が見つからないが「鍔」は刀の刃または切っ先だ。注目されるのは、屈原が自身の意志で魚腹に入るのに対して、常嗣は我が心からではなくて葬られようとしていると訴えている事だ。実に的確な表現ではないか。私はこの奏状を大使常嗣と筑前權守末嗣の合作と考える。末嗣は大宰大貳廣敏と共に遣唐使一行の世話をする立場で、労《ねぎら》いの宴席を設けて酒好きの（だが強くはない）大使から真に迫った遭難談を聞く。それを文に起したのが末嗣というわけだ。『經國集』には、常嗣が三十一歳で式部少輔《しきぶのしょう》時代の「秋日登叡山謁澄上人《ちょうしょうにん》（最澄）」という詩がある。一方で末嗣は「奉試賦王昭君」が『經國集』に残る。

第十章　遣唐使の進発と遭難・つづき（篁と、紀三津と張寶高《ちょうほうこう》の事）

篁《たかむら》の第二船は、博多津《はかたのつ》を出て最も早く近くの島に漂着している。数隻の艀《はしけ》は流されたが本船は自力で修繕が可能と思われた。ここで修理しながら順風を待って、再度出航を試みるか。知乗船事《ちじょうせんじ》（船の管理者）である伴有仁《とものありひと》と意見を交すこと数日、京への奏状はその間遅れた。もちろん篁は鴻臚館《こうろかん》で待機している時から、船の整備は怠りなく、同船する人々とも親しく話し合ってきた。海外の事情については副使になった直後から末嗣《すえつぐ》を通して、或いは旧知の新羅商人から、収集に努めていた。これらの知見によって篁は、以前にも増して渡航の意味の空しさに想い至るのだった。

出航前に篁が巡らした策略を、次に記すとしよう。

目下、新羅の国内事情の安定しないのが最も気がかりだ。月下の宴で知己になった紀三津《きのみつ》は遣《けん》新羅使《しらぎし》として間もなく出発しなければなるまいが、もう少し実状を知って行かなければ惑乱するだけだろう。私自身もこの心魂迷惑《しんこんめいわく》した所から抜け出るには、正確な事実を、近年ますます勢力を拡げているという張寶高《ちょうほうこう》(=張保皐《ちょうほうこう》)に聞くのが一番だ。恐らく張の方でも日本國の種々の消息を求めているに違いない(二人は十年以上前、張寶高が博多に滞在していた時に、篁も巡察使として父岑守が大宰大貳を務めていた博多に行き、既に知己になっていた。篁の買い漁った書籍は、寶高やその部下の新羅商人から手に入れたものである)。

　内外の事実の収集だけではない。それらを総合し分析してどのような未来が見えて来るのか。これまでの常識には納まらない世界が既に生成されつつあるようだ。大唐國《だいとうこく》や日本國《にほんこく》や新羅國《しらぎこく》を超越した世界が。私もそれに加わるしか道はないだろう。まず寶高への書信を莞島《かんとう》(群小の島嶼《とうしょ》からなる)へ帰る新羅商人に託すとしよう。しかし三津の出発前には間に合わないとすれば如何にすべきか?

　そこではたと一計を思いついた。書信を新羅商人ではなく三津に託して、寶高に手渡させる。寶高は新羅王(興徳王《こうとくおう》)に兵一万を与えられ、莞島を根拠地として新羅南部の島々の海上勢力を支配するようになり、将島という小島に「清海鎮《せいかいちん》」を築いて交易市場にし、清海鎮大使《せいかいちんたいし》と称していると聞く。鎮(城)と言っても兵力は莞島に常駐していて、ここは鴻臚館のように海外交易のための客館(市場と宿舎)が主な施設らしい。寶高に「清海鎮」で会えれば、三津にはしっかり事実を見て来てもらいたいものだ。

まず日本國の公私に亘る外交の現状を詳しく述べる、言い換えれば京の朝廷と大宰府の住人の外交に対する知見のずれを説いて実相を伝え、最後の一文に遣唐使船がすでに博多津を無事に出航したと偽《にせ》の報知をつけ加える。寶高は既に新羅商人から遣唐使船の現在について通報を受けているに違いないから、恐らく私の意向を理解して流言《りゅうげん》を広めてくれるだろう。いずれにしても遣新羅使は先ず莞島に到着し、張寶高を介して都・金城《きんじょう》（慶州《けいしゅう》）まで馬または船で上り、日本國の太《だい》政官牒《じょうかんちょう》を新羅國の執事省《しつじしょう》に届けなければならない。

寶高は流言を播《ま》くと同時に、三津を駿馬《しゅんめ》で都まで送り届けた。篁が別に用意した新羅への贈物一荷《か》も朝廷からすれば偽になるが、こうした深謀遠慮《しんぼうえんりょ》が三津を助ける事に結び付くかどうか。莞島に留まる水手《かこ》を除き、十人ほどの従者も共に金城まで七・八日の旅程である。

✤

一行が到着するより先に、小野篁《おののたかむら》が遣唐使として大唐へ向かったという噂は、都（慶州）の官人に知れ渡っていた。それも篁が大使であるかのように。新羅では常嗣《つねつぐ》より篁の方が有名だったのである。一方で大宰府の弄月亭《ろうげつてい》の宴以来すっかり篁に心酔していた三津は、寶高への書信を篁から託された時、都と博多で外交の依拠する場がいかに違うかを懇切に聞かされ、自分が感じていた疑問を解き明かされた思いだったが、寶高に会ってさらに世界が広がり、もう後戻りはできない心境になっていた。

日本から持参した太政官牒の函《はこ》を執事省で渡すと同時に、三津は篁の用意した贈物一荷の目録を差し出して専ら通好のために来たことを熱心に弁じた。しかし太政官の書状は三津の言説に反して、遣唐使船が新羅沖で遭難した時の救助を命じるような文面で、遣唐使船の出航以前に新羅に届けるべきものである。では遣唐使がすでに唐へ向かったと言う噂は偽りか？ 三津が執事省にその矛盾を問い質されるのは当然だった。そして三津は篁が大唐へ向かったという偽りを、真と認めたのである。太政官牒に何が書かれていたか三津は容易に推理できる。それに同調するわけにはいかない。

三津の理屈は、新羅との友好関係を重んじる篁が、新しい時代を拓《ひら》く遣唐使として出発しようとしている。私もこの際日本から乗って来た船（新羅製の小船）で島伝いに大唐へ渡りたい、というものだった。そこから紀三津の冒険が始まるはずだ。再三の執事省との折衝で三津はその事を強く訴えたのだが、この若い外交官の夢に加担するわけにもいくまい、と老練な執事省の官人は考えた。

実際、新羅國は重なる穀物の不作と地方民の抬頭《たいとう》で、それどころではなかったのである。筋違いの贈物は受け取るわけにいかないと断られ、三津は同行した従者と共に宿舎に留め置かれた。執事省としては篁が既に渡唐したとそのまま信じているわけではない。博多での事実も探らせて、遣唐使船が四艘とも嵐で引き返したことを把握した上で、さて対策はどうするか。寶高は最も勢力のある地方民として偽の情報を流布しているが、それを否定して太政官牒に従うとしても、遣唐使船の監視は同じく寶高に命じることになる。

そこで妙案を捻《ひね》り出した。三津がもたらした太政官牒は実は偽造したものであることにする。三津を小悪人に擬することになるが、さもないと従者たちも日本へ帰る口実ができず、いつまでも宿舎と衣食の供給を続けるのでなければ、莞島に留まっている水手と船ともども寶高の手下にさせる（寶高の海上勢力を強める）しかないだろう。執事省の返牒はしたたかで且つ行き届いた文面で、日本の朝廷を驚かすに十分だった。

執事省牒はいきなり「紀三津が朝廷の使人を詐称《さしょう》し、併せて贈物を齎《もたら》してきた。」と始まる。そして太政官牒の内容と、通好のために来たという三津の主張が全く対立するので、この者は正使ではなく、贈物も偽物なので受け取れない。一方で小野篁の船がすでに遠く唐へ向かっているのに、重ねて三津も派遣することはあり得ないから、三津は太政官印を模造して偽の太政官牒を作り、監視の目を逃れて海上を往来している者だ。我が官司はこの小人の「荒迫《こうはく》之罪」を恕《ゆる》し、大国の「寛弘《かんこう》之理」を以て対処することにした、という。

返牒は篁の渡唐を既定の事実として書かれた。それは日本國から見れば偽りでも、新羅としては紀三津をはじめ遣新羅使全員を送り返すこと、おまけに博多までの粮食《ろうしょく》の手配を菁州（新羅の地方官衙）に委任した事で、理に叶った妙案になったのである。加えて時候も「大和」（調和する）で海峡も「海晏《かいあん》」（太政官牒での用語、四海安静）の今、旧好を尋ねるのにお互い何の妨げがあろうかと慇懃《いんぎん》な言辞《ことば》、更に唐の貞觀中（日本の舒明四年）第一回遣唐使の送使として高表仁《こうひょうじん》が日本に遣わされて以来の信頼関係に言及する。『日本書紀《にほんしょき》』では「新羅送使等従之（高表仁に）」と記される。執事省牒がその事に敢えて触れて、二百年以上前からの経緯《いきさつ》を盾に、太政官符を破棄し三津を突き返してきた事に、朝廷は驚愕《きょうがく》した。

〔新羅國執事省牒の全文は、「作中時代史年表」277〜279頁を参照する。〕

✤

紀三津はいわば首枷《くびかせ》をされ両手を縛られて太政官の前につき返されてきた。書状を読んだ朝廷の怒りは、目の前のこの哀れな男に集中して浴びせられた。そして三津は正史から追放されたのだが、皮肉にもこの記事のおかげで後世に名が残った。しかし、この事件に愕然《がくぜん》として執事省牒を冷静に読み直してみたのは、小野篁の岳父・大納言《だいなごん》藤原三守《ふじわらのみもり》だった。

一時遭難したと思った第二船は博多津に帰ってきた。然るに新羅は篁がすでに唐へ向かったと報じる。これが偽の報をわざと伝えたものだとしても、なぜそうなってしまうのか。三津も篁もすでに心が西海の彼方に向かっていることは確かで、それも遣唐使のような国家事業によってではなくもっと自由に羽搏《はばた》こうとしている。その「彼方」が三守には思い描けない。唐の文物《ぶんぶつ》の摂取に国を挙げて励んできた嵯峨《さが》と淳和《じゅんな》両帝の時代は過ぎ去った…。三守は急に老いを痛切に感じた。山科の陶田《すえだ》の地に篁と共に佇んだ日のことが想い起こされる。別荘は出来たが篁がそこに戻って来ることはないだろう。

承和三年十二月三日、朝廷に復命して即日追放された三津は、もちろん何とかして筑紫《つくし》に戻ることを考え、年が明けてからそれは叶えられた。篁は前年九月に大使常嗣と共に節刀を奉還して京都にいたが、筑前権守《ちくぜんごんのかみ》末嗣が追放された三津を迎え入れてくれたのである。筑紫鴻臚館には、残留した使人たちが唐や新羅の商人と入り混るようにして滞在していた。三津がここでの半年に亘る生活で学習した事は実に多くて、海外の動静を聴きながら新羅の言葉にも通暁した。そして愈々《いよいよ》寶高の許へ行きたいと願うようになる。

三津が滞在している鴻臚館には二度目の入唐を目指して使人たちが続々集まって来たが、大使常嗣は都府楼《とふろう》に近い府館に入った。篁は三津の居る鴻臚館南館に滞在を希望した。こうして三津は篁に再会することができたのである。そして寶高の許で交易に携わりたいと訴え、篁はその便宜を図って、清海鎭へ帰る新羅商人に今や分身のように思う三津を託した。出発を待つ間、お互いに海外事情についての新しい知見を分ち合い、篁は三津の成長に驚く。末嗣も口添えして三津の能力を保証した。三津は遣唐使より一足先に船出した。

このあと末嗣は、遣唐使船第一船に請益僧《しょうやくそう》（短期留学の僧）として乗る圓仁《えんにん》にも、寶高への書状を託した。山東半島（唐）の赤山法華院《せきさんほっけいん》は、徐州軍人だった寶高が新羅に帰国するより前に創建したもので、後に清海鎮にも法華院を建てた。現在も寶高は両方を往き来していると思われるのだ。遣唐使船は揚州を目指しているが、在唐新羅人の勢力がそこまで及んでいるのを末嗣は知っていた。書状はいつか寶高の手に落ちるはずだ。

　承和四年七月二十二日、遣唐使船三艘も博多を出航、篁も第二船で旅立った。九月、末嗣は破損して航海不能になっている第三船の修理舶使次官《しゅりはくしじかん》に任命される。遡って五月末に、昨年都府楼での月下の宴には同席していた大宰大弐《だざいのたいに》廣敏《ひろとし》（遣唐准判官貞敏の兄）が死去、過労のためであった。

〔張寶高については、ウィキペディア「新羅」「莞島郡」「清海鎮」、清邱古蹟集真《せいきゅうこせきしゅうしん》「新羅・莞島郡・清海鎮」を参照した。〕

第十一章　承和《じょうわ》二年冬〜三年夏（小町と仁明《にんみょう》／仁明の朝政と遣唐使）

承和《じょうわ》三年九月、お父さまはすっかりお変わりになって帰って来られた。

話は遡りますが、私が常寧殿《じょうねいでん》の塗籠《ぬりごめ》で『任氏怨歌行《にんしえんかこう》』の小宇宙に没頭して長安の狐世界を夢想していた頃、それは昨年（二年）の冬のことです。秋の間は毎晩のように西廂《せいそう》で『任氏傳繪巻《じんしでんえまき》』の読み聞かせをしていました。異母姉の吉子《よしこ》も帝の後宮に入って貞觀殿《じょうがんでん》（小町の房のある常寧殿の北）の房に住んでいるのですが、絵巻の物語りを聞きに来られて、久しぶりに再会できたのでした。しかし寒くなるにつれて西廂での物語りは漸く終り、私は塗籠に籠ったのです。で、狐の住む裏の長安《ちょうあん》を夢想するだけでなく見たい、それも類《たぐい》まれな白狐《びゃっこ》に生まれた任氏の、私たちの人情では量れない心に触れたい、という思いが募って、お父さまが渡海なさるのを只々羨ましく思った私は、全く軽々しい軽薄女児《けいはくじょじ》でした。

以前、小野屋敷の書殿《ふみどの》で『顔氏家訓《がんしかくん》』という書物にある有名な話だからと教わったのですが、昔から文章を書く人はみな軽薄に陥ってしまった、屈原《くつげん》も宋玉《そうぎょく》も李陵《りりょう》まで、帝王でも免れることは出来なくて、漢の武帝も文帝も同じだと。今の世は愈々《いよいよ》甚だしくなって、そう言えばお父さまも軽薄児だよ、と言われた。

その通りよ。とりわけ詩を書くことは、自分が幻を視るだけでなく他の人も同じ幻を視て欲しいと思って試してみる事で、相手が一人のこともあるけれど、「詩人」となれば大勢が相手でしょう。それは幻術《げんじゅつ》（呪術）に近い、『任氏怨歌行』がそもそもそれなのです。しかも私が異類の任氏に成りすまして人々を感動させようなんて、狐が人を誑《たぶら》かすのとどこが違うの？ 任氏は狐でも鄭という「人」を愛して死んだのに！

私はそういうことに夢中になって、お父さまの現在の苦難に想いが全く至らないでいたのです。

✣

承和二年冬のはじめの頃、仁明《にんみょう》は小町が常寧殿の房からいっこうに出てこないのを気にかけていた。

実は仁明には皇太子で正良《まさら》といっていた頃の、先帝淳和《じゅんな》にまつわる不思議な記憶があった。それは天長四年（小町の生れた年、この年に仁明第一皇子道康も誕生した）の十月二十日、淳和の催した宴での事、正良は十八歳で、紫宸殿《ししんでん》の前庭の白砂に川波を描き出しただけの舞台で、淳和の歌に合わせて舞った。淳和が亡き贈皇后《ぞうこうごう》高志《こし》に捧げる自作の恋歌

吉野川岩きりとほし行く水の音にはたてじ恋ひは死ぬとも

ながれては妹背の山のなかに落つる吉野の川のよしや世の中

和琴《わごん》を弾きながら淳和が繰り返し歌うこの吉野川の歌に、吸い込まれるようにして舞っていると、淳和にだけ高志の幻が視えたらしい。天女が舞い下りたかのように高志が現れて甥の正良と舞っている姿が淳和にはありありと見えて、川波に躬《みずか》ら浸って舞い始めたのだった。更に、

呉床居《あぐらゐ》の神の御手《みて》もち彈く琴に舞する女常世《おみなとこよ》にもがも

という古歌を繰り返し繰り返し歌いながら淳和は舞いつゞける。

他の人々には、正良と淳和が連れ舞う姿ばかりが見えたのだが、正良だけは不思議な気配を感じていた。「しかしどれほど心を澄ましてみても視えない解らない」という当時の感覚の記憶が、小町の毎夜籠っている房の周りに漂い出てくる孤独感によって、徐々に甦ってきた。

それを視るのは無理なのだよと、小町を抱きしめて教えてやりたい。

仁明は実父の嵯峨と共に、最も内寵《ないちょう》を好んだ（後宮で后以外に妾《しょう》を多く抱えていた）と言われる。嵯峨は狩猟も好んだけれど、仁明は承和二年に芹川野《せりかわの》で二度猟をしてはいるが、紫宸殿や清涼殿《せいりょうでん》での公事《くじ》が終ると後宮で過ごすことが専らで、外出するのはほゞ神泉苑《しんせんえん》まで（水鳥の猟もここで

行った）だった。六月には小町の房がある常寧殿の西半分を避暑のための御座所にして過ごしたが、その後も引き続き御座所はあって、時々休息に渡って来た。小町は毎朝仁壽殿《じんじゅでん》に出仕する。渡殿で仁明に出逢い面《おもて》を伏せて控えるという事もあった。

十二月の終り近くに、渡殿で小町を見かけた仁明は、女童と思えない容姿の変化に驚く。下げ髪が長くなったこともあるが、面瘦《おもや》せしたために美貌がより際立って、少女の背丈なのに既に髪《かみ》上《あ》げする年頃の風姿で、仁明を新たに惹きつけた。と同時に憔悴《しょうすい》を感じさせる小町に対して父親のように心が痛んだ。

小町は正月の朝廷行事には参加しないので、年の暮に殿上を退出し、今度は三守《みもり》邸の塗籠に籠ってしまった。朝政を了えて帰宅した三守は、顔も見せない孫娘に毎日心を揉んでいた。一方禮子《ゐやこ》は、早くから娘の文学への傾倒ぶりに同感しながらも、常寧殿の隣の房で冬の間ずっと心を痛めていた。『任氏傳繪巻』制作の折は、『任氏怨歌行』の最後（白狐の魂魄が蘆芒になって鄭を招く場面）を結びの画面に加えてはどうかと提案してみたけれど、それは混淆《こんこう》したくないと小町は言う。その方が正当なのだが、本人はあまりにも狐と一体になろうとして、苦しむことになるだろう。里下りしても籠っていると聞いて心痛は募るばかり。篁に「小町のことは私が何とか致しましょう」と請け合っていたのに、来年はいよいよ遣唐使《けんとうし》として出発するであろう我が夫への心懸りとの間で、十六歳で宮仕えに出てから初めて、私《わたくし》の事情による難問にぶつかった。

小町は周囲の心配に気付かないほど自身の思いに耽っていたのだが、篁の存在はしじゅう頭の隅にあった。それは父の渡海を只々羨ましく思うという閉ざされた方に向っており、篁は逆に想念が海外へ向って集中しながらも、遣唐使事業の遅延につれて自身の思惑とずれが生じてきた事に苛立っていた。こうしてお互いが理解できないという不幸に陥り始めたのである。この事情を直感的に把握しながら、解決の見通しがないまま父娘の別れの時が近づいている事が、禮子の心に圧《の》し掛かる。これから篁の前途には艱難《かんなん》が荒波のように押し寄せるだろう。先ずは夫との別れの時に私は耐えられるか？　殿上にあって禮子は思い屈していた。

✤

明けて承和三年、遣唐使の出発は五月だったが、小町の方は正月の半ばに殿上に出仕した。三守邸の塗籠から、意識も朦朧《もうろう》として松女《まつめ》に支えられながら現れた小町は、霓裳《げいしょう》羽衣《うい》に白衣を重ねたような色の衣《きぬ》を着せ掛けられて、墜ちた天女のように見えた。乳母《めのと》の松女が、月日をかけて白練《しろねり》の糸を織り・染め・縫い上げた衣だった。

仁壽殿では、変わらず賑やかに皇子女が暮らしていた。久しぶりに昇殿した小町に、児童たちの目は一斉に注がれたのだが…。先ず道康《みちやす》が小町の変貌ぶりに驚きの声をあげた。道康はこの半年で急に背も伸びたが、心情も大人びて来ている。走り寄ろうとするのを、父の仁明が大声で制した。

小町の昇殿を心配して仁壽殿に渡御していた仁明には、少女が紛れもなく白狐に見えた。仁明に「誑《たぶら》かすな！」と叫ばれて、捕えようとする仁明の手からするりと逃れようとした時、小町は我にかえった。憔悴《しょうすい》した小町の体は、仁明に抱きとられ小刻みに震えていた。仁明はその震えが収まるまで小町を抱き続け、我にかえった小町を見つめて静かに首を横に振った。皆が息をのんで見守る中で、遠く恒貞《つねさだ》の姿が小町の目に映る。『任氏怨歌行』の絵巻を二人で作るはずだったのに…。私は何という事をしようとしていたのか。

白狐に化けた小町の姿は、仁明にだけ見えていた。そのため道康も恒貞も事情が理解できず、父（や義父）への怒りや妬みの感情は生まれなかった。

「危ないところだった！」

と仁明は胸を撫でおろした。

「朕《われ》は『任氏傳』の鋆《ぎん》になるところであった。」

しかし当然、後宮の隅々まで噂は駆けめぐった。この一件は以後、仁明の小町への心緒《おもい》を抑制し浄化する力になった。そして小町は仁明との対話を通して育てられていく。

小町の心緒も抑制し浄化されていくようだった。例えば明け方の夢で「蘆芒《ろぼう》」（夢にも現にも任氏の幻として一体化したいと念じている）の傍らに、朝貌《あさがお》の花が「ぼっ」と幽かな声《おと》を伴って薄青色の大輪の花を開く。

何と広やかで透き通る青さなのでしょう。こんなに大きな朝貌（ほんとは小さな花なのに）が蘆《あし》の穂に交って咲いているなんて夢のようだわ…と思ったとき夢は醒めたのですが、しばらくは幻が残っていて真花《しんか》のようでした。帝にお見せしたかったわ。

仁明は、

「昨年のことだが、道康が篁に白樂天《はくらくてん》の詩を学んでいるのを、われが傍らで聞いていたことがあってね」

と言いながらさらさらと一首の詩を書いてみせた。

今日階前紅芍藥　幾花欲老幾花新　開時不解比色相　落後始知如幻身

空門此去幾多地　欲把殘花問上人

「幻ではなく実花《じっか》を詠んだ詩です。目の前に咲く芍薬《しゃくやく》は萎れかけた花もあれば新しく開いたばかりの花もあるのだが、ほら二聯目をみると、色相というのは肉眼で見られる形ですが、こう言っています。花が落ちて始めて、あゝ、花も人の身がはかないのと同じなのだと知ったと。そうして、全てのものは空《くう》だというが、花を惜しむ心を去って悟りへ至るまでの道は遠いのであろうな。この萎れた芍薬の花の枝を把《と》り添えて上人《しょうにん》にお聞きしたい、とまで考える。道康にはむつかし過ぎたようだったが…。」

そうなのか。夢も現《うつつ》も幻《まぼろし》だというの？　私はどちらも真《しん》だと認めたい、幻まで真だと言い張りたいのに。

帝は私の疑いを察知されたのか続けて、

「幻世如泡影、これも樂天の詩の中の言葉です。幻身《げんしん》だと言うだけでなくて幻世《げんせ》でもあるのだね、現世で人の身は河に浮かんでは消えていく水泡のようにはかないものだと。これは空海法師《くうかいほうし》も言っている事ですが…。」

そう言って小町を真っ直ぐに見つめた仁明の目には微塵《みじん》の笑いもなかった。小町にとって帝の空《くう》門《もん》（仏教）への関心は驚きだった。

〔空海は去年三月二十一日に死去。淳和は二十五日に弔書を贈ってその死を悼んだ。〕

皇太子時代に十七歳で詠んだ仁明の詩が、『經國集』に一首だけ残っている。

「閑庭雨雪」（閑かな庭に雪が降る）

玄雲聚萬嶺　素雪颺宮中　帶濕還凝砌　無聲自落空
奪朱將作白　矯異實爲同　閑坐獨經覽　紛紛道不窮

という叙景詩なのだが、「紛紛道不窮（紛々として道窮《きわ》まらず）」という句で終っている。この句は唐《とう》の玄宗《げんそう》が皇子たちの為に編集させた『初學記《しょがくき》』（類書《るいしょ》＝百科事典）の、「雪」の項にある龍播《りゅうはん》（北周の詩人）の「雪賦《せつふ》」がヒントで、皇太子詩の三聯目も含めて、「雪賦」の「既奪朱而成素（＝白）實矯異而爲同　始飄飄而稍落　遂紛紛而無窮」に依る。

しかし尾聯の描く景色は全く違ったものになっている。龍播は病床で雪を見て「雪賦」を作ったというから、「紛紛而無窮」とは空を見上げて天上から限りなく降って来る雪に感動しているのに対して、正良は閑坐して宮庭を覧《み》まわしているのではあるが、思いは「道不窮」と空《そら》ではなく道へ向かう。この道は仏道の「道不窮」からの連想だと考えられる。寒山《かんざん》（中唐ごろ天台山に住んでいた僧）の詩に「登渉陟寒山道　寒山道不窮」、また少し時代は下るが僧貫休《かんきゅう》の詩に「似聖悲増道不窮」の句がある。正良は雪を眺めながら何を想っていたのか、恐らく義父淳和の影響もあって幼少から親しんで来た仏道におけるイメージが、自ずから連想を誘ったのであろう。

その夜、仁明は常寧殿の御座所で貞子《さだこ》を抱いた。幼少から乳母子《めのとご》として親しい貞子（小町の伯母）は、帝を深く受け入れてこの夜半に皇子を懐妊したのである。

✣

禮子の心は千々に乱れた。仁明と小町の噂は拡がる一方である。片や遣唐使に関しては、二月に入ると出発に向けて各種の儀式が始まった。北野で天神地祇《てんしんちぎ》を祠《まつ》り、賀茂神社にも幣帛《へいはく》を奉る。仁明は紫宸殿で遣唐使を引見して詔を下し、大使《たいし》から訳語《やくご》・留学僧《りゅうがくそう》に至るまで禄を賜わる。史生《ししょう》（書記）以下の叙階者は、八省院《はっしょういん》で位記《いき》を賜わった。禮子は帝の雑用を受けて忙しく立ち働くと共に、里下りしては篁の儀式に臨む服装などの世話をしながら、無口になっていく夫の心の内を慮《おもんばか》る。

仁明の心も穏やかではなかった。小町とは例の順子《のぶこ》（仁壽殿の女御）の局の東廂《ひがしひさし》で対話していたのだが、次からは恒貞に必ず同席させ、やがて道康も加えて恰《あたか》も講書といった趣になった。仁明は皇太子の頃に淳和と書所《ふみどころ》で『史記《しき》』を読んだ事を思い出していた。こうした経緯《いきさつ》を順子から聞いて禮子もやや安堵したのだが…。

同時に仁明には公《おおやけ》の顔というものがある。大唐への使者の発遣に向けての公務を滞りなく進めるために知見に耳を傾けるべきだと考えて、まず思い浮かぶのは篁のことだった。彼の意見を知りたい。が、帝と遣唐使の立場はもともと異なるものである。淳和の即位時に発布された「罪己《ざいきの》詔《しょう》」のように、責任を一身に負うと言ってみても空しく響く。篁らが出国する博多津《はかたのつ》へ今すぐ馬を馳せてでも行って、この目で見この耳で聴き知った上で事を進めるべきなのであるが…。即位後最初の大事業を如何にして成功に導くか、既に一年の停滞を経ていよいよという今年、仁明は心に矛盾を抱えながら逸《はや》る心の処理に苦しんでいた。

仁明は心を晴らすため神泉苑で隼《はやぶさ》を放って猟をした。隼は気性が逸《はや》く生気が溢れていて、命令すれば直ちにそれに応じて水鳥を捕え、手招きすればすぐ獲物を銜《くわ》えて戻ってくるのを愛したのである。

禮子は、「うるさしかし」と篁に言わせた気性が、この度は倒《さかさま》に内に向って働きはじめて、意志に体が逆らうように自邸の塗籠に（小町に替って）臥せてしまった。三月に入って、禮子に代る掌侍《しょうじ》を任命せざるを得なくなる。仁明にとってはこれも悩ましい事だった。

そうした中でも仁壽殿東廂での「講書」は続いた。小町と恒貞は『任氏怨歌行』語り聞かせの方法は見つけられないままだが、文学を修める好い機会になっていった。道康にとっても文章に目覚める場になったが、何より仁明の心の平衡を保つという効用があった。

篁は篁で、思いもしなかった禮子の病臥に心が裂けるばかりである。仁明とは異なる意味で公と私の狭間《はざま》に落ちて、苦悩の日が続いた。禮子は塗籠に籠ったままで、帳台《ちょうだい》での夫婦の交わりも儘《まま》ならない。曾《かつ》てから同衾《どうきん》しても一夜を語り明かすような仲だったが、それも憚《はばか》られて篁は途方に暮れる。今さら何ができよう？　遣唐使発遣の儀は四月になるといよいよ進行して、二十四日に紫宸殿で送別の餞《せん》を賜わった。しかし禮子や小町のために必ず生還しなければならないという思いを繰り返し心に刻んだことで、この期《ご》に及んで一とき閉塞感からは脱した。（このことが後に「お父さまはすっかりお変わりになって帰って来られた」と小町に言わせ、また二年後の乗船拒否にも繋がるのだが。）

そして四月二十九日に節刀《せっとう》を賜い、五月十四日難波津を出て、秋七月二日に遣唐船四艘は漸く博多津から出航したのだった。

✣

さて遣唐の儀以外での仁明の行状は、三月十一日紫宸殿で賜酒ののち侍臣らと囲碁をしたり琵《び》琶《わ》を弾いて音楽を楽しむ。仁壽殿東廂での私《わたくし》の集いはもう中止しなければなるまいと思い始めていた。小町の成長につれて心緒《おもい》が抑えられなくなる惧《おそ》れもあり、皇太子も元服が近づいてくれば幼時のように仁壽殿に来るのを止《や》めて、帝との関係を公に戻す時期が来る。折から遣唐使に節刀を授け了えた所で、五月五日節の騎射が催された。仁明は武徳殿《ぶとくでん》に出御、意外にも篁が愛馬に自ら騎乗して競馬に加わった。翌日は一日中、種々の馬芸を楽しむ。打毬《だきゅう》も行われ篁も久しぶりで武官を相手に勝負した。これこそ仁明と篁との訣別の宴となったのである。

篁は、栗栖野《くるすの》の馬場で小町が幼い頃に打毬を教えた事を想い出していた。年は逆さには行かない。私も小町も前に進むしかない、行く先は異なっても。まだ小町は十歳になったばかりではないか。成長していくのを遠くでも見届けたいのだが、それは海外からになってしまうかもしれない。今年になってから篁は、大宰大貳《だざいのたいに》廣敏《ひろとし》を煩わせて早馬で、小野末嗣《おののすえつぐ》から新羅國《しらぎこく》とりわけ莞《かん》島《とう》の張寶高《ちょうほうこう》の動静について報告を受け、かえって迷いを深めては次の報せを待つ事を繰り返していた。博多へ行けばもっと事情を詳しく知ることが出来るだろう。海外は複雑に動いているらしい。禮子とも小町とも隔たっていく運命を、改めてまざまざと視る思いだった。

禮子も次第に平静を取り戻した。意を決したと言った方がいいだろうか。篁の出立に耐えるには、すべてを小町に託す。私は娘と同一になる。私は影になる！　すると不思議なことに、小町が『任氏怨歌行』の語り聞かせを諦めず考え続けるには、小野屋敷の書殿《ふみどの》に及《し》く所はないと、見たことのない書殿の棚に『白氏長慶集《はくしちょうけいしゅう》』が積まれているのが、ありありと浮かんできた。かつて篁から白樂天の詩を折に触れて聞いたのも、懐かしく思い出す。
小町は即座に同意した。小野屋敷へ行って白樂天の「長恨歌《ちょうこんか》」をもう一度ゆっくり読まなければと、思っていたところだった。

任氏の殺された馬嵬《ばかい》で、楊貴妃《ようきひ》も死を賜わった。事実としては楊貴妃の時代が先だけれど、白樂天は『任氏怨歌行』を先に詠《うた》っている。玄宗皇帝《げんそうこうてい》の「長恨」を歌った男の恋の物語を、私は狐の任氏に成りきろうとする余り、いつの間にか楊貴妃の死と重ねていました。『任氏怨歌行』の読み聞かせはそこをはっきり区別して理解しないと夢に終るしかない。
お母さまは小野まで車を用意しましょうと言われましたが、私が馬に乗って行きたいと言ったので、お父さまが随身《ずいじん》に命じて二條邸の厩《うまや》から私と松女の馬を引き出してくださった。そして随身も一緒に久しぶりの道行を楽しみながら書殿に到着したのです。屋敷の人々も喜んで迎えてくれて…。一日か二日で帰るつもりだったのに、私は『白氏長慶集』に入り浸って時を忘れてしまい、お父さまの出発を見送りませんでした。

✣

改めて『任氏怨歌行』の凄さがわかりました。喩《たと》えばお父さまが妹《いもうと》（篁の異母姉）に贈った幾首もの歌、あれは一人を相手に詠ったのですが、妹の心を動かした。白樂天は自身ではなく狐の女の心緒《おもい》と一体になって大勢を相手に訴えかけた。しかも私のようにその歌を再話したいと夢中になる者（歌って感動を伝えるのでは足らずに）まで生むのですから。一方で「長恨歌」は、仮に玄宗皇帝が死んだ楊貴妃へ訴えかける幾首かの詩を残していたとして、それに樂天が自身を入れ込むようにして恋の物語詩を作った。私がしたいと思っている『任氏怨歌行』の再話も同じ仕組みなのでした。やはり白樂天は凄い詩人ね。

その『白氏長慶集』が目の前に並んでいるのだから、全部読んでみたいと私は思ったのです。もちろん、最初に「長恨歌」を見つけ出して熟読しましたが、その次に並んでいる詩が「婦人《ふじん》苦《く》」、少しさきには「琵琶引《びわいん》」というこれも長い詩です。「引」って何かしら。興味深い詩が多くて目が眩みそう。

帝が教えて下さった詩は「感芍薬花寄正一上人（芍薬花に感じて正一上人に寄す）」という題で、一字一句同じでした。お父さまはこの書殿でこの詩をお読みになったのでしょう。帝も秘府《ひふ》（内裏の書庫）に『白氏長慶集』は蔵されているはずですが…。

「琵琶引」には「長恨歌」と同じように序があって、白樂天が九江郡《きゅうこうぐん》の司馬《しば》（郡を司る職）に左遷された明年《あくるとし》の秋、客を送って船泊《ふなどまり》に行くと、船中で都の声《おと》で琵琶を弾くのが聞こえてくる。その人は本《もと》は長安の倡女《しょうじょ》（うたいめ）なのだけれど、容色が衰えてから商人の妻になって江湖を転々としているのでした。樂天は、女の身の上を遷謫《せんたく》中の我が身に重ねて、六百十二言の長い詩を作り琵琶行と名づけると言っています。「長恨歌」と同じ仕組みですよね！　興味深かったのは、琵琶の音楽を詩の言語に写してある事でした。特に「間關鶯語花底滑　幽咽泉流氷下難　氷泉冷澁弦凝凝　絶絶不通聲暫歇　別有幽愁暗恨生　此時無聲勝有聲」のところ。弦の声を花の中で鳴く鶯に喩えたり、氷の下で堰《せ》かれて幽かに咽《むせ》びながら流れる泉川《いずみがわ》に比べたり、そんな風景で現したあと、翻って幽愁が暗恨《あんこん》を生み出すと人情を用いて言って最後に、無声（音が休止した時）の方が有声に勝るなんて…。

小休止のあと曲は終りに向って、破れた瓶《かめ》から迸《ほとばし》る水・騎馬の男が突然揮う刀や槍の響で、その短く激しい音が現され、最後の撥《ばち》は胸のあたりで四弦《よんげん》を同時に払って、絹を裂くような音で終る。まわりの船の中の人たちはしばらく無言、たゞ江心《こうしん》に月が白く映っています。

そのあとで女は我が身の上を語り始めます。商人に嫁して夫が茶の商いで不在の間、江口で空《くう》船《せん》を守ってここにいる今までのこと。都で生まれ十三歳で琵琶を習得して、教坊《きょうぼう》（歌舞教習所）の第一部から倡女になって、上手ともてはやされた頃からの、浮き沈みの人生を物語ります。すると「同是天涯淪落人（私も同じように遠い空の果てで落ちぶれた身なのだよ）」と言って今度は男が我が身の上を物語ることになる。そして君の為に「琵琶行」を作ろうと言うのよ。ここまで読むと、女の話を膨らませて遷謫の身と重ねる事で、物語詩を作り上げるという方法がよく解ります。「長恨歌」で玄宗の恋を詠い上げたのと同じね。違うのは歌うのが女のことで、史実が先にあったのではなくて、名もない女の奏でる音楽を詩語で描いていくこと。全く反対というか、音楽だけを引き出すのが目的で女に言い寄って、「お願いだからもう一曲弾いておくれ、君の為に作詞してあげるから。」と囁《ささや》くの。

女は驚いて船の中で立ち上がってしまう。小さい船はきっと激しく揺れたでしょう。揺れが収まったところで船の奥に琵琶を抱えて座ると、弦を掻き鳴らして激しく弾きだします。その声は凄凄《せいせい》と凄い寂しさで、先ほどの曲〈霓裳《げいしょう》と緑腰《りょくよう》の二曲、「間關鶯語…」は緑腰〉とは似ても似つかないほど感情を露わにしていた。満座みな重く俯《うつむ》いて顔を覆い、聴きながら涙を流す。終聯は「就中涙下誰寂多　江州司馬青衫濕〈みなの中で誰が一番涙を流したかというと、江州司馬の私が最も多く、青い衫《さん》という上着が、しとどに濡れてしまった〉」です。

女が最後に弾いた曲は即興だと思うわ。想い出すのが『鶯鶯事《おうおうのこと》』で鶯鶯が張生と別れる時弾こうとした霓裳羽衣の序です。あれは鶯鶯が自分で新しく作った曲に違いないと思う。でも、感情が先に溢れ出てしまって中断したのでしたが、「琵琶引」の女は弾き了えたことになっている。実話なのか白樂天の想像による話なのかは分らないけれど、『任氏怨歌行』に「長恨歌」そして「琵琶引」でしょう！　圧倒されてしまいます。で、私はというと『任氏怨歌行』の再話に行詰って、「琵琶引」の女の描き方から力を貰ってもう一度試してみようと思い直している間に、お父さまとは、お見送りもせずに別れてしまいました。

以前、「お父さまも軽薄児だよ」と言われたのを改めて嚙みしめてみても何の効き目も無い、軽薄児志望の娘に育っていたのです。

〔『琵琶引』の引用は、原本に近いと思われる『金澤文庫旧蔵本』に依った。〕

✣

五月に入ってから、仁明は仁壽殿東廂での「講書」を中止した。恒貞は仁明に招かれて五日節の騎射を皇太子として初めて参観し、はからずも東宮學士《とうぐうがくし》だった篁の騎馬姿に別れを告げたのだった。その後は東宮御所へ移って、内裏には主に公の行事で参入するだけになった。道康もこの頃は母方（順子の里邸＝三條冬嗣邸）で過ごすことが多くなり、仁壽殿は俄かに閑散としてみえた。仁明は清涼殿を公私に亘る居所とするようになって、順子も清涼殿の上の局に侍る折が増した。これらは順子が望んだ事でもあった。

実は權中納言《ごんのちゅうなごん》良房《よしふさ》の意向が、裏で働き始めていた。良房は仁明に、朝政を執る時間を多くして欲しいと思った。君臣の間で論議すべき事柄は山積していく。仁壽殿の女御順子は兄の意を体して、仁明を口説くのに成功したのである。

小町の伯母貞子が仁明の子を孕《はら》んだため典侍を退いて女御になり、宮中の噂になったのもこの頃である。帝の乳母子の貞子がいずれ女御に進むだろうとは、誰もが予想していたけれど、松女からそれを聞き及んだ小町にとっては、大きな驚きだった。また、恒貞とは出会う折もなく過ぎていたが、道康も小町からわざと遠ざけられた（後に文徳＝道康の女御となる良房の一人娘明子が七歳になっていたので）とは、知る由もなかった。

しかし小町はそれどころではない。『白氏長慶集』に入り浸って瞬く間に日が過ぎていったのである。

ある朝ふと夢から醒めて、松女を促し馬を駆って三守邸に帰った。母の禮子は不在だった（貞子が典侍を辞めたので、禮子は掌侍に復帰して宮仕えに忙しかった）が、祖父の三守が朝政から帰邸して、何事もなかったように穏やかな態度で小町を迎え入れた。再び小野屋敷へ戻る時も、黙って何くれと孫娘のために差配《さはい》してくれるのだった。

小町は童女殿上《わらわてんじょう》を辞したわけではないので、久しぶりに出仕する。仁壽殿は様変わりしていたが、順子にお目見えしていると禮子も顔を見せた。二人で低頭する姿は初めて参上した時を髣髴《ほうふつ》させる。幼い皇子女たちも小町を忘れてはいなかった。次いで常寧殿の伯母貞子の房を尋ねて、懐かしい出会いとなる。禮子も同席してその夜は語り明かした。仁明が訪れることはなかったが……。


仁明は清涼殿で朝政に励み、三守や良房と論議を交しながら、自ら発案した遣唐使について思い煩っていた。果してこの事業は完遂できるのであろうか。議論を重ねるうちに、若い良房が慎重に守旧《しゅきゅう》を唱え、三守は仁明の心中を忖度《そんたく》して新義を探ろうと迷いはじめているように見えた。慎重だがはっきり決断する良房の言い分の方が、政治を推し進めるには善策とも思えた。遣新羅《けんしらぎ》使《し》に託す「太政官牒《だいじょうかんちょう》」の件が始まりで、先回りしていえばこの後渡航の失敗を受けて出された「勅符《ちょくふ》」に、色濃く良房の意見が取り入れられる事になり、更に言えば紀三津《きのみつ》を歴史から追放したのは正《まさ》しく良房だった。

その頃篁は筑紫鴻臚館《つくしこうろかん》で紀三津に出合い、都府楼《とふろう》での月宴で沈道古《しんどうこ》とも知己になっていた。平安京《へいあんきょう》の月も涼を呼んだが、仁明は早く清涼殿の暑さを避けて常寧殿に移りたいと思う。六月二十一日にやっと、ひどく暑い日だったが紫宸殿で酒宴を開き、仁明自ら靴を脱ぎ侍臣にも靴を脱ぐよう命じて、寛いで囲碁を楽しみ、相撲《すもう》の司《つかさ》を喚《よ》んで鼓《こ》を奏させた。

その後、去年は六月の初めに移座した常寧殿に漸く引き籠った。先ずは女御貞子の房を訪れ、慰められたのは仁明の方である。次いで承香殿に澤子《さわこ》を訪ねて、皇子宗康《むねやす》に美濃《みの》の地七十町を与えた。今年弱冠二十歳になった実弟の秀良《ひでなが》には、近江《おうみ》に十七町・加賀國《かがのくに》百九十町および備前《びぜん》の四十四町を賜うことにした。

七月朔日《ついたち》には紫宸殿で皇太子恒貞が朝謁《ちょうえつ》し、侍臣に賜酒の儀を行って政務に戻った。そうして間もなく月半ばに、遣唐使出航と遭難の報が相次ぐ事になるのである。

第十二章　承和三年冬〜四年　（篁の帰京／仁明の鷹狩／内宴…）

九月に、お父さまはすっかりお変わりになって帰って来られた。

仁明《にんみょう》の常嗣《つねつぐ》への勅符《ちょくふ》はこうだった。「遣唐使《けんとうし》遭難時の前例に倣って、使人《しじん》は帰京し、水手《かこ》は故郷へ帰らせてほしい。また判官《はんがん》・録事《ろくじ》各一人を残留させて、府司《ふし》（大宰府の官司）と共に破損した船の修造に当らせるように。大使《たいし》・副使《ふくし》は帰京するも留まるも任意とする。」

遣唐使は十月十五日に帰京して節刀《せっとう》を奉還したが、篁《たかむら》の関心は全て海外へ向かっていたのだった。禮子《ゐやこ》にも小町にも海の彼方の世界を知ってほしい、勅符とは逆に。しかし二人の女は、宮仕えの日常の外《そと》で、別世界としての物語を想念の中に築きつつあった。一方仁明は、朝政の場では良房《よしふさ》の意見を聞くものの、篁にも傾く心を扱いかねて、混沌の中で当面は遊びに気を紛らすしかない。

仁明は、半年前まだ春も寒かった日の神泉苑《しんせんえん》での鷹狩を想い出す。命ずれば水鳥を獲《と》って即座に戻ってくる隼《はやぶさ》の姿に感じるところがあって、還宮するや手元の『藝文類聚《げいもんるいじゅう》』［鷹］の項を開けてみた。我が鷹への偏愛を如何にして表そうぞ。鷹賦《ようふ》（傅玄《ふげん》と孫楚《そんそ》の二賦）中の秀逸な言辞《ことば》を借りて、早速手控えの日録に書き付けたのだったな。そこを今開いてみると「我愛其 逸氣横溢 麾則應機 招則易呼（気性が逸く生気が溢れ、命ずればすぐ獲物に跳びつき、呼べば応えて獲物を銜《くわ》えてくる鷹を、私は愛する。）」とあった。そうだ、また行きたいが、行幸となると神泉苑まででも輿に乗っての行列になる。忍んで騎馬で行ければよいのだが…。しかしとりあえずは後宮での遊び、という事になるのだった。日録の続きには、私事の書き込みが増えて行く。

篁は、大宰府から持ち帰った大量の文書を、二條邸の書庫へ運び込んだ。そこには父岑守《みねもり》の蔵書も積み上げられたままだ。当分ここに住んで類聚（分類）に励もうと思う。奥の塗籠《ぬりごめ》には母を呼び寄せることにして、数人の侍女と共に移住の運びとなった。僅かの間かもしれないが孝養を尽したい。禮子のいる三守邸にはもちろん通《かよ》っていくとして…。

こうして事情は動かないまま（松女《まつめ》が、篁の側に仕女が居るという噂を撒いたくらいで）、月日は流れた。紀三津《きのみつ》は十月二十二日に大宰府に帰着して鴻臚館《こうろかん》に止め置かれていたが、十二月三日漸く上京して復命を許され、良房の諮問《しもん》を受けて追放になったのであった。仁明は清涼殿《せいりょうでん》の倚子《いし》の上で一言も発しようとしなかった。

鬱鬱《うつうつ》とした心を晴らすために仁明は、年の暮近くになって遂に神泉苑へ鷹狩に行った。主鷹司《しゅようし》に養わせた鷹は数が殖《ふ》え、自らも愛鷹《あいよう》を放って狩をして、百八十翼もの水鳥が獲れた。壮観であった。

その夜、貞子は皇子を生んだ。仁明は今日の事を日録に書き留めた。

鷹狩は百済《くだら》の習俗で、日本では仁徳《にんとく》の時初めて網にかかった鷹を、百済人が調教し腕に据えて献じたところ、天皇は百舌鳥野《もずの》に行幸して鷹狩をし、忽ち数十の雉《きじ》を獲《え》たという伝説が残る。その時に「鷹甘部《たかかいべ》」ができて、律令制で兵部省《ひょうぶしょう》の「主鷹司（初めは放鷹司）」になったのだという。仏教信仰からは濫《みだ》りに殺生《せっしょう》する事を嫌うので、民間に広まった鷹狩を禁止したり、放鷹司《ほうようし》を停止した事もあるが、全国に拡散する養鷹《ようよう》と放鷹《ほうよう》は止めようがなかった。

とりわけ桓武《かんむ》は遊猟を好んで、延暦《えんりゃく》の初めから（もっと前、大和に居て山部王《やまべおう》といった頃から）犬や鷹を使って狩をした。『任氏怨歌行《じんしえんかこう》』の最後で、白狐《びゃっこ》の任氏は蒼鷹《そうよう》と黄犬《こうけん》に追われて、草叢《くさむら》へ逃げ込む直前に襲われて死んだが、狩場には草叢はともかく灌木《かんぼく》の繁みの少ない草原がよい。即位直後に天神地祇《てんしんちぎ》を祀った「交野《かたの》」は遊猟《ゆうりょう》にも適していて、始めは専らここを狩場にした。平安《へいあん》京《きょう》に遷る前後からは栗前野《くりくまの》（京都南郊）へしばしば出かけ、大原野・栗栖野《くるすの》・水生瀬野《みなせの》・北野《きたの》と平安京近郊の各所へ毎月、時には数日おきに狩に行っている。一方で私《わたくし》に養鷹することは禁止、延暦二十三（八〇四）年には重ねて、違反者が多いので一・二の王臣に一定数を認可する以外は、鷹と臂鷹人《ひようにん》（鷹を操る者）を召し上げる事、違反すれば監督の国郡官司も同罪である事が通達された。

というわけで、鷹狩は天皇家の特権にされた。嵯峨《さが》は芹川野《せりかわの》に屢々《しばしば》出かけ、嵯峨院に近い北野でも狩を催した。北野には淳和《じゅんな》もよく出かけている。天長九（八三二）年には輿で北野に幸して鷹《よう》犬《けん》を試し、雙岳《ならびがおか》と陶野《すえの》で猟をしてから雲林院《うりんいん》に行幸した。

仁明もこの伝統を受け継いでいるのだが、鷹の特性に言及し史書にまで記録されたのは初めてだ。しかしこの言辞は、平安初頭の帝の嗜好を言い得て妙である。

こうして承和三年は暮れる。

✤

明けて承和《じょうわ》四年、正月の全行事と大極殿《だいごくでん》御齋會《ごさいえ》（最勝王經《さいしょうおうきょう》の講義）に恒貞《つねさだ》も侍した。七日の叙位は無かった。そして二十日の内宴、仁壽殿《じんじゅでん》で賜酒。大臣以下「花欄聞鶯《からんぶんおう》」の題で賦詩《ふし》、仁明は篁に詩序《しじょ》を依頼したのだった。（幸い『本朝文粹《ほんちょうもんずい》』に詩序だけ残っている）。その結びで篁は遺唐について心情を吐露した。

臣嘉恵自天　拜職海外　感飛花之繞樹　顧芳草之競時　沙浪一去　鶯花幾春

（臣・篁は天子より恵みを受けて、遣唐副使として海外へ赴く職に任じられました。飛ぶ花が大樹の林の中で散っていき、芳草の香りが季節の推移と競い合っているよき日に、いろいろ想うことです。海の波と共に流れ去った砂は、帰る時があろうか、いつかまた鶯花を愛でる春がわが身に訪れる事があろうかと。）

詩序を読み上げられて、仁明の心は乱れた。春の終りには、再び節刀を与えなければならない。篁より寧ろ仁明の方が悩みは複雑だった。もちろん、詩序の大半は内宴が鶯花の候に催される事を寿《ことほ》ぐ文章で、結びでの述懐《じゅっかい》は、すでに国事に反して海外へと向かっている篁の意志から顧みての私情なのだ。敢てそれを表明することは、仁明に対する風刺ともとれるではないか。

三守邸には、貞子が昨秋から里帰りしている。暮に皇子が生まれてからは、妹の禮子が乳母代《めのと》り（授乳する乳人《ちひと》は別にいる）で、掌侍《しょうじ》との二役になってますます忙しく、小町は一そう小野に籠ることになった。けれどこの一年が「小野小町の誕生」へと繫がるだろう。来年はいよいよ髪上げをして成人の女になる。

篁はやはり、最も気がかりなのが小町の行く末である。松女が何度か二條邸と小野屋敷を往復して、書籍を運び入れた。新来の書、その中には海外事情についての新文書まである。類書で官人には必須の『藝文類聚』百巻も用意した。六年前に滋野貞主《しげののさだぬし》が撰《えら》んだ『秘府略《ひふりゃく》』一千巻も備えたいものだが、出発前には到底間に合いそうもない…、と思いながら篁の籠る二條邸に、かねてからの詩友・惟良春道《これながのはるみち》の使者が訪れた。春道は先日の内宴に文人として招かれていたが、この度伊勢介《いせのすけ》に叙任されて、遣唐副使《けんとうふくし》として出立が迫る篁に詩を贈って来たのだった。早速これに応《こた》えると共に、一夜の詩酒の宴を楽しむことにした。嵯峨に仕えた閨秀《けいしゅう》（女性）詩人《しじん》の惟氏《いし》（惟良氏）

を知っている篁の母も加わって、思いがけない老母への孝養になった。

小町は、篁の再出発前にも父に会うことはなかった。二度目の渡航にも失敗した一行はそのまま大宰府に留まったので、三守邸での正月から篁の反逆と流刑を含めて三年半、親子は隔てられたまま月日を重ねる事になる。

✣

三月十一日は遣唐使への餞別の宴と詩会、十五日には節刀の儀、すべて昨年通りのはずだったが、各人の思いが交錯して混乱した。そして一番変ったのが実は大使の常嗣であることが露わになった。昨年の遭難以来、夜は鯨《いさな》の腹に呑み込まれている悪夢を見続け（『萬葉集』に「鯨魚取《いさなと》り」という枕詞があって、日本では古来大魚は鯨だと認識されていた）、昼は飲めない酒に浸るという半年を過ごして、ふらつく足で詩酒の宴に現れた常嗣は、昨年の礼儀正しさとは打って変わり、あろうことか泥酔して詩宴には侍することなく担ぎ出されたのである。

再出発に先立って特に、常嗣は大宰権帥《だざいのごんのそち》に叙任されていた。常嗣の行状《ぎょうじょう》は内々に知られていたから、励ますために朝廷ができる最大の事は、叙位か叙官なのである。しかしこれがかえって当人を追い込んだ。地方官のうち大宰帥は最高の官で、職務を伴わない権帥は遣唐大使への名誉職なのだが、「大宰府」と思うだけで酒の量が増えた。

さて十五日、節刀の儀では去年と同じく右大臣藤原夏野《うだいじんふじわらのなつの》が宣命《せんみょう》を読み上げげた。夏野は先頃手足の衰えを理由に兼職の右近衛大将《うこのえたいしょう》を辞したいと申し出て、許されなかった。だが老体の右大臣よりも頼りないのが、節刀を受ける常嗣である。捧げた大刀の鞘《さや》を左肩に担ぐようにして、足元もよろよろと退出に迷う大使に、篁が趍《はし》り寄って先導しながら出て行く、という始末だった。

かねて常嗣は不安を吹き払うために、第一船を「太平良《たいへいりょう》」と名づけて船への叙位を願い出ていたが、これは後に叶えられて、従五位下を与えられた。

篁は先の事件に懲りて、二度と常嗣と同席することの無いよう、難波鴻臚館《なにわこうろかん》へは家族との別れを理由に大使の出立の後に入り、二十四日に大宰府へ向かった。この度は遣唐使船が博多津《はかたのつ》で修理されているので、難波から大宰府までは新羅製の小型船の旅となる。新羅船がいかに便利であるか、篁は初めて体験した。

遣唐使船はずっと大型で、二枚の長方形の大きな網代帆《あじろほ》（割いた竹を斜めに編んで網代を作り麻の帆布を裏打ちした）を掲げている。順風を待って出帆するわけだが、逆風になると帆をたたんで、どこかの港で風待ちをするしかない（それ故、遣新羅使も出してよろしくと伝えた）。急な嵐に遭うと重い帆をたたむ間もなく、帆の上の方に力が加わるから、帆柱が折れたり船体が傾いて船腹から海水が流入したりする。船底は平らで浅いので、船板の間から水が入ると大切な積荷は水に浸かり、正面から猛烈な風を受ければ船底が真二つに折れる事もある。

昨年、常嗣の乗った第一船は正面から西風を受けて船腹を破られ肥前國《ひぜんのくに》に漂廻、第二船の篁は出航してすぐに同じ肥前の別島《わけしま》に引き返した。順風（東風）を待って博多津を出航するのだが、悪風《あくふう》になると途中の島で風待ちをしながら、値賀島《ちかのしま》（五島列島）の西南端の旻樂﨑《みみらくさき》まで行き、そこから揚州《ようしゅう》を目指して大海に乗り出す、天候頼みで命がけの航海なのだ。

今年は、航行不能になったままの第三船を除く三艘の遣唐使船での出発となる。第二船は末嗣《すえつぐ》が特に注意深く修理を見守ってくれていたが、篁も早速入念に点検し不備な個所は再修理を急がせた。昨年にも増して、空しく命を落とすわけにいかない。

こうして、第三船を除く三艘の遣唐使船は七月の初めに再出航した。西海に乗り出すために先ず島伝いに旻樂﨑（五島列島の南端）まで行く予定だったが、第一・三船は忽ち逆風に遇って壹岐《いき》へ流され、第二船は種々苦心を重ねて値賀島まで達した。嵐のため破損はしたが、当地で修理を依頼して揚州を目指す事もできないではない。が、篁はその道を選ばなかった。数日かけて乗組員と話し合った末、遣唐使船は値賀島に残して、島の船を雇い博多津へ引き揚げた。大宰大貳《だざいのたいに》廣《ひろ》敏《とし》は五月に身罷《みまか》っていたが、筑前権守末嗣《ちくぜんのごんのかみすえつぐ》が直ちに修理の監督に赴いた。数日前には大使常嗣の船を修理するため壹岐に行ったばかりである。廣敏の後任はまだ決定前で、飛驛使《ひえきし》による奏状の作成にも実情を知る末嗣が加わり、七月二十二日に朝廷は再度の失敗を知る。

✣

奏状は「遣唐三ケ船、共指松浦郡《まつらぐん》旻樂﨑発行、第一第四船、忽遇逆風、流着壹岐嶋、第二船左右方便漂着値賀嶋。」と事実を有りのままに伝えている。昨年に比べても詳しい。しかしより詳しい実情を知らせる「密封奏《みっぷうそう》」は届かなかった。常嗣は二度の失敗それも昨年にも増して忽ちの遭難に、全く気力を喪失していた。篁は篁でいかに報告するべきか迷っていた。というのも大宰府に戻った経緯からして、乗組員の命《いのち》を守るには渡唐を中止させるしかないだろう。それも遣唐使という国の事業を止めさせなければ、彼らはどこかで使われてしまう。一か月経っても、奏文は纏《まと》まらなかった。

朝廷は先の奏状が届く直前に、大宰大貮に南淵永河《みなふちのながかわ》を任じていた。早々に着任させて実情を報告させるべし、という良房《よしふさ》の正論に朝議は一決した。永河（五十一歳）は老体に鞭打って陸路を西下し、入れ違いに八月二十日大使らの「密封奏」が京へもたらされた。

ところが奏文は、大使の一通と副使の一通が同封されているが、申し越しの主意は各々異なったものだった。朝廷でも予測していた内紛が起こっている事は確かで、勅答を与えるにしても、更に事情を調べた上でなければ無理というものだ。とりあえず大使・副使を大宰府に留める事だけ決定して、急ぎ勅使を立てるべきだとこれも良房の主張で、仁明も同意した。良房が篁を抑え込もうと意図したのとは逆に、大宰府に留まった篁から海外事情の報告を得たい、というのが仁明の本心だった。

実は篁の奏文には、このまま来年まで当地に留まりたい旨が訴えられていた。その間に筑紫《つくし》の世論を遣唐使の廃止へと誘導できないものか？　篁は頻繁に新羅商人から新しい動きを聴き取るとともに、鴻臚館に滞在していた沈道古《しんどうこ》と再会して旧交を温めつつあった。
帰京するに及ばずという勅使の報知を受けて、常嗣は府館《ふかん》（都府に在る客館）に貴賓《きひん》として迎えられたが、篁は鴻臚館に留まることにした。これで大使と顔を合わせる事もなく、道古とも自由に往き来できる。詩文の贈答から新しいものが見えてくるかもしれない。

　八月二十二日に勅使を送った後、仁明は心鬱鬱として楽しまない日が続いていたが、九月四日「金液丹《きんえきたん》」を服用した。「羞之御藥（御薬をすすめる）」（『續日本紀』）とある。実は皇太子になって間もない頃、幼少から苦しんでいた胸の病が淳和の病状と同じだからと勧められて、「金液丹」を服用した。淳和は心の病に自ら精製したこの丹薬《たんやく》を飲用していた。『日本後紀』には天長五年「聖躬乖和（帝は体調が悪く）頻羞御藥」、八年「羞御藥也」と同様の表記がある。この時も「金液丹」を服用したのだろう。典薬寮《てんやくりょう》や内薬司《うちのくすりのつかさ》で造る事を禁じられている丹薬（草薬に対し鉱石による薬）を、淳和は乳母子《めのとご》で常に側近にいた藤原吉野《ふじわらのよしの》に命じて試みていた。吉野は現在の中納言《ちゅうなごん》で、仁明の病状を察して用いる事を勧めたのでもあった。病は一進一退を繰り返して九月末まで続いた。淳和と同じく仁明も医術に強い関心を持ち医学書に詳しくて、この度の遣唐使には新しい医学書の蒐集も依頼してあったのだが…。

心の病は完全に癒えてはいないが、十月一日に半年ぶりに紫宸殿《ししんでん》で賜宴をした。その七日に右大臣夏野が死去。十一月になって漸く回復して、一日の賜宴には恒貞も出席し、神泉苑《しんせんえん》での鷹狩（八日・二十七日）も再開した。

一方、篁は筑紫鴻臚館《つくしこうろかん》にあって、道古とは毎日のように顔を合わせた。冬の初めになって道古は、故郷を想う詩を篁に寄せる。折しも満月の夜、即座に和したのがこんな詩だ。

査客來如昨　寒蟾再遇圓　三冬難曉夜　萬里不陰天
漫遣刀環滿　空經破鏡懸　計應郷國處　愁見一時然

（査《いかだ》に乗って君が来日して僕と出会ったのは昨日のような気がする。（昨秋は月宴を楽しんだけれど）昨冬君が見た月が再び満月になって、三年目の冬の夜はなかなか明けようとしない。遥か万里の空に光がくまなく照っている。君の故郷の大唐《だいとう》でもいたずらに満月を待って君を思い遣るのだろう。そして空しく時は経って月はまた欠けて行く。応《まさ》に推し量れば郷国でも，愁いをもって同時に今、この満月を眺めているのだろうね。）

冬が深まるにつれ、道古との交際も深まって行った。共通の関心事は国境を越えて拡がっているので、詩題も次第に拡がって自《おの》ずと世の中に対する諷諭《ふうゆ》になるのだった。二人の唱和詩は、始めに両人を引き合わせた末嗣だけでなく、筑紫の人々に愛誦され始めていた。

さらに篁は、京で離別の詩を交し伊勢介として任地に赴いた惟良春道へ、駅使《はゆま》に託して詠懐《えいかい》の詩を書き送った。都を経由して答詩が遥々《はるばる》と届けられたのは年が明けてからだったが、篁は元白《げんぱく》（元稹《げんしん》と白居易《はくきょい》）が任地を隔てながら交し続けた多くの唱和詩を想い起していた。春道は元白が興じた次韻《じいん》（同じ韻を同じ順でふむ）を用いて篁に答えたのであった。以後この二人の間にも、詩の応酬が重ねられていく。

✣

都では、年の暮から不穏が感じられていた。十二月一日に日蝕があったが、翌日の夜こともあろうに、内裏の正門（承明門《しょうめいもん》）を入ってすぐ東の春興殿《しゅんきょうでん》に盗賊が侵入して、絹が五十匹余り盗まれた。もっと驚いたのは五日の夜、清涼殿に女の盗人が入ったので仁明が愕然《がくぜん》、すぐ藏人《くろうど》に命じて宿衛の武官が一人を捕えたが、もう一人には逃げられてしまったのだ。十一日には大風が吹き、京中の家屋が多く破壊された。そして二十一日の夜、今度は大蔵省の倉庫の壁が破られて、絁《あしぎぬ》（粗製の絹布＝調布）がどれほどか判らないくらい大量に盗み出され、翌日には京都守備の全軍が出動して捜索するという騒動になった。事実、官庫は欠乏しているのに、天候不順で今年の穀物の収穫も不良だったから、民衆は衣食に苦しんでいて盗みが横行しても当然なのであった。

この八日に、久しく病床にあって十二年も名前だけの左大臣《さだいじん》を続けている藤原緒嗣《ふじわらのおつぐ》が、再三の辞職願いを出した。その上表文で、

「私は天長の初め国費節約のために不要の官を廃止する事を献言しました。然るに現在このよ

うな欠乏の中で、私は不当に官費を使わせる名誉職にいる。どうか辞めさせて下さい。」

と訴えたが、仁明は、

「以前も言ったが辞めるとはもう言わないように。この辞表は私の意に沿わない。」

と、今や典侍《てんじ》を代行している禮子から、内侍宣《ないしせん》として緒嗣邸に伝えさせた。

第十三章　承和五年（朝廷と篁の攻防／小町の髪上《かみあ》げ・裳着《もぎ》）

年が改まって仁明《にんみょう》は、気を取り直したかのように朝賀《ちょうが》に始まる正月行事に励んだ。二十日の内宴には「雑言遊春曲《ざつごんゆうしゅんきょく》」の題で、知文の士を招いて詩宴を開いた。詩題は元白《げんぱく》の「夢遊春詩《むゆうしゅんし》」を想い起しながら考えたのだが、昨年の今日は篁《たかむら》がここにいて、「詩序《しじょ》」の終りに「沙浪一去《さろういっきょ》　鶯花《おうか》幾春《いくしゅん》」と言ったのだったな、と仁明は思い出す。都を一去した篁は、まだ沙浪とはならず筑紫《つくし》に居るが、大宰府《だざいふ》からの報告では、遣唐使《けんとうし》の派遣を批判する如き詩を流行させているらしい。官人にも諳《そら》んじる者があると聞く。大宰大弐《だざいのたいに》永河《ながかわ》が下吏に探らせて良房《よしふさ》に届く牒は逐一、仁明の耳に入るのだが、今それらの情報が急に溢れて、心と体は乖離《かいり》し押し流されていくようだ。

篁も砂が崩れて流されていくのを食い止める方策を、必死に探っていた。乗組員の生死を賭けて今こそ戦わなくてはならぬ。春道《はるみち》から届いた詩の序文には、「野已入室　惟未升堂　決其勝負　豈惟伯仲之間哉（君はすでに詩の道で入室しているが、僕はまだ堂に升ってもいない。けれど勝負を決しようではないか。伯仲《はくちゅう》するかもしれないぞ！）」とあった。白樂天《はくらくてん》は故郷の村に引き籠った時「但未知生死　勝負兩何如」（效陶潜體詩）と言って、人は人間《じんかん》での貴賤や貧富の差で争っているが、本当の勝負は人生を終える時でないと判らないぞと主張するのだが、それ以前に長安で「新樂府《しんがふ》」を五十篇も作って政治を風刺したのだからな。詩の力で朝廷を動かせるか…。篁の述懐《じゅっかい》に春道が挑み、篁がまた挑み返す。こうして諷諭《ふうゆ》は過激になって行った。さらに、『元白唱和集《げんぱくしょうわしゅう》』（『長慶集』以後の元白の唱和詩を集めた詩集）に擬《なぞら》えて一巻の冊子とし、同調する人々に秘かに頒布する事を考えていた。

✤

篁の岳父三守《みもり》は、右大臣《うだいじん》に任ぜられた。夏野《なつの》の死によって図らずも太政官の上席に押し上げられたのだ。そのため三守もますます、公事と私事の乖離に頭を痛めている現在だが、前例によって叙任の謝礼に、二月五日内裏の射場で奉献をした。仁明と侍臣とで射を楽しむ会に、美を尽して賭け物を用意し、仁明も三守もその日は弓の勝負に興じたのである。十二日には二年ぶりに遠出して、摂津國《せっつのくに》・水生瀬野《みなせの》へ三守も扈従《こじゅう》しての鷹狩、日が暮れてから車駕を連ねて帰京した。民情の視察も兼ねての催しだった。

衣食の欠乏は都だけではなく、また正月だからといって改まるものではない。畿内《きない》諸国で群盗が横行し、放火や殺人も相次いだ。海には海賊が出没していた。国司に命じても取り締りきれず、畿内には衛門府《えもんふ》から追捕《ついぶ》の武官を派遣したのであるが。

そのような中、筑紫《つくし》の篁から三守に私書が届いた。小町についてだった。今年十二歳になって髪上《かみあ》げの年を迎えた。ついては両親でその儀を執り行うべき処《ところ》、私は筑紫から帰ることができない。祖父の三守に親代りを宜しくお願いする。幼名を改め「後賢子」と書いて「たかこ」として欲しい、と言って来たのである。他の事は一切書かれていなかった。現在筑紫で行《おこな》っている必死の方策が、右大臣に漏洩《ろうえい》している事は篁も察しているから、書信で今さら言うべきことは無い。私書は、ただ小町への愛情の激しい発露だと、三守は即座に理解した。

篁は篁で、気付き始めていた。書かれた詩を通じて志を伝達できる人々は、文士と官人にとどまる。暗誦して拡がるのも一定の知識ある人々の間で、筑紫に住む人の極めて一部ではないか。民衆にとって生活に係わるような政治は関心があっても、日本國《にほんこく》の外交について、反対するほどに関心が高まるようにするには、さてどうすればよいか。昔から童謡《わざうた》というものが世の中の変る時に流行《はや》ったというが、遣唐使を止《とど》めるにはそこまで行かなければならぬ。筑紫國全体が、もっと言えば大宰府の司る西海道《さいかいどう》（九州）全域が、反乱を起こさなければ中止にはなるまい。篁には敵の顔がはっきり見えてきた。権中納言《ごんちゅうなごん》良房。だが日本國の顔は「仁明」その人である。

府舘《ふかん》で大貳永河に賓客扱いされて半年を過ごした常嗣《つねつぐ》は、また一回り肥満して、渡海の恐怖を忘れるため酒に浸っていた。醒めると難破した「太平良《たいへいりょう》」の影がつきまとうのだ。いっそ卜占《ぼくせん》によってでも第一船（大使の乗る船）を選び直す事ができれば…。それを酒席で氷河に洩らすと、唐人の善い占人《うらないびと》がいるという。占人ならずとも篁の第二船が一番整備の行き届いている事は分っている。いずれ宜しく頼むと常嗣は珍しく頭を下げ、口止めするのも忘れなかった。副使篁の唱える異議が認められれば我も助かるが、それは到底無理であろう。然らばあの船を手に入れてでも、我は大使としての務めを果たさなければならぬ。混濁した頭の中で練られた姑息《こそく》な方策は、口止めしたにも拘らずぱっと広まった。

✤

大宰府の実情は凡そ月に一度朝廷に届いた。この度の報告に対応して、勅使が遣わされてきた。遣唐使が海彼《かいひ》と往還する間神明《しんめい》の加護を得るために、仏の経文を誦持し精進に励む僧を主要な神社に配置すべし。そのため大宰府は監《げん》（三等官）以上の官人を管内の諸国に遣わして、二十五歳以上の優れた仏教修行者を九人見つけて出家させせよとの命令だった。西海道《さいかいどう》を挙げて、神仏に国の外交を助けてほしいと祈らせるのは、遣唐使に反対する篁の動きへの対策には違いないが、一見迂遠《うえん》なことに思える。しかしこれは良房の策略で、常嗣の動きの曖昧さと合わせて考えながら、遣わした勅使にも様子を探らせて、遣唐事業を成功させる道を固めた上で、一か月先の仁明の勅で断行の決定をするという案だ。

勅を受け取った永河はさすがに困惑した。逐一《ちくいち》報告したのは大貳自身だが、大宰府の官人の総てを掌握できているわけではなかったから。寧ろ篁に同調する官人の方が多いかもしれない。勅命の如く西海道の国々に使いを出しても、使命が果たされなければ大貳の怠慢が問われることになる。自《おの》ずから永河は若い勅使に媚びて饒舌《じょうぜつ》になり、例の占人のことも誇張して再び話題にした。勅使が一度会ってみたいというので、宴席まで設けたのである。席上でも様々な話が飛び交い、それらは直ちに良房に伝わるはずだ。

昨年の不作と遣唐使の滞留で、西海道も疲弊が著しい。こうした民情は篁にとって好機で、「西道謠《さいどうよう》」という歌謡を作って民衆に広めようとしていた。一方、朝廷も対策は迅速で抜かりがない。大宰府だけでなく全国に大般若經を読ませ、七日間殺生《せっしょう》を禁じる。その裏で、遣唐使船の修理で貧窮した西国（筑前・筑後・肥前・肥後）の税を免除、また大宰府管内（六か国）の飢民に食糧を給した。更にその間に例の占人に遣唐使船の安危を占わせて、篁の第二船を大使の乗る第一船とする事に決めた。それは常嗣の秘かな案と同じだが、公に願い出る前に決定されて常嗣にも伏せられた。船を乗り換える時の篁との衝突を考えてである。常嗣は良房に総てを見透かされ、その事さえ知らずにいたのである。

こうして四月二十八日、勅命が発せられた。

「遣唐大使藤原朝臣常嗣　副使小野朝臣篁　使等本期鳳擧用渉鼇波　心事多睽　滞留逆旅　朕眷

言艱節　憂念于懐　方今信風甫臻　嚴程已迫　如靡鹽何　因雲軺往　付之示意　仍遣従四位下右近衛中將藤原朝臣助　勘發遅怠之由」

（遣唐大使常嗣・副使篁らは、天皇の使節として大海を渡ることになったが、予定通りにいかない事が多く、旅舎で滞留している。朕は困難な事情を思い、愁いの念を抱いている。現在北東の風が吹き始め、出帆の期限が迫って来た。使節としての務めはどうなっているか？　使いを派遣して朕の意を示すことにする。そこで右近衛中将藤原助《うこのえのちゅうじょうふじわらのたすく》を遣わし、出立の遅延・怠慢について調べさせようと思う。）

勅使として近衛中将を遣わすとは、武官の一隊を率いて来ることを意味する。しかも藤原助は良房の叔父で、仁明の意を体する以前に、良房の意を体しているのは明らかだ。

仁明はこの日朝政を終えると、例年のように避暑のため常寧殿《じょうねいでん》に移った。

✤

勅使の到着とはすれ違いになったが、五月三日に常嗣はこれまでの不成功を詫びた奏状を奉る。その中で、二度の渡航の失敗は天の示したもので、神霊の助けがなければ巨海を渡ることはできないので、諸国に大般若經の転読をお願いしたいと上奏した。朝廷は奏文が届くと直ちに、ひと月前にも命じたことだが再度、全国に今月の中旬から遣唐使が帰国するまで大般若經を転読し続けよと命じ、これも一か月前に命じた海龍王經《かいりゅうおうきょう》の講義と並んで行えと布告した。これらが忠実に行われれば、遣唐使が帰るまで日本国中に読経の声が響き渡ることになる！

いよいよ、「卜占によって、大使藤原常嗣の第一船と副使小野篁の第二船を入れ換えるべし」との勅命が伝えられた。常嗣は天恵かと喜び、改めて陳謝する奏文を書いた。一方篁は直ちに抗議すると共に、停泊中の第二船を全員で守るように指示した。同船する人々は、当地で徴発された水手《かこ》に至るまで、この二年間ですっかり篁に心服し同志になっていたので、守りは固かった。

片や勅使は武装した二十人ほどの近衛の騎馬隊に大宰府の兵も従えて、第二船を明け渡すまでは退かぬ構えだ。鴻臚館《こうろかん》北の崖下、三隻の遣唐使船が着岸している湊《みなと》の砂浜を兵馬が埋め尽した。

勘發遣唐使《かんぱつけんとうし》（出立を促す勅使）の助は、鴻臚館で篁の説得に言葉を尽した。が、言論に関しては到底篁の敵ではない。卜占による船の乗り換えの理不尽さを、理路を通して述べ立てて後へ引かないのだ。篁には遣唐使の廃止という大義があって、船の奪い合いなどという姑息なことで揉めている場合か！と苛立ちながら、乗組員の命運のことを考えれば譲るわけにはいかない。しかし武力の行使も辞さないという朝廷の意志に最後まで抗議し続ければ、反逆罪に問われる。

第二船と勅使軍の睨《にら》み合いは十日余り続いたが、遂に船内に踏み込まれて闘争は終りを告げた。百人を超える逮捕者は大宰府に移されて兵の監視下に置かれた。篁への説得はなおも続けられたが、いわば百人の人質を取られた様なもので、篁は遂に、老母への孝養と自身の病を理由に、乗船せず入唐を拒否することにした。全くの敗北だ。これで第二船の乗組員は拒否を申し出て罪人になるか、あるいは逃亡し果せない限り、「太平良」に乗り換えて大唐へ渡ることになる。

六月二十二日、助は「副使小野朝臣篁依病不能進發」と朝廷に奏上した。

この事件の一部始終は博多の人々の目に広く曝《さら》されて、篁に同情が集まり「西道謡」が人々の口から口へと伝わって流行していった。そして民衆の関心の高まりは、地方から徴発された乗員の逃亡を助ける輿論《よろん》となった。ただ篁の意図からすれば遅きに失した。

こうして、篁の反乱は良房の策略によって抑え込まれた。本来は節刀を持つ大使常嗣が全権を持つのだが、これを振えば遣唐事業そのものが瓦解するところだった。副使の反乱は想定外で、三隻の遣唐使船は何としても順風に帆をあげて進発させなければならない。勘發遣唐使の監視は更に続けられて、七月五日に第一・第四船が進発し、幸いにも大海に乗り出すことに成功した。第二船は、船頭《せんどう》（代表）が篁に代って判官《はんがん》・藤原豊並《ふじわらのとよなみ》になった。この新船頭の下で乗船することを拒んで、逃亡しようとした前の知乗船事《ちじょうせんじ》・伴有仁《とものありひと》と志斐永世《しひのながよ》（天文留学生）・佐伯安道《さえきのやすみち》（暦留学生）・刀岐雄貞《ときのおさだ》（暦請益生）の四人は捕えられた。彼らは第二船で篁と志を共にする指導者たちだった。従って、再度乗船するよう説得されても拒否したから、有仁の代りの知乗船事は新たに任命する必要があった。片や水手たちの多くは地元で徴発されていたので逃げ果せた者が多く、その補充にも手間取って、七月二十九日に漸く出航する。こうして助の任務はひとまず完了し、若干人を篁らの監視と新しい動静の連絡の為に残して帰京した。朝廷には、三か月に亘っての詳しい実情の報告がなされ、仁明も三守も黙然として耳を傾けずにはいられなかった。二人の上皇にも報告は伝えられたが、嵯峨《さが》は別に牒報員を大宰府に駐留させてもいた。

✣

　三か月前、仁明は四月二十八日に藤原助を勘發遣唐使として大宰府へ派遣した後、避暑のため常寧殿へ移った。掌侍《しょうじ》・禮子《ゐやこ》が付き従った。常寧殿の女御《にょうご》と呼ばれるようになった姉の貞子《さだこ》は折から三守邸に里帰り中で、小町も小野屋敷から祖父の元に帰って髪上げの支度をしている。というわけで、常寧殿はがらんとして涼しかった。

　禮子もその夜は三守邸へ帰ってきた。

「帝《みかど》はひどくお疲れのご様子でした。」

「そうですか。皇子《みこ》もしっかり歩けるようになりましたし、連れていってお目に懸けなければね。」

と貞子。仁壽殿の皇子女の遊びには既に仲間入りを果していたが、多忙だった仁明へのお目見えは未だである。小町の髪上げと裳着《もぎ》が済んだらそうしましょうという事になった。

　裳着が終れば小町は大人の仲間入りで、童女《わらわ》としての殿上《てんじょう》はできなくなる。恒貞《つねさだ》はもう東宮御《とうぐうご》所《しょ》に住み、今年中には元服式が行われるらしい。それにしても後賢子と書いて「たか子」とはね！　篁の「たか」を取っての命名、見事です。

三守は吉日を択《えら》んで小町の裳着の儀を行い、自ら孫娘の髪上げ役を引き受けた。禮子の捧げる櫛笥《くしげ》から平額《ひらびたい》（髪飾り）と櫛を出して、結い上げた前髪に釵子《さいし》で留め付けるのだが、前髪を小さく結って長い毛先を後ろに垂らすのは意外に難しく、そこに髪飾りをするのは更に大変だった。側《かたわ》らには貞子が控えていたのだが、三守の室《しつ》（小町の義祖母）や久しぶりに里に来た中の君（小町の伯母）も加わって、賑やかに髪上げを了えた。小町はこの一年で背が伸びて大人の丈に近くなり、髪上げするとますます美しくて皆を驚かせた。

裳着のための裳は、例によって乳母《めのと》の松女《まつめ》が練糸《ねりいと》から夏用の薄物に織り上げて、少し地に曳くほど長く仕立てた上に華やかに絵を描いた。これも三守と禮子が腰結《こしゆ》いの役をして、あとは酒宴になり音楽が始まる。禮子が箏《そう》の琴で小町が和琴《わごん》、音を調えるため菅掻《すががき》して、小町は三年前篁に菅掻を最初に教わったことを思い出していた。あの正月の宴では龍笛《りゅうてき》を受け持った篁に代って、今日は三守が龍笛を吹く。貞子も琵琶《びわ》を持ち出した。やがて歌舞も始まって盛大な宴が夜中まで続いたが、篁の居場所に空いた大きな穴が埋められない事、小町が「後賢子《たかこ》」と命名されたことの意味深さを、皆が感じていた。

第十四章　小野小町《おののこまち》の誕生（「夢の歌六首」生成）

小町は成人して諱《いみな》を「たか子」と付けられたが、「小町」という呼び名は大人になってもそのまま後宮での通称になって、後に歌人としても「小野小町《おののこまち》」と名乗ることになる。

さて禮子《ゐやこ》は出仕するとすぐ、仁明《にんみょう》から貞子《さだこ》の入内《じゅだい》を促された。仁明は皇子との対面を待ち兼ねていた。それにも増して小町と再会できる折を待っていたのだった。皆で常寧殿《じょうねいでん》に早く来るようにと禮子は命じられたのである。こうして参上した結果、常寧殿の西半分はひき続き三守《みもり》家の美女三人の房《ぼう》となった。小町もやがて内侍《ないし》として仕える事になるだろう。

小町は小野屋敷の書殿《ふみどの》で、この二年勉学に励んでいた。女は大學には入れないけれど、小町にとってそれに匹敵する時間だった。その間、松女《まつめ》と馬場へ行っては乗馬も続けていた。今、仁明の前に跪《ひざまず》いている小町は、紅の袴の上に裳《も》着《ぎ》に着用した薄物の裳を付けた姿で、全身が光り輝いているように見える。仁明は、その成熟ぶりに驚きを隠せなかった。

皇子《みこ》は成康《なりやす》と命名された。

成康を囲む女たちで常寧殿は俄かに華やぐ。しかし幼な子は片時《かたとき》もじっとしていない。すたすたと渡殿《わたどの》を仁壽殿《じんじゅでん》の方へ行くのを、貞子と乳母《めのと》たちが慌てて後を追って、出て行ってしまった。禮子は禮子で、掌侍《しょうじ》として仁明の側に侍するために房を出ていって、小町一人自室に残った。


あたりはしんとして、塗籠《ぬりごめ》の中の少し湿った匂いが昔なつかしい。二年前『任氏傳繪巻《じんしでんえまき》』を秋の夜長にあそこの西廂《せいそう》で物語ったのだった。それから恒貞親王《つねさだしんのう》とも約束した『任氏怨歌行《じんしえんかこう》』の絵巻を、作ろうとこの房に籠って…と想い起している内に、突然滝にうたれたように、「誑《たぶら》かすな！」と叫ばれて仁明に抱き取られた時の震えが甦った。震えはしかし、二年前少女の私が感じていたそれの数倍、いいえ全く別種の、体の中心から湧き上がってくる戦慄《せんりつ》で、私は気を失いそうになりながら、帝に今すぐ抱かれたいと切に願った。


仁明は禮子に、小町を早く宮仕えさせるようにと催促した。しかし禮子は、小町が二年間小野屋敷で習得したであろう「ことば」に夢を託しているので、

「娘のことは、私の一存では決め兼ねるのでございます。どうかお召しになってよく聞いてみて下さいませ。」

と言う。

「尤《もっと》もであるな。」

と仁明も応じて、翌日の午後、常寧殿の御座所に小町は呼ばれたのである。

✣

松女に支えられて仁明の前に姿を見せた小町は、「嬌羞融治　力不能運支體（恥じらいを含んでなまめかしく、自分の身を運ぶ力さえない）」様子で、紅娘《こうじょう》に支えられて現れた崔鶯鶯《さいおうおう》さながらだった。仁明は、思わず声をあげて小町の体を抱き取らずにはいられなかった。ただ『鶯鶯傳《おうおうでん》』での夢うつつの張生とは違い、はっきりと覚醒していて、二年前の狐に憑《つ》かれた少女とも異なった現《げん》に存在する小町について、明察する事ができた。

とっさに仁明は数人の侍女に命じて、小町を御帳台《けちょうだい》の内に運び入れた。霓裳羽衣《げいしょうう い》の天女が墜ちたようだったあの時の姿に増して、今の小町を女官たちの目に曝《さら》すのは耐え難く思われたのだ。侍女も松女も帳内から退けられた。帝は交接（男女の交わり）の時でも侍女たちに見守られているのが普通なのに、仁明は今、ただ小町を保護したい一心だった。

「小町とは同体だがわれの方ははっきりと醒めており、われの分身を鎮めるためにこれから二人だけの問答を始めようぞ。」

仁明は帳台に横たえられた小町を父親の目で見守った。

仁明の低い声が小町の耳に届いて、その体は内部から光を放って輝き始めた。仁明はまばゆい光の中で目が眩んだようになり、思わず伸ばした手が小町に触れる。輝くと見えたのは小町の体が小刻みに震えていたからで、輝くように震えながら仁明に縋《すが》り寄ってくる。

　聖なる分身を抱いて、われと小町は一体になった。「ことば」はひと言も交わされる事がなかった。


　問答の「ことば」が復活した時は、すでに夕刻だった。側《かたわ》らの几帳《きちょう》には霓裳羽衣のように薄絹の裳が懸けられてあり、小町の佩《は》いている紅の袴の裾は僅かに濡れていた。

　小町は再び裳を纏《まと》い仁明と相対して、問答が漸く始まった。小野屋敷でこの二年間に考えた事を、父に話すように仁明に説明する。書殿《ふみどの》に積まれていた『白氏長慶集《はくしちょうけいしゅう》』で、「長恨歌《ちょうこんか》」を先ず読んだ事、幼い頃篁《たかむら》に読んでもらった時と違って、あれは、玄宗皇帝《げんそうこうてい》が楊貴妃《ようきひ》を殺してしまった嘆きを、恨みとして訴える詩群を皇帝自身が書き残していたとして（それが『任氏怨歌行』に当たるわけです）、それに白樂天《はくらくてん》が自身を入れこむようにして作った物語詩だと、だから、私が『任氏怨歌行』を絵巻にして皆に物語りたいと夢中になっていたのと同じだけれど、だけれど全然違うのだと、あれは男の恋の物語詩なのだということが、はっきり解りました。

　白い小袖を振りながら話す小町を、仁明は見守り続けた。

　任氏が狐に戻って殺されたのが馬嵬《ばかい》で、楊貴妃が処刑されたのも馬嵬なので、私は迂闊《うかつ》にも混《え》淆《こう》してしまった。「長恨歌」は凄く能くできた物語だけれど、私が再話したかったのは狐の任氏の純愛で、それは童女の私にも迫ってきて、私が狐になる？　ああ、そこまで入り込んではいけない！　一線を劃《かく》さなければ。

一線を劃さなければという点では、「長恨歌」の語り方に学ぶべきです。でも私には無理だなと、行きつ戻りつ考えながら、『白氏長慶集』の他《ほか》の詩（「婦人苦」とか「琵琶引」とか）まで読み進めるうちに、『任氏怨歌行繪巻《じんしえんかこうえまき》』より前に、乗り越えておかなければ済まない事ができたのです。それはね、『傳奇鶯鶯事《でんきおうおうのこと》』（鶯鶯傳）の鶯鶯の事。鶯鶯は実は私なのです。その私について「ことば」を用いて表して行きたくなった。

「二年の間に少しずつ変ってきたのは、大人になってきたという事なのでしょうか？」

そう言って仁明を見上げた小町の目には、微塵《みじん》の濁りもなかった。

✤

小町は再び松女に支えられて房に戻った。禮子は娘が不在の間ずっと、我が事のように気を揉んで待っていた。それから数日小町は塗籠に籠っていたが、やはり小野屋敷へ帰りますと母に告げた。

小野屋敷は静まりかえっていた。お嬢さまが帝に抱かれたという話は、松女から仕女《しじょ》たちに知れ渡っている。小町は黙ったまま書殿に閉じこもった。禮子の配慮で帳台も運びこまれて、心置きなくここで過ごせることになった。松女だけが入室を許され、食事を持って来ては身のまわりも整えてくれる。

こうして、小町は鶩鶩になって、仁明への愛を文章で成就させるという困難な道へ踏み出すはずだった。けれど、体の中にある帝に抱かれたいという心緒《おもい》は昼も夜も絶えることがなくて、小町は始終震え続けていた。毎夜、帳台に横たわっても衾《ふすま》を抱いて一晩中震えている。昼は昼で、体を抱え込んで書殿の中をうろつくばかりで、机案《つくえ》の前に座ることができない。

十日あまりが過ぎて、松女は小町を乗馬に誘った。姫君を無理にでも外に連れ出さなければならないと、乳母《まま》としては感じたのだ。篁が改装したあの馬場に、以前から小町が小野屋敷に居て書殿に籠りがちな時は誘い出したものである。

馬の背は小町の震える体を受け止め、やがてその震えを逞しい体に吸い込んで、止《とど》めてくれた。そのうち思い詰めた心もほぐれ始めて、和らいでいく。愛馬との一体感は、私を救ってくれるかもしれない。

それから時々、馬場にだけは通うようになった。

遂にある夜、

おもひつつぬればやひとのみえつらむゆめとしりせばさめざらましを

苦しい夜は相変らず続いていましたが、漸く浅い眠りについた明け方の夢に、帝が来て下さった。恋しい人と逢いに逢って一夜を過ごした…と思ったのですが、すべて夢の中での出来事でした。夢と知っていたら醒めないでいたでしょうに！

鶯鶯は張生《ちょうせい》への手紙に、「夢の中であなたに逢って、しばらくは本当に睦み合っているようですが、まぼろしの逢瀬《あうせ》の果てぬうちにふと目覚めるとあとかたもなく、衾《ふすま》の半分がまだ暖かいようでも、思えば遥かにあなたは隔たっているのです。」と書いています。もしその時、「これは夢だ」と知っていたら、時を留めて永遠の愛を成就することを願って、文章でならそれができるかもしれないと、気づいたはずです。

私は夢が予言してくれるとは信じていないし、帝の方で恋しく思ったから夢に現れたなどとも思わない。私が思い続けたから夢に見たのに違いありませんが、夢の中でこんなにまざまざと逢えるものなのですね。あゝ、これが夢とその時判っていたら、時間よ止まれと命じたい。

最初にできたのがこの歌です。

次の夢見は間もなくでした。

✣

うたたねにこひしきひとをみてしよりゆめてふものはたのみそめてき

夜は相変らず眠れませんでしたが、白昼に睡くなってついうとうとしたのです。すると、ほんのちょっと微睡《まどろ》んだだけなのに、帝に抱かれている夢を見ました。現《うつつ》に逢った時と全く同じに、私の震えている体を帝は父のように包んで、それから真っ直ぐに優しく私の中に入って来てくださった。私は震えながら次第に暖められて、戦慄《せんりつ》が鈍い痛みに代り、それも温《ぬる》んでいくように治まって、ひと言もことばを交さないまま、夢の中で甘美な時を味わいました。

それから、「夢というもの」を実際に存在するものと同等に、頼み始めたのです。

帝が以前「現世は幻世で人はみな幻身なのだよ」と言われたように、本当に帝に抱かれたことも、水の流れに浮かんでは消えていく泡にすぎないのなら、夢が実在より確かなものになるはずなどない。事実それからというもの、私は夢を見ることもなくなってしまいました。

恋しくて恋しくて、

いとせめてこひしきときはぬはたまのよるのころもをかへしてぞきる

「ぬばたま」ということばは「夜」を引き出すために昔から使って、黒玉（ぬばたまの実）のことです。また、古歌では「白たへの袖」を折り返すと、恋しい人が夢に現れるといいます。「返す」ということばの力で。私は袖だけでは足りなくて、真暗闇で体を覆って寝ている衣を、反対にして裏返しに着て、呪文のようにこの歌を唱えながら寝るのです。私の作った呪歌《じゆか》の力によって、帝が夢の中で来て下さることを願うのですが、ますます空しい夜が永遠に続きそうな不安が募り、そうなると仏法に背いてでも歌の力を試したい。私は何という軽薄女児でしょう！

それも帝から見てもお父さまから見ても、まだ幼くて非力な女児です。けれど私は鶯鶯のように恋して、鶯鶯のようにことばで訴え続ける。鶯鶯は「身は滅びても真心だけは風となり露となってお側にまつわりたい。生死をかけた誠はこれ以上ことばになりません。」と思い詰めて、「心は近くても身は隔たって、お会いする期《ご》もないでしょう。でも思いが積り積れば、千里のかなたまで魂は通うと思います。」と「ことば」を捨ててしまいますが、私はその先まで達したい。

✣

考えてみれば『傳奇鶯鶯事』は元稹《げんしん》の作なのです。鶯鶯の手紙は元稹の小説の部分にとり入れられたもので、元の手紙は張生ひとりに宛てて書いている。私は元稹とは反対に女として、恋を物語って多くの人に伝えたいのです。小説ではなく詩でもなく「歌」によって。

ところが、鶯鶯は私より五歳も年長ですから、抱かれた時の艶《なま》めかしさは比べものになりません。

「女は羞《はじら》いを含んで頻りに黛《くろ》く描いた眉を顰《ひそ》めつつ、合わせた唇の朱は暖められて融けに融けゆき、女体は秋蘭の雌しべのように馥郁《ふくいく》と清らかに香り、玉のごとき肌膚《はだ》は豊かに潤い溢れて横たわる。」

というふうに元稹の詩は長々と描きます。相手の男が再び抱きたいと願うに十分です。でもまだ十二歳の私を、恋しい人はそう思って下さるかしら。ましてやその方は帝なのですもの。とは思っても、毎夜毎夜私が「ぬばたま」の衣を返して着ては寝て、新しく作った歌を何度くりかえし唱えても帝は来て下さらない。夢の中でも逢えない夜の悲しさが積り積っていくばかり。その夜数が、あの「夢というもの」を発見するまでの長く苦しかった日数を越えて続くと、「うたたね」の夢を頼み始めた時の嬉しさが、怨みがましく思い出されます。

現にはもう逢えない（逢わないと私が決めた）のは確かだけれど、いくら呪文のように歌を唱えても、夢の中でさえ人目を気にして逢いに来て下さらない。夢でならい、ではありませんか！

うつつにはさもこそあらめゆめにさへひとめをもるとみるがわびしさ

「わびしさ」。そう、わびしいとしか言いようがないわ。あれほど「ことば」による歌の力を頼んでいたのに、帝が逢いに来て下さらないだけではなくて、私自身が逢えない事を認めてしまっている。

「悲しさ」は、古歌でも女が結びに使う言い方に多くて、私の知っている歌に、

筑紫船未毛不來者預荒振公乎見之悲左
（筑紫船いまだも来ねばあらかじめ荒ぶる君を見るが悲しさ）

というのがあります。賀茂女王《かものじょおう》といって長屋王《ながやおう》の姫君の歌なのですが、筑紫《つくし》へ行く船とは、この男君は唐《とう》まで行くのでしょうね。恋人との別れを悲しむ歌だけれど、お父さまの面影と重なって思い出しました。

夢の歌では、よく知られている『遊仙窟《ゆうせんくつ》』に倣《なら》ったという

愛等念吾妹乎夢見而起而探爾無之不怜
（愛《うつく》しと思う我妹を夢《いめ》に見て起きて探るになきがさぶしさ）

という歌が「が…さ」と結んだ言い方で、夢から醒めた時の空しさの感じを「寂しさ」と括《くく》っていますが、「わびしさ」という心情は、誰も歌では言ったことがないと思います。

「夢の中での逢瀬《おうせ》から醒めて、衾の半分がまだ暖かいよう」というのは鶯鶯の手紙にもあって、『遊仙窟』は唐でも日本でもよく読まれたのですね。私だって読んでいるのですから。でも私は

夢の中でも逢えない。逢えない夢を見るのは私ですから、寂しいのは自分のせいなのです。それがわびしいのです。

　　現《うつつ》にはさもこそあらめ夢にさへ人目を守《も》ると見るがわびしさ

✤

わびしさを独り抱えながら、夜が来る度に怖ろしくて、それでも初めて帝の夢を見た時のことは忘れられません。毎夜、思いつつ寝るのが常になって、空しく逢えない夜を重ねる間に、秋は深まっていきました。

〔折から篁が渡唐を拒否して大宰府に留め置かれていた頃である。一方仁明は、副使篁の離叛《りはん》に心を痛め、次いで大使常嗣《つねつぐ》の船は辛うじて出航したとの報告が漸くもたらされて安堵するが、第二船はまだ出航できないでいるのに気を揉んでいた。小町のことを想う暇《いとま》は実際なかったに相違ない。〕

中秋（八月）に入り月が次第に満ちてくる頃になって、帝は夢に現れて下さった。それも、転寝《うたたね》の夢の時と同じ、御帳台での交情でした。この度は夜の夢だったのですが…。そうして、あの時は「夢というもの」を改めて認め頼んだのに、この度の逢いの何とはかないこと。同じ夢を見ているのに、何故こうも短く感じるのでしょう。

秋が深まってわびしさに沈んでいた頃、ふと浮かんできた歌がありました。

あきのよもなのみなりけりあふといへばことぞともなくあけぬるものを

秋の夜も名のみなりけり逢ふといへば言ぞともなく明けぬるものを

知らず知らず鶯鶯の事が心を占めていたのです。秋になると七夕の夜、牽牛《けんぎゅう》と織女《しょくじょ》が一年に一夜だけ逢いますが、秋の夜は長くなったとはいえ二人にとっては短かすぎて、ひたすら逢うだけでことばを交す間もなく明けてしまった（解帯遽廻軫　誰云秋夜長『芸文類聚』）。また鶯鶯が張生と初めて交わった夜、鶯鶯は一言もことばを発する事なく、暁の鐘声で紅娘に促されて、泣きながら身をくねらせているのを、紅娘に支えられて帰って行きます。

この二つが重なった上に、私の夢の記憶が被さったのでしょう。それで「言ぞともなく明けぬるものを」と歌ってしまいましたが、本当はこれ嘘ですよね。私は夢の中でその心緒を味わっただけなのですから。そもそも七夕の星逢いも伝説、鶯鶯の事だって元稹によって語られた姿です。けれど事実としてあった元稹の恋をもとに、『傳奇鶯鶯事』は作られたのだとお父さまに聞きました。手紙はもちろんですが、初夜の鶯鶯の姿態も、真実に近く描かれていると思うわ。私も松女に支えられて帝の前に行った時、同じようだったのですから…。嘘でも事実より真に近いということはあるのではないかしら？

〔後年の元白唱和《げんぱくしょうわ》には、元稹「夢遊春詩《むゆうしゅんし》七十韻」・これに唱和した白居易《はくきょい》の「和夢遊春詩《わむゆうしゅんし》一百韻」がある。

この長詩二首には、『鶯鶯傳』（『傳奇鶯鶯事』）の素材とされる元稹の恋が「夢遊春」（青春の恋が、夢の世界に遊んだとする比喩で表現される）として回想されている。」

✤

詩ではどう詠《うた》っているのか。繙《ひもと》くのはやはり白樂天ですが、「長恨歌」や「琵琶引」と同じ巻で、「長恨歌」の少し前に「長相思」という長詩が見つかりました。これに「秋夜長」ということばが出てきます。

九月西風興　月冷露華凝　思君秋夜長　一夜魂九升

二月東風來　草拆花心開　思君春日遲　一日腸九迴

（九月西風興《おこ》り　月冷《ひややか》にして露華《ろか》凝《こ》る　君を思うて秋夜長し　一夜魂九升す《九度飛ぶ》

二月東風来たり　草拆《ひら》けて花心開く　君を思うて春日遅し　一日腸九迴《九回転》す）

私の歌とは逆に恋する男に逢えないのを歎いていて、こちらの「秋夜長」の使い方が元来で、逆に逢っている男女にとっては短い、となるわけですよね。また、「秋夜長」と「春日遲」が対《つい》にされています。前に読んだことのある「上陽白髪人」にも同じように使われていたわ。「長相思」が二十三歳の女が詠ったことになっているのとは違って、六十歳の宮女の歌になっていましたけれど。

それから、これは「長恨歌」の終りに「在天願作比翼鳥　在地願爲連理枝」とあるのと似てい

るのですが、

願作遠方獣　歩歩比肩行　願作深山木　枝枝連理生

（願わくは遠方の獣となり　歩歩肩を比《なら》べて行かん《肩を並べて行きたい》
願わくは深山の木となり　枝枝理を連ねて生ぜん《枝と枝を連ねたい》）

と最後の二聯で繰り返し詠うのです。「長相思」は女の心情を白樂天が代作したのに違いはありませんが、あらゆることばを尽くして願望の強さを表しています。この心緒《おもい》を女自身が歌ったらどうなるかしら？

「夢の歌」でも、夢の中での願望の強さを直々《ただただ》あらわして行けばよいのだと、改めて思いました。わびしさに陥って何首か作った、呪歌のような・怨歌のようなものは、すべて破り捨てます。そして新しく見た夢、

かぎりなきおもひのままによるもこむゆめぢをさへにひとはとがめじ

夢の中に現れて下さった帝との逢瀬が、再び短くはかなく過ぎてゆき、松女が私の肢体を支えて連れ帰ろうとするその手を払って、この歌を帝に詠いかけていました。帝はよろける私の体を抱き取って、何か囁《ささや》きかけて下さった。歌を返して下さったのでしょう。そのまま私は朦朧《もうろう》と

なって、再び松女に支えてもらい連れ帰られたのです。
そこで夢から醒めて、歌を書きとめました。これは夢の中で生まれた歌なのです。「夢というもの」の中を、うつせみの世の中でと同じように、いいえ夢の世界では人は咎めないはずだから、もっと真っ直ぐ自分の足で歩いて行こうと心に決めた夢の歌です。

✤

『萬葉集』には「相聞《そうもん》」と言って恋歌が多くあります。前に引いた賀茂女王の歌もそうですが、但馬皇女《たじまのひめみこ》と穂積皇子《ほづみのみこ》の恋は有名で、皇女の凄い歌が残っています。

秋田之穂向乃所縁異所縁君尓因奈名事痛有登母
（秋の田の穂向きの寄れる片寄りに君に寄りなな言痛《こちた》くありとも）

遺居而戀管不有者追及武道之阿廻尓標結吾勢
（後《おく》れ居て恋ひつつあらずは追い及《し》かむ道の隈廻《くまみ》に標結《しめゆ》へわが背《せ》）

人事乎繁美許知痛美己世尓未渡朝川渡
（人言《ひとごと》を繁み言痛《こちた》み己《おの》が世にいまだ渡らぬ朝川渡る）

一の歌は、但馬皇女が高市皇子《たけちのみこ》の宮に居た頃、穂積皇子を思って作った「人の噂はうるさくても、稲穂のようにあなたの方へ靡《なび》き寄りたい」という歌。二の歌は、穂積皇子が勅命で近江に遣わされていった時、「ここに残って恋しく思っているくらいなら、後を追って追いつきたいので、道の曲り目ごとに印を付けておいて下さい。」という歌。最後は、穂積皇子との接《まじわ》りを見つけられて、二人で「人目を忍んで朝川を渡る」という歌です。

三人は天武天皇《てんむてんのう》の皇子皇女（異母兄妹）ですが、但馬皇女が始めに嫁いだ長兄の高市皇子はかなり年上で、すでに正妻・御名部皇女《みなべのひめみこ》との間に長屋王もいて、長屋王の姫君が賀茂女王です。穂積皇子と但馬皇女は同じ年頃だったのでしょうね。

古代の自由で逞《たくま》しい皇女に見習いたい。私は、時も所も身分も遥かに隔たって、詠うのは「夢というもの」の中でですが、限りなき思いは同じです。

「夢路《ゆめじ》」ということばは思わず口をついて出たのですが、真っ直ぐ帝の寝所へ至る道が、その時ありありと見えていました。

『遊仙窟』に倣った『萬葉集』の歌では、「人の見て事とがめせぬ夢に吾今夜至らむ屋戸さすなゆめ」というのもあって、夢の中で今宵行くから戸を開けておけ！と言う。これは男の歌でしょう（但馬皇女なら歩いて行かれるでしょうが）。でも私は歩いて行く。それも長い夢路を歩いて。

詩では夢魂《むこん》といって夢の中で人の魂は飛んで行くといいます。李白《りはく》の「長相思」では「天長路遠魂飛苦　夢魂不到關山難」（天長く路遠く魂飛ぶに苦しむ　夢魂到らず関山難し）と歌っています。でも、私の魂は長い夢路を「歩いて」行くわ。夢の中では誰も咎めるはずはありませんもの。

寒い真っ暗な夜道を辿《たど》って、常寧殿に達した私は南廂の東の板戸からするりと入り、西側にある帝の寝所に行き着きます。そうして帝に抱かれて一夜を過ごします。秋夜よりもずっと長くなった冬の夜が明けるまで、一言もことばを交すことなく逢いに逢って。

✣

しかし、

ゆめぢにはあしもやすめずかよへどもうつつにひとめみしごとはあらず

私は毎夜、「夢路」という夢の中で私が作った道をせっせと歩いて、同じように帝のもとへ通いました。が、それを続けているうちに、「夢の歌」を作って現《うつつ》から独立する意義が、私の中では薄れていくのを知りました。私は自身の心から見る夢を「夢というもの」として見直して歌うことで真実に生きることができる、と思いこもうとしてここまで夢の中を歩いて来たのですが、それは私が「私の心」を再話している事に他ならなくて、事実としての私とは違うのだと気がついてしまった。帝は私の夢などご存知ない。現で帝に抱かれた時の事実は事実として越えることはできない。私は夢から醒めてしまったのです。

「夢の歌」の中で生み出されたかもしれない真実と並んで、最後の歌の「現《うつつ》にひとめ見しごとはあらず」という句は、もう歌とは言えない実感そのものですが、これまでの五首の夢の果てに驚き（醒めてしまった！）として生まれました。そして、それも含めて「夢の歌六首」は成立することになりました。

けれど「夢の歌」を読む人は（松女たちを通して、帝との噂を聞いている人はなおさら）、「ああ、やっぱりそうよね」と私の伝えたかったのとは違う読み方をしてしまうでしょう。でもそれを認めなければ、歌を多くの人に伝えることはできない。お父さまに教わった「軽薄児」とはどういうことか、改めて判ってきました。これ、一首の歌でも同じことですよね。恋人はことばの力で騙《だま》し合えても、読者が自由に曲げてとるのは止められない。それに耐えられるような歌を作りたいわ。

「夢の歌六首」を、先ず誰に見せたいかといえば、それは帝です。帝は夢とも噂とも関わりなく、超然として居られる。恋の相手でもなく読者でもなくて、私の文章の道の師と頼る方ですから。

だが小町は一つだけ思い違いをしていた。仁明の、『任氏怨歌行』を再話しようとして狐になりかけた少女への心緒は、心中では連綿と続いていたので、成人した小町が再び己の前に「鶯鶯」となって現れた時、愛を注《そそ》いでしまった。帝は実は小町の恋の相手だったのである。小町の中では、少女の頃聞いた「誑かすな！」という帝の声が今も響き続けて、「夢の歌六首」に化したのだったが、仁明の愛は意識という現実の中にあった。

仁明は、「夢の歌六首」の物語る経緯《いきさつ》を、小町が師と頼んだ通りに、すらすらと理解して受け容れた。と同時にそれは、恋の相手からの問いかけでもあって、「現《うつつ》にひとめ見しごとはあらず」という最後の句は、二重の意味を持つことになった。小町を再三抱きしめたいと痛切に思ったのである。従って帝の行為は、曲折した経緯にも拘らず、極めて直接なものとなった。

御帳台に招き入れようと差し出した帝の手を拒んで、小町は熱く握られている手を静かに引き離した。

「峑《ぎん》になるところであったな」

と仁明は微笑んだ。

〔「微笑《ほほえ》む」ホホは口をすぼめ声を抑えて笑う時の擬態語か。中古では「にっこり笑う」のではなく、「苦笑する（感情を抑えて笑む）」や「忍び笑いする（声を殺して笑う）」の意の方が多い。〕

終章

小町は、成人後の後賢子《たかこ》という名で、改めて宮仕えを許され掌侍《しょうじ》になった。その後も、小町という通称で呼ばれることの方が多かったが。そして「夢の歌六首」は宮廷に流布していった。宮《く》人《にん》の間では『傳奇鶯鶯事《でんきおうおうのこと》』も唐《とう》の新しい小説として受け入れられ始めていて、小町の歌と併せ読むことで興味が増すという発見が、誰からともなく伝わった。漢語に馴れない人々は、他ならぬ小町に再話を求めてきた。

宮仕えの暇《いとま》に、小町は曾《かつ》て『任氏傳繪巻《じんしでんえまき》』の読み聞かせをした常寧殿《じょうねいでん》の西廂《せいそう》で、『傳奇鶯鶯事』を分りやすく話す。女たちは自ら書き写した「夢の歌六首」を片手に、小町の話に耳を傾けた。感動して「夢の歌」を詠《うた》い始める女もいて、「私はこの歌が好き！」と別の歌を詠ってみせる女も現れる。小町はこうして歌人として有名になっていった。

一方で篁《たかむら》は、大宰府の客舎から帰京することなく隠岐國《おきのくに》に遠流《おんる》になった。

わたの原八十島《やそしま》かけてこぎいでぬと人にはつげよ海人《あま》のつり舟

という歌が三守《みもり》邸に届けられたのは、小町の宮仕えが順調に経過し始めた頃で、仁明《にんみょう》の配慮もあって母の禮子《ゐやこ》と共に里帰りを許された。小町は改めて父の不在を痛切に実感する。

✣

おきのゐてみをやくよりもかなしきはみやこしまべのわかれなりけり

熾の居て身を焼くよりも悲しきは都島べの別れなりけり

この歌の「熾の居て身を焼く」というのは、帝に「夢の歌六首」をお見せした後に詠じた、

ひとにあはむつきのなきにはおもひおきてむねはしりびにこころやけをり

という歌が、下敷きにあるのです。

帝とは帝位《ていい》そのもので、人ではない。ですから私は、帝の差し出された手を拒みました。けれどその時の私は、松女《まつめ》の肩に凭《もた》れかかるのがやっとで、西側の房《ぼう》まで連れ帰ってもらったのでし

た。体の力がすっかりなくなって…。　それを取り戻すには歌の力に頼るしかない、という思いに耽り始めた時、ふと浮かんで来たのが『篁物語』の中で義母が詠んだ、

　いささめにつけし思ひの煙こそ身をうき雲となりて果てけれ

（かりそめの恋の「思ひ」の火が燻《くすぶ》り続けて煙をあげ、私は辛く苦しくて、とうとう空に浮かぶ雲になり、この世から消え果てました！）

です。あれは死を目の前に見てしまった人の歌だったのだと今さらのように気付いて、恋の思いは自《おの》ずと「火」なっていくのだとも知って、慄然《りつぜん》としました。

義母の歌では心の中の思いが「火」になっていったのでしたが、私が作った歌では「熾《おき》」が初めから胸で燃え上がっていました。

実は、お父さまに隠岐國へ遠流との勅命を下した去年の十二月十五日に、帝は清涼殿《せいりょうでん》で「佛《ぶつ》名懺悔《みょうざんげ》」を始められました。佛名經《ぶつみょうきょう》の各巻の終りには地獄説が載せられているそうで、それを本《もと》にいろいろな地獄を描いた屏風が、清涼殿に立て廻らされました。帝は五人の導師《どうし》の僧を招いて、三日三夜その中で懺悔を修されたのですが、私もその場に侍《はべ》って地獄の恐怖を味わうことになりました。

けれど、地獄は私にとって以前から、遠くの世界ではなかったのです。

「地獄熾火《じごくしか》」といって、地獄絵ではいろいろな所で様々な火が燃えていました。中でも、燃え上がる焰の地獄で、体が激しく焼かれるのをまざまざと感じました。これは現世での悪行の報い

なのですよね。煩悩のせいで悪行に走るのだけれど、煩悩の一つとして「愛欲」があります。愛欲は現世で生きている時に実際は燃え上がるもので、私の歌の中で「熾《おき》」は「地獄熾火」と同じ。「胸走り火」は胸の上で現に燃え上がって、心まで焼き尽しそうなのです。

（「ひとにあはむ」の歌の一句目「人に逢はむ」の「む」は仮定の意味。二句目の「つき」は「月」に「付き（手がかり）」が掛けてある。三句目も「思ひ」と「火」、「起きて」と「熾きて」が掛けてある。）

✣

お父さまに遠流の勅命が下された日から、私の心は引き裂かれていました。同時に始まった「佛名懺悔」での火炎地獄で焼かれたのは、帝への愛欲であると共に、父との別離の悲しみより愛欲が先立ってしまう私の引き裂かれた心です。

歌の力に賭けて先ず「胸走り火」の歌を作ったのでしたが、

おきのゐてみをやくよりもかなしきはみやこしまべのわかれなりけり

という歌の方は、自ずと心に湧き出てきました。「都・島べの別れ」の悲しみが、まるで隠岐の島べの波のように、私の心を越えて轟き砕け続けるのを、止《とど》めようがありません。

この歌をどうしてもお父さまの所に届けたい、と私は強く願いました。

三守は、小町の願いをどうにかして叶えてやりたいと考えた。流人のところへ文を届けることは許されていない。そこで思い出したのが紀三津《きのみつ》のことである。張寶高《ちょうほうこう》の許に渡ったという噂で、新羅船の船頭《せんどう》（船長）になっているとも言う。篁の腹心であると思われる三津が、小町の歌を届けてくれれば…。或いは仲間の手に託してでも届けてほしい。

筑紫《つくし》に勢力をもつ小野末嗣《おののすえつぐ》に宛てて、三守は孫娘のために懇切な依頼文を認《したた》めた。

『古今集』には、隠岐國に流されていた時の篁の歌が、もう一首ある。

思ひきや鄙《ひな》のわかれに衰へてあまの縄たき漁《いさ》りせむとは

小町の「都島べの別れ」の歌に呼応するような歌である。「思いもしなかった。自分が塩たれた漁師になって、こんなに都から離れた島べで漁船を操りながら、釣り縄を手繰り寄せては漁りをするなどと！」と詠うが、繰り返し読んでいると、初めてする流刑地での労働を、楽しんでいるようにも思えてくる。

「お父さまは大丈夫、心配しなくていいよ。」

篁の歌は恐らく夏頃に作られたのか。しかし今はまだ、小町の歌が三守の文《ふみ》とともに、早馬で西へ西へと運ばれているところである。

そういえば沈道古《しんどうこ》に入手を依頼してあった元白の詩筆は、篁が筑紫で禁錮されていた間に新羅船で届いて、大宰少弐《だざいのしょうに》藤原岳守《ふじわらのおかもり》の手で押収された。残念な事ではあるが、仁明が皇太子になった時からの側近である岳守は、早速仁明に献上するに違いない。

帝はさぞかし喜ぶであろうな。新しい詩がそこから生まれるやも知れぬ。

遣唐使の大役を果して唐の勅書を持ち帰った藤原常嗣は、承和六年九月十七日紫宸殿《ししんでん》に召された。右大臣三守が唐の勅書を奏上すると、仁明は常嗣一人を殿上に昇らせて、「遠くまで危難の海を渡り、無事帰国したことを喜んでいる」と言って酒を賜わり、御被《ふすま》一条と御衣一襲《かさね》を禄とした。その二十八日には従三位に特進したのだが、翌年四月二十三日俄かに薨《こう》じる。

一方、仁明の配慮によって篁は一年余りで罪を許され、承和七年六月十七日に入京するや、黄《こう》衣《い》(無位の衣)のまま清涼殿に直行して仁明に拝謝し、その足で三守の山科邸に向かったと思われる。三守は右大臣《うだいじん》在任のまゝ一か月後(七月二十一日)にこれも急逝した。岳父の最期を看取るために、篁は隠岐から急いで帰京したかのようだ。

小野屋敷で小町と篁が『白氏長慶集《はくしちょうけいしゅう》』や仁明の入手した『元白詩筆《げんぱくしひつ》』(小町に与えられた写本)を前に向かい合う日は、もう少し先になるであろう。

完

作中時代史年表（『日本後記』『続日本後記』に基づき、作中で参照した他の史料を加えた）

延暦十三（七九四）年

十一月　八日　山背国を山城国と改め、新都を平安京と名づける。

○この年、遊猟十三回（『類聚国史』天皇遊猟による。以下同じ）。

延暦十四（七九五）年

三月　四日　重ねて私に鷹を飼うことを禁止する。

七月　十六日　唐人ら五人に官を授ける。

○この年、遊猟十回。

延暦十五（七九六）年

一月　一日　初めて大極殿で朝賀を行う。

八月　十四日　地震・暴風で、左右京の坊門や民家が多く倒壊する。

十一月　八日　坂上田村麻呂を征夷大将軍にする。

○この年、遊猟十二回。

延暦十六（七九七）年

十二月　一日　空海『聾瞽指帰』を著す。天長年間序と十韻詩を改訂『三教指帰』とする。

○この年、遊猟十五回。

延暦十七（七九八）年

四月　十七日　大伴親王（淳和）が殿上で元服する。

七月　二日　坂上田村麻呂、延鎮上人とともに、山城清水寺を創建（扶桑略記による）。

十二月二十七日　渤海国使大昌泰、国王の書と特産物を献上する。　○この年、遊猟十一回。

延暦十八（七九九）年

一月　一日　大極殿朝賀、蕃客（渤海国使）ら参列のため、唐風の拝礼を採用する。

二月〜五月　諸国で飢饉がおこり、使いを遣わしては賑給（施し与える）を行う。

九月　七日　暴風で京中の屋舎が多く倒壊する。

この年、倭国の商人二百人、唐の揚州に至り交易して帰る。（『唐会要』による）　○遊猟八回。

延暦十九（八〇〇）年

三月十四日〜四月十日　富士山頂大噴火、足利路は塞がれ、翌年箱根路を開く。

七月　十九日「神泉苑に行幸する」と『日本後紀』に初出する。以後は頻繁に行幸。

この年、第四次蝦夷攻略。二月十四日坂上田村麻呂に節刀、九月二十七日平定を上奏。　○遊猟五回。

延暦二十（八〇一）年

八月　十日　遣唐大使に藤原葛野麻呂を任命する。　○この年、遊猟七回。

延暦二十一（八〇二）年

一月　八日　富士の噴火続く。日照りと疫病の兆との占いで、神の怒りを宥めて読経する。

この年、神泉苑行幸八回、天皇と廷臣の遊宴の場となる。　○遊猟四回。

延暦二十二（八〇三）年

四月　二日　遣唐使に節刀を賜う。四月十六日　難波津を出航する。

四月二十一日　暴風雨で船が大破、水没者多数。（難波を出てすぐに難破した）

五月　八日　箱根路を廃し、足利路を官道に復す。
五月二十二日　遣唐使の渡航中止、節刀を返還する。
○この年、遊猟六回。

延暦二十三（八〇四）年

一月　五日　桓武、高志内親王の房で曲宴。高志に三品を贈る。
三月二十八日　遣唐使に再び節刀を授ける。
六月二十六日　山城国山科駅を停止する。
七月　六日　遣唐使船、肥前国松浦郡田浦（五島市あたり）を出帆。間もなく暴風雨に遭う。
八月　十日　第一船（大使葛野麻呂・空海・橘逸勢）福州に漂着。
暴風雨で諸国に損害。宮中・神泉苑を始め京中の建物に倒壊の被害があった。
十月二十三日　勅、私に鷹を飼うことを禁じる。
十一月　十五日　先に明州に着いた第二船（副使は死亡、判官菅原清公が代る）の一行長安に到着する。
十二月二十四日　大使葛野麻呂、国書と貢納品を徳宗皇帝に奉る。徳宗は翌年一月死去。
十二月二十五日　聖体不予（天皇が御病気）。
○この年、遊猟六回。

延暦二十四（八〇五）年

一月　一日　聖体不予により、朝賀を取りやめる。
一月　十四日　桓武、病床に皇太子を呼んで話す。右大臣に命じて鷹犬を放つ。
二月　十九日　桓武の病気が治癒しないため、諸国の国分寺で薬師悔過を行わせる。
六月　八日　遣唐使第一船、対馬に帰着。長安京で含元殿の朝賀に列席、ほか中国事情を奏上する。
六月　十七日　第二船、肥前国鹿嶋に帰着。菅原清公が詳しく上奏する。（内容は記録なし）

七月　一日　遣唐使、節刀を返還する。

十二月　七日　藤原緒嗣と菅原真道に徳政を論議させ、緒嗣の意見で造宮と軍事を停廃する。

大同一（八〇六）年

三月　十七日　桓武崩御。安殿親王（平城）が践祚する。安殿は悲嘆のあまり起てず。

五月　十八日　平城即位。「大同」と改元する。十九日、神野親王（嵯峨）を皇太弟とする。

八月二十二日　空海・橘逸勢ら唐から帰国する。空海は両界曼荼羅を請来。

大同二（八〇七）年

十月二十八日　伊予親王の謀反が発覚する。

十一月　十二日　伊予と母藤原吉子、川原寺に幽閉され自害する。（弘仁十四年、本位に復す）

大同三（八〇八）年

一月　十三日　京中の死体を埋葬する。疫病で死者が多いので全国で大般若経を読ませる。

二月　四日　勅。往還の路で疫病や餓渇で死者が多い。諸国司は病人を助け死体を埋葬せよ。

九月　十六日　隠れて鷹を飼うことを禁じ、特に許可した者には公験（許可証）を与える。

十一月　十四日　大嘗祭を行う。　○この年、遊猟一回。

大同四（八〇九）年

一月　二日　藤原薬子に従三位を授ける。

二月二十六日　皇帝不予（天皇が御病気）。

四月　一日　宮中で読経を行う。京内の諸寺に誦経を行わせる。平城は春以来病となり皇太弟（神野）に譲位。宣命に「風病に苦しめられて」。神野は固辞するが許さず。

四月　三日　神野は再度抗表したが許されず、平城は皇位を神野に渡す。藤原薬子、出家。
四月　十三日　嵯峨即位。（嵯峨＝神野は桓武第二皇子）　高岳親王（平城第三皇子）を皇太子とする。
五月　七日　高志内親王（桓武皇女・のち淳和贈皇后）二十一歳（数え年）で薨去。
十二月　四日　平城、旧平城京へ移るも宮殿は未成。畿内の大工・人夫を集め、急遽造らせる。

弘仁一（八一〇）年

二月　八日　藤原園人を大納言に任じる。
三月　十日　初めて蔵人所を置き、巨勢野足・藤原冬嗣を蔵人頭にする。
九月　十日　薬子の変が起きる。平城が古都（奈良）への遷都を命じ、嵯峨がこれを薬子の謀略とし、兄藤原仲成と共に追放せよと命じる。伊予親王事件（大同二年）も冤罪と認める。
九月　十一日　早朝、平城は兵を従え東国へ向かう。嵯峨は追討軍を出してその夜仲成を射殺。
九月　十二日　平城は平城宮に帰り、剃髪入道する。薬子は薬を仰いで自殺する。
九月　十三日　皇太子（高岳）を廃して、大伴親王（淳和）を皇太弟とする。
九月　十九日　「弘仁」と改元する。この日、阿保親王を大宰権帥に左遷（父平城に連座して）。
十一月　十九日　大嘗祭を行う。翌日豊楽院で宴、悠紀・主基二国が奉献。次日も宴、雅楽・大歌を奏す。
この年、始めて賀茂斎院に斎王を置き、有智子内親王を斎王とする。　○遊猟一回。

弘仁二（八一一）年

五月二十三日　坂上田村麻呂没す。贈従二位。十月十七日宇治郡（山科郷・栗栖野）に墓地を賜う。
六月二十七日　空海が『劉希夷集』『王昌齢詩格』『貞元英傑六言詩』を書写して嵯峨に献上する。
十一月二十八日　衛士府を衛門府と改め、左右近衛・左右兵衛・左右衛門の六衛府の制が整う。

十二月　六日　新羅船一艘が佐須浦に着岸、上陸者の九人を殺害・捕捉したと対馬島司が報告。
十二月二十八日　報告を受けた大宰府は警護を強め、真偽を糾すため新羅語通訳を対馬に派遣。
○この年、遊猟七回。

弘仁三（八一二）年

二月　十二日　神泉苑に行幸。花樹を観賞し、文人に賦詩を命じる。花宴節はここに始まる。
九月　九日　神泉苑に行幸。文人に賦詩を命じる。新羅人十人に食糧を与え帰国させる。
十一月　五日　藤原園人を右大臣に任じる。（十月六日右大臣藤原内麻呂が没）
○この年、遊猟六回。

弘仁四（八一三）年

一月　八日　小野石子（典侍）に従三位を授ける。
二月二十八日　神泉苑行幸。文人に賦詩を命じる。
三月　十八日　四日、小近島（五島・小値賀島か）に新羅人百十人が来襲、九人を殺し百一人を捕えたと大宰府が言上、帰国希望か帰化希望か聞いて望みに添うよう命じる。
四月二十二日　嵯峨、大伴皇太弟の南池（邸）に行幸。文人に賦詩を命じる。園人が和歌を奉る。
九月　九日　神泉苑行幸。文人に賦詩を命じる。
九月二十四日　大伴を清涼殿で宴する。しつらいを唐風にする。（清涼殿の初見）
九月二十九日　対馬の史生（書記）一人を廃して新羅訳語（通訳）一人を置く、と格（法令）で定める。
十二月二十九日　大宰府管下の諸国で軍団の統率者「軍毅（大毅・少毅）」を増員、と格で定める。
○この年、遊猟九回。

弘仁五（八一四）年

二月二十八日　神泉苑行幸。文人に賦詩を命じる。
三月　四日　藤原園人、一昨年花宴節が増えた為九月九日節を停める事を提案、勅許した。
四月二十八日　嵯峨、藤原冬嗣の閑院（邸）に行幸、冬嗣に従三位・妻美都子に従五位下を賜う。
五月　八日　賜姓源氏の初め。信（広井所生）を戸主に弘・常・明と皇女四人が一条一坊に邸を構える。
六月二十九日　菅野真道が没する。
九月　九日　神泉苑行幸。文人に賦詩を命じる。
この年、小野岑守・菅原清公・勇山文継ら『凌雲集』を撰進する。　○遊猟十三回。

弘仁六（八一五）年

一月　一日　渤海国使が朝賀に列席する。　七日　渤海国使王孝廉らを宴に招く。
一月　十日　小野岑守を陸奥守に任じる。
一月二十二日　渤海国使が帰国する。（六月十四日　王孝廉帰国途中で没する。正三位を贈る。）
一月二十三日　内裏儀式の記録の為内記と共に外記も天皇政務の場に控え外記日記をつけ始める。
二月二十八日　神泉苑行幸。花宴を催し、文人に賦詩を命じる。
六月二十七日　賀陽豊年が宇治で没する。六十五歳。小野永見と親交、平城の東宮学士。
七月　十三日　橘嘉智子が皇后になる。
この年、大宰府管内凶作の為三年間の田租を免除。五月～九月霖雨で諸国に被害。　○遊猟五回。

弘仁七（八一六）年

一月　十二日　陸奥・出羽の国司の任期を四年（昨七月諸国は四年になる）から五年に改める。

二月二十五日　小野石子の長岡邸に行幸。文人賦詩、石子正三位に。三月二十二日石子没。
二月二十七日　嵯峨別館に行幸する。文人に賦詩を命じ、雅楽寮に音楽を奏させる。
六月　十五日　『史記』の講義が終了し、勇山文継（紀伝博士）に従五位下を授ける。
八月　十五日　空海が、古今詩人の秀句を屛風四帖に書いて嵯峨に献上する。
八月二十四日　冷然院に行幸し、文人に詩を賦させる。（冷然院の初見）
十月　十三日　大宰府が新羅人百八十人の帰化を言上、時服・時給を与えて入京させる。
この年、興世書主が和琴をよくするので、大歌所別当となる。（大歌所の初見）　○遊猟四回。

弘仁八（八一七）年

二月　十五日　大宰府、新羅人四十三人の帰化を報告する。
九月　九日　神泉苑行幸。文人に賦詩を命じる。
九月二十三日　私に鷹を飼うことを禁止する。　○この年、遊猟八回。

弘仁九（八一八）年

一月　十三日　新羅人十四人来朝して、驢（ロバ）四匹を献じる。
二月二十八日　神泉苑行幸。文人に賦詩を命じる。
三月二十三日　朝廷の儀礼・服装を唐風に改める。宮殿・門閣も漢名にし、空海らが額を書く。
四月　宮中の聖賢障子・昆明池障子・荒海障子を描く。
五月二十二日　嵯峨、『新修鷹経』を編纂する。
六月　藤原冬嗣・仲雄王・菅原清公・勇山文継・滋野貞主ら『文華秀麗集』を撰進する。
七月　関東諸国に激震。山崩れ、谷埋ること数里。圧死者は数知れず。

八月　十九日　関東諸国に使者を送り、地震の被害調査をして救援。詔に「薄徳厚顔　愧于天下」「有民危而君独安　子憂而父不念者也」など罪己の言がある。

九月　九日　神泉苑行幸。文人に賦詩を命じる。

十二月　十九日　右大臣藤原園人が没する。　○この年、遊猟四回。

弘仁十（八一九）年

二月二十五日　神泉苑行幸。文人に賦詩を命じる。

三月二十一日　故伊予親王と母藤原吉子を、元の位に復す。

四月～七月　炎天・旱魃が続き、諸国の被害甚大。七月十八日には畿内諸寺に大般若経を転読させる。

七月　二十日　京中を白竜の如き雲が覆い暴風雨となる。民家が倒壊する。

九月　九日　神泉苑行幸。文人に賦詩を命じる。

この年、藤原冬嗣・藤原緒嗣らに『日本後紀』撰集の勅。　空海撰『文鏡秘府論』成るか。　○遊猟六回。

弘仁十一（八二〇）年

一月　一日　大極殿の朝賀に渤海国使も列席。　七日の節宴、十六日の踏歌にも招待する。

二月　一日　天皇・皇后・皇太子の礼服を神事以外はすべて唐式にする。天皇は袞冕十二章。

四月　九日　凶作の為、全国の民に租税の未納分を申告させ、過去一・二年の庸調を免ずる。

九月　九日　神泉苑行幸。文人に賦詩を命じる。　○この年、遊猟二回。

弘仁十二（八二一）年

一月　九日　藤原冬嗣を右大臣に任じる。

一月　三十日　藤原冬嗣・良岑安世ら『内裏式』を撰進する。　九月九日を菊花節とする。

弘仁十三（八二二）年

一月　一日　大極殿朝賀、渤海国使拝賀。　七日　豊楽殿に五位以上と渤海国使を宴する。
一月　十六日　豊楽殿に五位以上及び渤海国使を宴し、踏歌をする。王文矩ら打毬を行う。
二月二十八日　神泉苑行幸。文人に賦詩を命じる。
三月　二十日　近江守小野岑守に大宰大弐を兼任させる。
六月　三日　最澄天台の菩薩戒を受けた者を十二年山林修行させたいと言上、勅許される。
六月　四日　最澄、比叡山中道院で没する。
七月　六日　炎干の為、天皇・皇后の費用を削って四位以下に籾を支給する。
七月　八日　貧困した諸王に新銭を支給。山城国で飢饉。甲斐国で疫病、賑給する。
七月　十七日　新羅人四十人が帰化する。
この年、『日本霊異記』成立か。　○遊猟八回。

弘仁十四（八二三）年

一月　十九日　東寺を空海に賜う。密教の道場とし、教王護国寺と称する。
二月二十一日　大宰府管内に公営田千二百余町を置く。（岑守の奏上案を四年の限定で許可する）
二月二十九日　有智子山荘に行幸。嵯峨は欣然として賦詩、群臣も多数献詩。　○嵯峨在位中、遊猟二回。
四月　十日　嵯峨、内裏から冷然院に移る。（冬嗣、豊年の回復を待って譲位するよう勧める）
四月　十六日　嵯峨譲位。大伴受禅。（大伴は辞退したが許されず。翌日再び抗表するが遂に不許。）
四月　十八日　淳和（大伴）東宮から内裏に遷る。先に王子恒世が皇太子を固辞したので、嵯峨皇子正良を皇太子とする。

四月　十九日　嵯峨は藤原三守を遣わし正良の皇太子を辞退する旨の書を奉進。返却される。
四月二十七日　淳和即位。詔を下し叙位を行う。翌日諱（大伴）を避けて大伴氏は伴氏になる。
五月　十三日　藤原吉野を中務少輔に任じる。
十一月　十七日　大嘗祭か。冬嗣らの奏を入れ人民疲弊の為簡素に行う。二十日詔で悠紀・主基国の費用の補
（丁卯）　塡を細かく指示。卯の日に行う定めだが当日の記録はない。
十二月　四日　詔。凶作での臣の疲弊を思い公卿に直言を求め朝賀での礼服着用をやめる。
この年、小野篁が文章生試に及第するか。

天長一（八二四）年

一月　一日　大極殿朝賀。節宴を紫宸殿で催す。（弘仁十一年以降は豊楽殿で行っていた）
一月　五日　「天長」と改元する。渤海国使六人に冬の衣服料を賜う。
二月　三日　詔。渤海国使を慣例の如くもてなしたいが国が疲弊している為入京せず帰国するように。
五月　十一日　新羅人五十四人を陸奥国に置き、口分田を支給する。
五月　十五日　渤海国王への勅書に捺印。先だつ十余日間淳和は病の為政務を執らなかった。
五月　二十日　渤海国王へ贈物を、高貞泰へ饗禄を与える。これより先（四月）、国王からの贈物、貞泰の贈
物などは受け取らず返却した。また渤海国使の来朝を十二年に一貢とすると伝える。
七月　七日　平城（上皇）崩御。
九月　小野篁を巡察弾正に任じる。
十二月　一日　皇太子が中殿（仁寿殿）で参謁。
七日　平城の諒闇に服し来年元日は朝賀のみ、宴は中止とする。

天長二（八二五）年

一月　一日　朝賀もとり止める。淳和が病（候御薬）の為。
三月　　　　小野篁を弾正少忠に任じる。
四月　五日　藤原冬嗣を左大臣、藤原緒嗣を右大臣に任じる。
四月　七日　大宰府、阿蘇神霊池の枯渇を報告。淳和、「罪己詔」を発渙する。
七月　二日　藤原夏野を中納言に任じる
閏七月　十九日　宮中・左右京七道諸国に仁王般若経を講説させる。空海が東宮での講説に起用され、呪願文の中で淳和の徳を称え、講説では仏の力が国土を護ると訴える。
八月二十七日　五畿内七道諸国に派遣する巡察使を任命する。篁、西海道巡察使に加わるか。

天長三（八二六）年

一月　一日　大極殿朝賀。節宴を内裏で催す。　この月、藤原吉野を蔵人頭に任じる。
五月　一日　恒世（高志所生淳和第一皇子）二十二歳で薨去。
五月　八日　渤海国使高承祖入京。高承祖に正三位ほか十八人に叙位するが、実態は商人。
五月　十五日　国書で渤海国王に近況を問い、唐・天台山の日本僧霊仙との仲介に感謝する。
七月二十四日　左大臣藤原冬嗣が没する。五十二歳。淳和は詔で死を悼む。深草山に葬る。
十二月二十七日　公卿の慶雲（祥瑞）を祝賀する上表に、淳和は不徳なので相応しくないと辞退。緒嗣ら、七月十六日（豊楽殿西）、八月二十八日（紀伊）、七月七日（筑前）、と慶雲出現、前例のない瑞祥であると言上する。
十二月　三十日　再度の奏上を受け祖先に寄せて瑞雲の喜びを分ち合う。大赦・叙位・免税など。

この年、地震の記録が八度あり。　○遊猟三回。

天長四（八二七）年

一月　一日　朝賀をとり止める。淳和が病（候御薬）の為。
一月　十六日　踏歌の節。淳和前年晦日から病の為紫宸殿に出ず。宴は催さず踏歌のみ見る。
一月　十九日　淳和の病（「不予」）は伏見稲荷の樹の伐採に由ると卜占、稲荷神に従五位下を授ける。
二月二十六日　正子（嵯峨皇女）を皇后とし、また氏子（斎宮）を病の為帰京させると伊勢大神に奏上。
二月二十八日　正子内親王を皇后に定める。皇后宮職を置き藤原吉野を皇后宮大夫に任じる。
淳和、嵯峨に源定（嵯峨男・淳和猶子）を親王に戻す事を望むが、嵯峨は許さず。
四月　十四日　神泉苑行幸。池をめぐり釣りをする。二十一日　神泉苑行幸。釣りをする。
五月　十六日　亥刻（午後十時頃）雷雨。この夜皇后が皇子を誕生する。
七月　六日　神泉苑行幸。釣りをする。
七月　十二日　京都大地震。大震で多くの舎屋が壊れる。大震一度、小動七・八度。
七月　十四日　地の揺れ止らず亥刻大震、揺れる度に音。　十五日　地震。　十六日　地震二度。
七月　十九日　大震二度。　二十一日　地震。　二十二日　地震。　二十四日　地震三度。　二五日　雷雨。
地震。　二十七日　大震。　二十九日　地震。　三十日　地震二度、大震一度。
八月　三日　地震。　五日　地震。　六日　地震三度。　八日　地震。　十二日　地震。　十四日　地震、
雷のような音。　十五日　地震。　十六日　地震。　十九日　地震。　二十二日　地震。
二十四日　地震二度。
九月　一日　地震、雷のような音。　二日　昨日のような地震。　七日　地震。　八日　地震、雷のよう

な音。　九日　昨日のような地震。　十日　地震。　十三日　地震、音。　十五日　大震、音。　二十日　地震、雷のような音。　二十二日　地震、雷のような音。

十月　二日　地震、雷のような音。　四日　地震。　十一日　夜中地震、雷のような音。早朝も。

十月　十九日　紫宸殿で右衛府・右寮が競馬の負態を行い、淳和は出御して禄を賜う。

十月　二十日　淳和、紫宸殿に出御して宴を催す。臣たちは酔舞し、淳和は琴を弾いて歌う。(御紫宸殿賜飲、群臣酔舞、帝弾琴而歌、楽只叵談、有詔、賜花葉之簪、人々挿頭詠歌、投暮右近衛奏楽、宴畢、賜群臣衣被。)

十一月　十五日　地震。　二十二日　大震。　二十四日　地震。　二十九日　地震。

十一月二十五日　柏原山陵(桓武陵)に直世王らを遣わし陵上の木を伐って浄めると告げ奉る。

十二月　一日　地震。　二日　地震。

十二月　十四日　地震を停止させる為、大極殿で清行僧百人に大般若経を三日間転読させる。

十二月　十六日　地震。　十九日　地震。

この年、八月、道康(正良王子・のちの文徳)が誕生する。小町はこの年春に出生を仮定。

天長五(八二八)年

一月　十七日　渤海国使王文矩ら百余人が昨年末到来した事を、但馬国が言上する。

二月　四日　地震。　十一日　地震。　十四日　地震。　三月三日　地震。　十日　地震。

三月　八日　淳和、体調が勝れず何度も薬を服用する。(聖躬乖和、頻羞御薬。)

閏三月　四日　神泉苑行幸。釣りをする。　十二日　南池に行幸。釣りをする。多くの獲物。

五月二十三日　大雨で京中の道路に水が溢れる。河川は決壊し山は崩れ人多く漂流。賑給。

五月二十七日　藤原吉野を参議に任じる。（蔵人頭から昇任）
六月　三日　地震。　五日　地震。　二十五日　大震。
六月二十三日　雷雨、山が崩れ水が溢れる。水害を防ぐ為、清行僧三十人が大般若経を転誦。
七月二十九日　詔。大地の災害（山崩れ・地震）は人災で責任は朕にある。無実の罪を許し、行き倒れの人を埋葬し、老人の役務を免じ、困窮者に物を与えよ。
八月　十一日　右大臣緒嗣ら言上。災害の責任は君主のみではなく補佐するべき臣にもある。
八月　十八日　詔。天変地異が続くので、柏原山陵に良岑安世らを遣わして加護を願う。
八月二十四日　北山神に祈る。詔、五月の水害の原因について神の助けを願い奉幣する。
八月　小野篁、大内記に任じられる。
九月　四日　藤原美都子（三守姉・尚侍）が四十八歳で没する。
十月　五日　地震。　二十二日　大震。　二十三日　地震。　二十五日　地震。
十二月　十五日　空海、三守が寄進した九条邸に綜芸種智院を作る。

○この年、遊猟一回。

天長六（八二九）年

二月二十二日　藤原吉野を式部大輔に任じる。
三月　一日　大震。九月六日　地震。十月二十一日　地震。
四月　十七日　勅。諸国で疫病が発生し民の夭死続く。百人の僧を得度して災いの終を祈れ。
この年、僧正護命「旱害や疫病の災を消す為、畿内の寺に百座を設けて仁王般若経を講説したい」と奏上。

○遊猟三回。

天長七（八三〇）年

一月　三日　秋田に大地震。城郭・官舎・四天王寺皆倒壊。死者・負傷者多数。河川の枯渇・氾濫。
一月　十二日　地震。　二十三日　地震。　八月十四日　地震。　十一月五日　地震。
一月　小野篁、蔵人になる。　二月には式部少丞に任じられる。
四月　十九日　小野岑守が急病によって没する。行年五十三歳。
四月二十五日　詔。出羽国は地震で山河が変容し城は壊れ無辜の民が死んだ。みな朕の不徳の咎である。現地の役人と協議し調庸の免除・物の支給・建物の修復・死者の埋葬などに当れ。
五月　五日　藤原吉野を東宮大夫に任じる。
七月　六日　大納言良岑安世（嵯峨異母兄）が没する。　嵯峨御製挽歌二篇がある。
七月　十六日　夕刻（午後四時〜八時頃）雷雨、内裏に落雷し近衛が神火を消す。後日祓をする。
七月二十四日　伊勢大神宮に奉幣する。淳和の体調が良くない為である。（聖体不和也。）
八月二十七日　伊勢斎王（宜子）賀茂川で禊。　三十日　斎王伊勢参入の為、建礼門南庭で大祓。
九月　十四日　奈良・薬師寺で毎年最勝王経会を開くことを仲世王が上奏。詔許，恒例とする。
この年、空海が淳和の勅に答えて『秘密曼荼羅十住心論』十巻を著す。　○遊猟一回。

天長八（八三一）年

一月　十三日　仁寿殿で曲宴を催す。参議以上が参会する。
一月　十七日　射礼。五位以上は射をせず。淳和が病で出御しなかった為。（羞御薬也。）
一月　二十日　仁寿殿で内宴を催す。「春妓」を題に詩を賦させる。
二月　七日　紫宸殿で源定が元服する。嵯峨（定の父）が主宰する。

三月二十一日　地震。　八月二十六日　地震。
六月　二十日　内裏に物怪。柏原山陵（桓武）と石作山陵（高志）に遣使。二十六日には読経させる。
八月　四日　南池に行幸。文人に賦詩を命じる。池で獲れた鮮魚を冷然院（嵯峨）に献上。
八月　十三日　大極殿に出御して伊勢大神宮に奉幣する。暴風雨の災を防ぐ事を祈願して。
十二月　八日　賀茂斎王（有智子）を交替させ時子（正良王女）を卜定する。翌日鴨川で禊する。
この年、淳和の勅により滋野貞主撰『秘府略』一千巻成る。　○遊猟二回。

天長九（八三二）年

一月　七日　源定（十八歳）・源信（二十四歳）従三位になる。二十六日　源明（二十歳）大学頭になる。
一月　十日　地震。　二十七日　地震。　五月七日　地震。　九月十四日　地震。　十八日　地震。
　一月七日、小野篁、従五位下に叙される。　十一日　篁、大宰少弐に任じられる。
四月　十一日　淳和、紫野院に行幸して池辺の釣台に出御する。
五月　十八日　飢・疫・旱及び火災を救難する為、諸国で大般若経・金剛般若経を七日間転読させる。
五月　十九日　八省院で読経・祈願したが微雨にとどまる。畿内の神社に奉幣して祈雨させる。
七月二十二日　八省院に出御して伊勢大神宮に奉幣、風雨を防ぐ為。
八月　十一日　明神に奉幣し止雨を願う。十三大寺で八日～十五日僧二百余人大般若経を転読。
八月　二十日　大風雨となる。河内・摂津で氾濫して堤防が決壊する。　九月七日　賑給する。
十一月　二日　藤原緒嗣を左大臣に、清原夏野を右大臣に任じる。　○この年、遊猟二回。

天長十（八三三）年

二月　十五日　清原夏野『令義解』を撰上。明法・明経・文章道の学者が討議。篁序文を書く。

二月　十九日　清原夏野、弘仁十二年成立の『内裏式』を淳和の詔命により増補・改訂する。
二月二十八日　淳和譲位。皇太子正良（嵯峨第二皇子）受禅。正良は抗表するが許されず。
二月二十九日　重ねて抗表するも不許。正良、冷然院で嵯峨・嘉智子に拝謁の後、東宮に還る。
二月　三十日　詔。恒貞（淳和第二皇子）を皇太子に立てる。淳和、藤原吉野を遣わして辞退。
三月　一日　恒貞の立太子を重ねて請う。淳和、書を出すが戻される。高僧たちが践祚を祝賀する。
三月　二日　詔。皇位の継承に当り先帝に太上号を奉る。淳和辞退。仁明（正良）聴さず。
三月　六日　仁明即位。叙位を行う。　七日　東宮から松本院に移る。　八日　初めて朝政に臨む。
三月　十一日　左大臣藤原緒嗣（辞官許されず）。大納言藤原三守を兼皇太子傅に任じる。
三月　十三日　春澄善縄・小野篁を東宮学士に任じる。
三月　十五日　藤原吉野（権中納言）の兼右近衛中将を解き、淳和院詰めとする。
三月　十八日　紫宸殿で皇太子（恒貞）初めて仁明に拝謁する。恒貞は九歳（実は七歳）だが容儀は老成した人（おとな）のようだった。東宮坊の官人・乳母・東宮学士など禄を賜う。
三月二十二日　大嘗会の事を卜定する。悠紀・近江国高島郡、主基・備中国下道郡となる。
三月二十五日　直世王・中務卿、秀世親王・弾正尹、小野篁・弾正少弼、藤原助・右近衛権中将となる。
三月二十六日　久子内親王を伊勢斎宮に、高子内親王を賀茂斎院にする。
五月二十五日　仁明が病気になる（聖躬不予）。
五月二十八日　京・五畿内・七道諸国が飢疫となる。詔、国司は飢民に賑給し生活を救済せよ。
六月　七日　仁明病気（天皇不予）。公卿殿上に控え呪術僧が祈禱。七大寺でも転読祈願。
六月　八日　公卿衆僧と殿上に侍る。仁明は寝台で執務。賀茂に奉幣。疫病攘災の為諸国で転経させる。

六月　九日　仁明詔で天下大赦。薬子の変連座者を還京。また疫病攘災の為薬を与え潔斎せよと勅す。
六月　十日　仁明の病気は回復する（聖体平復）。
七月　十日　仁明第一皇子道康、拝謁する。七歳だが挙止は成人のようだった。
閏七月　一日　秋の初め、洪水・大風の被害を防ぎ穀物に害がないよう諸国の名神に奉幣せよ。
閏七月二十四日　越後国昨年疫病と不作の為困窮が続くので米の売買を認めて欲しいと言上。許可する。
閏七月二十八日　長雨が十日降り続く。大和・山城の国司に丹生川上雨師などに奉幣させる。
　十月　十九日　大嘗会の為、賀茂川に行幸して修禊を儀式書に定めた通りに行う。
十一月　八日　大嘗会に先立ち伊勢大神宮に奉幣する。
十一月　十五日　卯の日。仁明、八省院に出御して大嘗の儀を行う。
十一月　十六日　豊楽院で終日宴楽する。悠紀・主基が共に標を立てる。（標の飾付の詳細な説明あり。）
十一月　十七日　悠紀・主基国それぞれ献物する。　十八日　豊楽院で朝臣を宴し賜位賜禄あり。
○この年、遊猟三回。

承和一（八三四）年

一月　一日　大極殿朝賀。節宴を紫宸殿で催す。
一月　二日　仁明、淳和院に朝覲。賜酒・奏音楽。近衛府奏舞。淳和は鷹・犬を仁明に献ずる。
一月　三日　「承和」と改元する。
一月　四日　仁明、冷然院に朝覲。嵯峨・嘉智子（父母）に拝謁する。
一月　十六日　「筑前国で慶雲が見られた」と大宰府が報告。公卿ら賀するが仁明は聴さず。
一月　十九日　遣唐使を任命。右大弁藤原常嗣を持節大使に、弾正少弼小野篁を副使にする。

一月　二十日　仁寿殿で内宴。内教坊が歌舞を奏し詞客・内記侍す。大戸清上横笛を吹く。
二月　二日　（遣唐使船の）造船使長官に丹墀貞成を，次官に朝原嶋主を任命する。
二月　五日　藤原吉野を中納言に、源定を中務卿に任じる。
四月　二日　公卿が重ねて慶雲を祝賀し、この祥瑞を受け入れる事を願う。仁明容認する。
四月　六日　勅。防災・豊作を祈って全国の国分寺で三日間金剛般若経転読と薬師悔過を行え。
四月二十九日　疫病頻発、天神地祇の為に京内の諸寺に大般若経と金剛般若経を転読させる。
五月　五日　武徳殿で馬射。　六日　同殿で競馳馬。　八日　同殿で種々馬芸・打毬の態を行う。
八月　四日　右中弁伴氏上を造船使長官に任命する。（丹墀貞成を更迭か）
八月　七日　宗康（第二皇子・藤原沢子所生）、初めて仁明に謁観する。
八月二十一～二十二日　暴風雨。樹木抜け民家倒れる。名神に奉幣し風雨の止む事を祈るが、夜中まで吹き荒れ夜が明けても収まらず、京中の人家が多く倒壊した。
八月二十七日　久子（仁明皇女）、伊勢斎宮に行くに先立ち、賀茂川で御禊し、始めて野宮に入る。
十二月　一日　『令義解』（天長十年所撰）を施行し、全国に頒布する。
この年の冬、小町童女殿上（八歳）と仮定。　○この年、遊猟二回。

承和二（八三五）年

一月　一日　大極殿朝賀。皇太子は幼児の故に出席せず。紫宸殿で節宴を催す。
一月　六日　空海奏上、五十人の僧の三密（身密・口密・意密）修行に功徳料を用いたい。許す。
一月　十一日　小野篁を備前権守（兼弾正少弼）に任じる。秀良（嵯峨皇子）を大宰帥（兼弾正尹）とする。
一月　二十日　仁寿殿で内宴。公卿・近習以外に内記・文章生「春色喧寒」の題で賦詩する。

三月　十四日　壱岐嶋は狭い離島で新羅商人が狙う。島民に武器を持たせ岬の守備を認める。
三月二十一日　空海が高野山金剛峰寺で死去。真言宗をを開き天長七年大僧都。行年六十三。
三月二十五日　仁明、遣使して空海を弔い喪料を施す。淳和、弔書を送って空海の死を悼む。
四月　七日　藤原良房を従三位、権中納言とする。十六日　源信を左近衛中将とする。
四月　二十日　高子（仁明皇女）、初めて斎院に入る為、賀茂川で御禊を行う。
四月　三日　疫病流行の為鬼神に祈禱、病人救済の為大般若経を転読。五日　救急稲の利息を使って諸国
で文殊会を開く。二十五日　越前国飢饉、賑給する。
五月　三日　近江国飢饉、賑給する。十八日　伊勢・加賀・長門国など飢饉、賑給する。
五月　十一日　神泉苑行幸。納涼の酒宴を催す。池魚を獲り嵯峨・淳和に差し上げる。
六月二十九日〜七月五日　秋の豊作を願って風雨の災を防ぐ為、十五大寺で大般若経の転読を行い、天下名
神に奉幣し、伊勢大神宮にも奉幣する。
七月　三日　淡路国に讃岐の穀を送り賑給。八月一日　佐渡国の飢饉・疫病を賑給する。
八月二十八日　斎王（久子）賀茂川で禊。九月五日　仁明、大極殿で斎王を伊勢斎宮へ発遣する。
十月　四日　右近衛医師大村福吉に紀宿祢を賜姓。『治創記』（最初の外科医学書・佚）を撰す。
十月　十九日　藤原貞敏を遣唐准判官に任じる。
十二月　二日　遣唐使に仮に位を授ける。大使藤原常嗣に正三位、副使小野篁に正四位上。
十二月　三日　故大宰大弐小野岑守の建てた救済施設「続命院」を公が管理する事にする。
十二月二十五日　藤原常嗣を左大弁に任じる。（右大弁から転ずる。近江守は元の通り。）　〇この年、遊猟四回。

承和三（八三六）年

一月　七日　藤原常嗣を正四位下に、小野篁を正五位下に叙する。
一月　二十日　仁寿殿で内宴。詩を楽しむ事を先とし、一同「理残粧」の題で詩を賦す。
一月二十八日　神泉苑行幸。隼（はやぶさ）を放って水鳥を追う。
二月　一日　執務を取り止め、遣唐使の為に北野で天神地祇を祀る。
二月　七日　遣唐使が賀茂大社に幣帛を奉納する。
二月　九日　紫宸殿で遣唐大使・副使らを引見する。綵布・貲布をそれぞれに応じて給う。
二月　十三日　神泉苑行幸。鶬（はしたか）・隼を放つ。
二月　二十日　神泉苑行幸。隼を放つ。仁明は「逸気横生　麾則応機　招則易呼（気性が逸く生気に溢れ、命に応じ招けばすぐ獲物を銜えて戻ってくる）」隼を愛した。
二月二十六日　伊勢国飢、賑給。　三月二十日　尾張国飢、賑給。　二十六日　石見国飢、賑給。
三月　十一日　中旬の初、紫宸殿で賜酒。床下に坐り侍臣に囲碁をさせ、琵琶を弾かせる。
四月二十三日　備中国飢、賑給。　二十六日　加賀国飢、賑給。
四月二十四日　紫宸殿で入唐使に餞を賜わる。群臣は「賜餞入唐使」の題で賦詩。大使常嗣は勅許を仰いで昇殿し、跪いて寿詞を述べ御盃で酒を賜わる。跪いて酒を飲み干すと仁明に戴いた餞（はなむけ）の御製を懐に入れて退き拝舞。大使に御衣一襲・白絹御被二条・砂金二百両、副使に御衣一襲・赤絹被二条・砂金百両を給う。
四月二十六日　遣唐使の事によって、五畿内・七道の名神に幣帛を奉納する。
四月二十九日　入唐使に節刀を賜う。大使・副使を前に大臣が宣命を読み上げ、判官以下の犯罪を罰する

（死罪以外）事を許可する権威の象徴として節刀を賜う、と告げる。
四月　三十日　藤原常嗣の母菅野浄子を旧例に准じて従五位下に叙する。
五月　二日　小野篁の申請により、小野神に従五位下を授ける。
五月　三日　仁明、神泉苑釣台に出向いて釣り糸を垂れ、暑さを避ける。
五月　五日　仁明、武徳殿で四衛府の馬射及び五位以上が貢上した走馬の勝負を閲覧する。
五月　十日　遣唐使に託して、彼地で死んだ入唐使人藤原清河・安倍仲磨らに位記を贈る。
五月　十二日　藤原助が宣命を持って難波津に行き、遣唐使に面がわりせず帰り来いと慰労。
五月　十四日　遣唐使の乗る四船が共に解纜（ともづなを解き）出発する。
五月　十八日　夜中に暴風雨で京の人家破壊。遣唐使船は輪田泊（摂津）に停り安危が問われる。
五月　二十日　地大震。二・三年記録のなかった地震が、三月十二日　六月十三日にも起こる。
五月二十二日　遣唐使の為に山階（天智）・田原（光仁）・柏原（桓武）・神功皇后らの陵に幣帛を奉る。
五月二十四日　京中の人民の病苦を賑給する。
閏五月　一日　恒貞が仁明に拝謁する。（五日前も、恒貞は朝廷に行き仁明の安否を問う。）
閏五月　十三日　遣唐使船が新羅に漂着した時の為、旧例により太政官から執事省に牒を送り、紀三津を使人として出立させる。僧恵霊（俗名紀春主）を遣唐訳語に任じる。
閏五月二十八日　遣唐留学僧常暁（元興寺）を伝灯満位に叙する。
六月　一日　日照りが十日も続くので秋稼が損なわれぬ様京畿内の諸大寺で法華経や大般若経を転読。
六月　六日　松尾・賀茂御祖・住吉・垂水などの神社に奉幣、祈雨する。
六月　二十日　隠岐國飢、賑給する。　七月十四日　因幡国飢、賑給する。

七月　一日　仁明、紫宸殿出御。恒貞が拝謁する。

七月　二日　遣唐使四船が共に進発した。（十五日朝廷に届いた大宰府の飛駅奏による。）

七月　十五日　五穀が実る秋に風雨の害が起こらぬ様、全国に命じて名神に奉幣し祓除せよ。

大宰府が飛駅（早馬）で「今月二日遣唐使四船共進発畢」と奏する。

七月　十六日　諸国で疫病が起こり夭死者が多い。全国で般若経を転読し、名神に奉幣せよ。

大宰府飛駅奏、第一船・第四船が漂流して引き返した。両船密封奏も届く。

七月　十七日　勅符。六日と九日の飛駅奏で肥前国に漂廻した事を知った。「使等忠貞之操　不敢告労　蒙冒険難　廻渉蒼海（忠定の精神で労苦をいとわず、困難を冒して大海を渡ろうと）」したが事がうまくいかず、途中で引き返したという。「靖言念之　憂心何已（静かにこれを思うと憂心を止められない）」。奏状を案じるに、両船とも修理が必要であろう。修造を待って渡海をなし遂げよ。

大宰大弐にも勅。遭難した人々を府館に受け入れて再出発まで手厚くもてなし過ごさせよ。

なお両船修繕が必要である。大宰府で修理し渡海できる様にせよ。船大工は派遣する。更に第二・第三船もどこかに廻着の疑いあり。値嘉島（五島列島）の船が着岸しそうな処を監視して発見時は速やかに知らせよ。

七月二十一日　雷雨殊の外激しく人は皆恐れ伏す有様。夜中朱雀門の柳の木に落雷あり。

七月二十二日　遣唐大使藤原常嗣ら上表。（遭難の体験を次の様に述べる。表の前後は省略。）

「臣常嗣等自営艤甫畢　遠入大瀛　日夜漂簸　了無生頼　只待蕭鍔於水波　占殯葬於魚腹　而天下殲人　裁泊旧壊　臣等固雖万禱霊祇　再延瞬息　猶傷給詔未達心神半死（私常嗣らは船の準備が終わり遠く大海へ乗り出しましたが、日夜漂流し生きた心地もなく、ただ水波に呑み込まれるのを待ち、魚腹の中に葬られてしまう思いでしたが、天は人を殺さず本土に漂着させてくれました。私たちは神霊に祈り再び生き延びる事ができましたが、詔命を果たせず身も心も半死の状態です。)」

七月二十四日 大宰府飛駅奏、第二船(副使篁乗船)漂廻の状。(八日に出発した飛駅が到着か)

七月二十五日 小野篁に勅符。七月八日の飛駅奏により肥前松浦郡別島に帰着したと知った。第一・四船の漂廻・破損に続きこの度の事故、ますます驚き歎いている。「本謂忠貞必蒙利往 不知此行何負幽明(本来忠貞の心があれば必ず無事に往き着く事ができるものだが、今回の遭難はいかなる鬼神の仕業だろうか。)」引き返したので大事故ではあるまいが、船が損じ艀《はしけ》も失われたと言う。大宰府に戻り損壊の個所を修繕した後、大使らと共に国命を果たせ。

八月 一日 大宰府飛駅奏。遣唐使第三船の水手(船員)ら十六人が板を編んだ筏に乗って漂着した。

八月 二日 常嗣に勅符。七月二十日飛駅奏で、第三船の水手十六人が対馬島南浦に漂着し、船はばらばらに分解してしまったと言う。悔んでも仕方のない事だ。また別奏によると大宰府管内は日照りと疫病で、遣唐使六百余人に供給できないので、使人は帰京・水手は帰郷させ、判官・録事各一人を残留させて府の役人と船の修造に当らせて欲しいと言うので、願に従って処置する。事情を理解して家に戻れ。大使・副使は帰京するも留まるも任意とする。なお帰京を望まない者・残留する判官録事は大使の簡定に任せる。

八月 四日 遣唐第三船の乗員九人、肥前国に漂着。

八月 八日 勅。第三船は途中で遭難し、筏に乗った二十五人の漂着後十日経つが、判官・録事以下百余人が行方不明である。海辺に住み海路に詳しい者を賞物を出して募り、無人島に遣わして捜索に当たらせる様、大宰府に命じる。

八月　二十日　大宰府奏上。遣唐第三船の有様を真言請益僧真済らが報告「舵は折れ船棚は崩落、海水が溢れ人は溺れ船頭以下波の中を漂うのみ。空しく死するより船を壊し筏を作って進もうと争って舟板を剝し筏にして去っていきました。」

八月二十五日　大宰府飛駅奏。遣新羅使が進発した事と、遣唐第三船が対馬島上県郡南浦に漂着し、船には三人しか居なかった事を報告。（遣新羅使は七月二日以前出発）

八月二十九日　疫病を防ぐ為、二十四日から八省院で行った五十人の禅僧による大般若経の転読が了り、布帛と度者一人を賜う。仁明、紫宸殿で高僧十人に論議をさせる。

九月　十五日　遣唐大使・副使らが大宰府から京に帰る。

九月　十九日　参議紀百継が没する。行年七十三歳。

十月二十二日　遣新羅使紀三津が大宰府に還り到る。

十二月　三日　遣新羅使紀三津が復命する。（新羅・執事省牒を受け取った朝廷の記録を抄録）

三津は使者としての任務を果せず帰国した。「遣唐四ケ船今欲渡海　恐或風変漂着彼境　由是准之故実　先遣告喩期其接受（遣唐使四船が渡海するに当り、遭難して新羅へ漂着する恐れがあるので、古例に倣い新羅国に告知して対応を期する。）」という使命を放棄して友好目的で来たと主張、太政官牒との相違を疑われた。また篁がすでに大唐に出発したと執事省牒は述べるが、何故大使ではなく副使の名なのか、「帆飛已遠（すでに遠く出帆している）」というのは海の商人の流言ではないか。更に一介の六位（三津）が小船で入唐使になれようか。三津の発言は偽論に近いものだ。執事省牒の全文は次の如し。

「紀三津詐称朝聘兼有贄贐　及撿公牒仮偽非実者　牒得三津等状偁奉本王命専来通好　及開函覧

牒但云　修聘巨唐脱有使船漂着彼界　則扶之送過無俾滞遏者　主司再発星使設問丁寧　口与牒乖虚実莫弁　既非交隣之使必匪由衷之路　事無摭実豈合虚受　且太政官印篆跡分明　小野篁船帆飛已遠　未必重遣三津聘于唐國　不知嶋嶼之人東西窺利　偸学官印仮造公牒　用備斥候之難自逞白水之遊　然両国相通必無詭詐　使非専対不足為憑　所司再三請以正刑章用阻姦類　主司務存大体舎過責功　恕小人荒迫之罪　申大国寛弘之理　方今時属大和海不揚波　若求尋旧好彼此何妨　況貞観中高表仁到彼之後　惟我是頼唇歯相須其来久矣　事須牒太政官幷牒菁州　量事支給過海程粮　放還本国請処分者　奉判准状牒太政官　請垂詳悉者（紀三津は朝廷の使を詐称し併せて贈物を持って来ました。しかし太政官牒を検べたところ、本当の使でないことが判明したので通知します。三津らが提出した書状には朝廷の命で専ら友好の為に来たとありましたが、太政官牒の函をあけて牒を覧ると、遣唐使船が新羅の領域に漂着したら救助して遅滞なく送還するようにとありました。役所から使者を出して再度詳しく問い訊しましたが、言うことと牒の内容が一致せず、虚実が判りません。友好の為の使節でないとすれば贈物は真実ではない、それを受納できましょうか。ただ太政官印ははっきり押されています。小野篁の船はもう遠くまで行っているのに重ねて三津を唐へ派遣する事はないでしょう。どこかの島に住む者が利を求めて太政官牒を偽造し、監視の目を逃れて海上を往来しているのです。新羅と日本は相互に偽り欺く事はしません。三津は使に相応しくない人物で、頼むに足りません。当方の役所は再三悪人には刑を科すよう求めて来ましたが、この件について凡そを把んだ上で、過ちを捨て良い結果になるようにと、つまらない者のひどい罪を許し、大国の寛大さで処す事にしました。現在時候は穏やかで海も波立っていません。旧来の友好関係を追うと高応仁の日本派遣に始り、利害を共にして長く信頼し合って来ました。全てを太政官に知らせ、また菁州（新羅の地方官衙）に帰国に必要な食糧を用意させた上で、本国へ放還しますので処分をよろしくお願いします。）
十二月二十二日　仁明、神泉苑で隼を放ち水鳥百八十羽を獲る。
十二月二十三日　秀良（嵯峨皇子・弾正尹兼大宰帥）が清涼殿で奉献。藤原貞子に皇子誕生、を賀す。

承和四（八三七）年

一月　六日　明七日の叙位がない為、内記が本日予め五位以上の位記を書くのは取り止める。
一月　二十日　仁寿殿で内宴。「花欄聞鶯」の題で賦詩。『本朝文粋』に篁の詩序が残る。
二月　一日　遣唐使が山城国愛宕郡家の門前で天神地祇を祀る。諸司はその為廃務。
二月　十三日　遣唐大使藤原常嗣を兼大宰権帥に任じる。
三月　十一日　入唐大使藤原常嗣・副使小野篁に餞を賜う。五位以上に「春晩陪餞入唐使」の題で賦詩を命じる。副使も献詩。但し大使は酔って退出。
三月　十五日　入唐使に節刀を賜う。大臣の読む宣命は昨年と同じ。大使は進んで節刀を賜うと左肩に掲げて退出した。副使が走って大使の前に行き、相連なって退出。
三月　十九日　大使藤原常嗣が、難波鴻臚館を出て大宰府へ向け出発する。
三月二十二日　遣唐使出立に依り伊勢神宮に奉幣。仁明は大極殿に出御せず藤原良房が代行。
三月二十四日　遣唐副使小野篁が、鴻臚館を出て大宰府へ向かう。
四月　五日？　遣唐使第一船「太平良」に従五位下を授ける。
五月二十一日　伊予国飢、賑給する。　六月二十八日　備後国飢、賑給する。
五月二十八日　大宰大弐藤原広敏が没する。

六月　八日　右大臣夏野の左近衛大将兼任を停める。　二十三日源常を左近衛大将に任じる。
六月　十九日　地震。　七月十六日　地震。　九月二日　地震。
六月二十一日　疫病の災防止の為、諸国で七月八日から三日金剛般若経の読誦と薬師悔過を行う。
六月二十二日　山城・大和・河内・摂津・近江・伊賀・丹波の境界で鎮祭を行い疫神の侵入を防ぐ。
六月二十八日　勅。祈雨の為山城・大和の名山に奉幣。一方、風雨の災を防ぐ為全国の神に奉幣。
七月　十九日　南淵永河を大宰大弐に任じる。
七月二十二日　大宰府飛駅奏。遣唐使の三ケ船が共に松浦郡旻樂埼を目指して出航したが、第一・第四船（第三船は昨年大破して出航不能）は、すぐに逆風に遭い壱岐に漂着、第二船（船頭・篁）は手立てを尽くして値賀島（五島列島）に漂着した。（旻楽埼は五島の南端・今の福江島の先端の岬）
八月　二十日　大宰府が三ケ船の漂流した状況を奏上し、併せて遣唐使らの奏状を上呈する。
九月　四日　仁明が病気になる。薬を服用（羞之御薬）。使を七ケ寺に分遣して誦経させる。
九月二十一日　豊前守石川橋継を修理船使長官、筑前権守小野末嗣・遣唐判官長岑高名を次官に任じる。
○今月一日〜三十日の間に、全国で予め秋稼の損害を申し出たのは三十一国にのぼる。
九月二十九日　仁明の病気が回復した。
十月　一日　紫宸殿に出て群臣に酒を賜う。京中の飢病の民を調査し特別に賑給せよと勅す。
十月　七日　右大臣清原夏野が没する。行年五十六歳。
十一月　一日　仁明、紫宸殿に出て侍臣に酒を賜う。恒貞が朝覲して仁明に拝謁する。
十一月　八日　仁明神泉苑で隼を放つ。　二十七日　同上（この二例は『類聚国史』天皇遊猟にない）
十二月　二日　夜、盗人が春興殿に入り絹五十余疋を偸む。宿衛の者は気付かず。

十二月　五日　夜、女盗人二人清涼殿に昇る。仁明は驚き蔵人に命じ宿衛が一人だけ捕える。

十二月　八日　左大臣藤原緒嗣が上表。「私は老病で十二年も寝たままです。国庫は空で国費が欠乏し、今年は穀物が稔らず衣食が不足して、民はどうして礼節を弁えられましょう。私は天長の初めに意見を奏上して、不用の官を廃止し贅沢な出費を止めるべしと言いました。今や私こそ役に立たないまま官職に居る者の筆頭です。不作を齎す陰陽不調の責任も臣にあります。どうぞ不当な官を解き賢徳の者に道を開いてください。さすれば天が災いすることなく、政道を中興することができましょう。」

内侍宣。国に尽した老臣の緒嗣は、朝廷の事を思うように決めていけばよく、辞めると言ってはならないと以前も告げた様に、今回も辞職願は受け入れられないので、左近衛中将和気真綱を遣わして差し戻す、と仁明のことばを伝える。

十二月　十一日　明け方から戌刻（午後八時頃）まで大風、京中の屋舎があちこちで損壊する。

十二月二十一日　この夜、盗人が大蔵省の東長殿の壁を破り、絁・布等をわからぬほどの量窃取した。

十二月二十二日　六衛府（京城の全軍）を遣わして京城中を大捜索する。

承和五（八三八）年

一月　一日　大極殿朝賀（承和一～五毎年受ける）。紫宸殿賜宴も恒例化。

一月　七日　豊楽殿に出御、青馬を観る。（七日節会に「観青馬」は承和一年が初出）

一月　八日　紫宸殿で皇太子恒貞が御杖を献じる。皇太子が献じるのは天長7・承和3・5のみ。

（卯日）大極殿最勝王会はじまる。（承和1・3・4仁明聴講・承和1－4は恒貞も侍候する）

一月　十日　藤原三守を右大臣に任じる。

一月　十四日　最勝王会おわる。講師らを禁中へ呼び論議させる。（承和1・3・4も論議あり）
一月　十六日　紫宸殿で踏歌を観る。（仁明は承和4～15毎年踏歌節会を行う）
一月　十七日　豊楽殿で大射を観る。（射礼。毎年）〈定例化した正月行事をここに一括して掲出した〉
一月　二十日　仁寿殿で内宴。「雑言遊春曲」の題で詩を賦す。（内宴は天皇の私宴）
二月　五日　仁明、内裏の射場に出て侍臣に射を命じる。藤原三守の奉献による。
二月　九日　畿内諸国に群盗が横行し放火・殺人を行う。国司に命じて取り締らせる。
二月　十日　山陽・南海道の諸国司に命じて海賊の逮捕に当らせる。
二月　十二日　水生瀬野に行幸して遊猟する。
三月二十七日　勅。遣唐使は漂廻を繰り返して未だ渡唐できていない。霊力は深く信ずることで応報し、神の加護はよき仏教修行により叶えられる。そこで大宰府の役人を管内の国に一人ずつ派遣し国司・講師を率いて、二十五歳以上で精進し持経して心のしっかりした者を選んで、九人を出家させよ。…（そして）国分寺と神宮寺に配置し供養せよ。
四月　五日　勅。遣唐使進発の日から帰朝の日まで五畿内七道諸国に海龍王経を読ませよ。
四月　七日　勅。昨年は穀物が稔らず疫病が流行した。般若の力は不可思議ゆえ、十五大寺と五畿内・七道諸国及び大宰府に大般若経を奉読させ、その間七日殺生を禁じる。
四月　十三日　勅。筑前・筑後・肥前・肥後で年来疫病による死者が多い。残った者も造船で疲弊しているので貧窮者に一年税を免除する。十四日　大宰府管内飢、賑給する。
四月二十八日　遣唐大使藤原常嗣・副使小野篁への勅。
遣唐使人たちは国使として大海を渡ることになったが、思い通りに事が運ばず出立できずにいる。朕はこの困難な事態に憂念を抱いている。現在北東の風が吹き始め、出航の期限が迫っている。任務の遂行はどうなっているか？　使いを遣ってこの意を伝える。すなわち右近衛中将藤原助（たすく）を派遣して出立の遅延についての調査を行うことにする。

五月　一日　この日、仁明は常寧殿に遷御する。暑さを避ける為である。

遣唐使上奏。私たちは漂流して引き返し、陛下の指示を達成できずにいます。風向のせいとはいえこれは天の示しで、二度の渡海の失敗は神霊の妨げによると思われます。況や巨海を渡り切る困難は測りがたく神霊の助けがなければどうして行き着けましょうか。諸国に命じて大般若経を転読してください。

この日、勅により五畿内と七道諸国に、今月中旬から遣唐使帰国まで、海龍王経の講説と、併せて大般若経を転読することを命じた。

五月　五日　武徳殿で騎射を観る。（五月五日節。承和1・2・3・4と毎年行う）

五月　十八日　天下豊楽の為、八省院で百人の僧に五日間大般若経を転読させる。

五月二十五日　山城国飢、近江国の正税穀を用い賑給。　七月大和国・八月備前国飢、賑給。

五月二十八日　地震。　六月二日　地震。

六月二十二日　勘発遣唐使藤原助が、副使小野篁が病に依って進発できなくなった、と奏上する。

七月　五日　大宰府奏上。遣唐使第一・第三船が進発した。

七月　十七日　秋稼を祈って内外諸国の名神に奉幣する。

七月　十八日　粉の如き物が空から降る。雨に遭っても融けず。降ったり止んだりした。

七月　二十日　東の方から太鼓を叩くような音がした。（今月五日から伊豆・神津島が噴火）

七月二十二日　勅。春から夏にかけて、雲が屢々沸き雨に恵まれて、秋の実りが期待される。伊勢に奉幣して成熟を祈りたい。　二十九日　八省院に出御、伊勢に奉幣。

七月　三十日　大宰府奏上。遣唐第二船が進発した。（本来は大使が乗るはずだった太平良）

八月　　三日　遣唐使から表が到来。（臣の表は瑞祥と辞職願が殆ど。進発後の到来も不審）常嗣ら、朝廷を辞去して一年未だ国命を果せず万死に当ります。四月二十八日の勅書を戴き、御恩に感謝しつつ罪の重さに堪えず上表します。（以上抄録）

八月　十九日　止雨を祈り貴船神・丹生河上雨師神に幣帛と白馬を奉納する。

八月　二十日　暴風雨の為、民の家屋が壊される。

八月二十八日　雨が降り続くので賀茂・松尾・乙訓・垂水・住吉等の名神に晴れるよう祈願する。

九月　　八日　再び止雨を祈って貴船神・丹生河上雨師神に馬を奉納する。

九月　　九日　重陽の日。仁明が病気で節会は停廃。菊酒を廊下にて賜う。（承和1～4は行う）

九月二十九日　七月から今月まで、十六ケ国（西国以外）で灰のような物が降る。怪異に似ているが被害なし。今は豊作で五穀の値段は安く、老農はこれ（灰のような物）を米の花と名づけた。

十月　十三日　仁明、常寧殿から清涼殿へ遷る。

十月　十四日　酉剋（午後六時頃）京の西山の東南にかけて長さ四十丈巾四丈ほどの白虹現れる。

十月二十二日　彗星が東南の空に現れる。赤白く数里にわたりすぐ消える。廿六日　なお見える。

十一月　　一日　勅。近頃災いの前兆が屢々現れ妖気の止む事がなく、民と稔りのことを思うと寝食を忘れる程である。疾病の憂なく豊年を喜ぶには、般若の妙なる力と大乗の徳に勝るものはない。全国に告げて般若心経を書写し供養するがよい。そこで国司・郡司・百姓（万民）が銭と米を拠出し、郡ごとに寺か役所に集めて国司・講師が管理、写経料と供養料に充てる。来年二月十五日に法会を開き、教えを受けて供養せよ。朝廷は一法会ごとに正税稲百束を施捨する。

：（抄）

十一月　十七日　彗星が東に見える。十月二十二日から今日まで寅剋（午前四時頃）に長さ七・八尺ほど。

十一月二十七日　恒貞、紫宸殿で元服する。仁明が勅で、恒貞は立派な風姿を持ち生まれつき性格が穏やかで、宮城内で育ち皇太子として相応しく成人したと喜びを述べ、この喜びを皆と分ちたいとして、嫡子で六位以下の者に位一階を加える。

また承和四年以前の未納分の租税はすべて免除する事を内外に知らせる。

十二月　十五日　仁明、清涼殿で三日三夜を限り仏名懺悔（仏の名号を称える）を修する。静安・願安・実敏・願定・道昌らが交互に導師になった。内裏での仏名懺悔の初まり。

この日、篁に隠岐国へ遠流の勅が下る。

「小野篁　内含綸旨出使外境　空称病故不遂国命　准拠律条可処絞刑　宜降死一等処之遠流　仍配流隠岐国　初造船使造船之日　先自定其次第名之　非古例也　使等任之各駕而去　一漂廻後大使上奏　更復卜定換其次第　第二舶改為第一大使駕之　於是副使篁怨懟陽病而留　遂懐幽憤作西道謡以刺遣唐之役也　其詞牽興多犯忌避　嵯峨太上天皇覧之大怒令論此罪　故有此竄謫（小野篁は天皇の命を受け使人として外国へ向かうところ、仮に病と称して国命をなし遂げていない。法律を適用すれば絞刑に当るが、死一等を減じて遠流に処し隠岐国に配流する。初め造船使が造船した時予め船の順序を定めた。これは古くからの慣例ではない。遣唐使はそれに従い乗船して出発した。一たび漂流して引き返した後大使が上奏し、再び卜占で決めて順序を換え、第二舶を改めて第一船とし大使がそれに乗船した。ここにおいて副使篁は怨みを懐き病と詐り乗船せず、遂に幽憤のままに「西道謡」を作って遣唐使を諷刺した。その詞は比喩で興を牽いて本心を言っているので憚るべき言葉が多く、嵯峨の大きな怒りに触れ、この罪を審理せよとの命によって、この度の配流となった。)」

十二月　十八日　仏名懺悔おわる。導師の僧五人に施物及び得度者を各一人与える。

十二月二十七日　追って、小野篁の帯びる正五位下の位記を没収する。　　○この年、遊猟一回。

承和六(八三九)年

一月　　七日　藤原岳守を従五位上に叙する。(仁寿一年の岳守卒伝によれば、少弐として唐人貨物を検校中にたまたま元白詩筆を得て仁明に奏上し、仁明が大変喜んで昇叙した。)

一月　　八日　藤原貞子を従三位に叙する。

一月　二十日　仁寿殿で内宴。公卿と知文者三・四人のみ昇殿して「雪裏梅」の題で詩を賦す。

閏一月　一日　仁明、嵯峨院に朝覲。源融(嵯峨第十二源氏)と正道王(淳和孫)を侍従にする。

閏一月二十三日　勅。昨年は勧農により豊作だったが、今年も諸国で農事を奨励し豊作を期せよ。諸国に疫病が流行り多くの夭死者があるという。全国の国分寺で七日間般若経を転読し、また僧侶と医師を派遣して治療・養生させ、郷里で疫神を祀れ。

三月　　一日　遣唐使の乗る三船が風波の変に遭う恐れがあるので、五畿内七道諸国と十五大寺に、大般若経と海龍王経を転読させよ。遣唐使が帰朝するまで行え。

三月　　四日　勅。陸奥国の民の窮弊を救う為、三万八千百五十八人に三年間免税する。関東七ケ国に命じて、巻数を分けて一切経一部を書写させよ。

三月　十六日　遣唐使船に分乗するはずの、知乗船事伴有仁・暦請益生刀岐雄貞・暦留学生佐伯安道・天文留学生志斐永世を、国命を果さず逃亡した罪で佐渡国へ配流する。
三月二十九日　祈雨の為、貴布祢・雨師二神に奉幣。（以後一ヶ月近く日照りが続く）
四月　五日　遣唐大使常嗣ら、中国・海東県を出発する。（円仁・入唐求法巡礼行記）　七日　地震。
四月　十七日　仁明が病になり、京内七寺で誦経。勅により、京中の諸社に頒幣して祈雨。十五大寺で十五日間仁王経を誦経。京外の山寺でも転読。春から不雨の為。
四月　二十日　七道諸国の国司に命じ名神に奉幣。翌日には伊勢大神宮に奉幣のため遣使。
四月二十五日　宣命使を神功皇后陵へ遣わす。陵の木を切った咎により日照りの災が起ったと考え、災の消滅と国家安泰の為に護りと恵みをお与え下さいと申し上げる。
四月二十七日　八省院に百人法師を呼び三日間大般若経を転読、祈雨。諸司は精進食を摂る。この日、夕刻から雨が降り出し終夜止まず。
六月　一日　丹生川上・貴布祢二社に遣使して祈雨。
六月　四日　勅。近頃日照りが十日も続くので諸寺に告げて三日三夜読経・悔過し祈雨せよ。
六月　十六日　勅。旱のため諸寺に使を遣って祈雨し感応を頂いたが、まだ十分潤っていない。七大寺の僧を東大寺へ招いて三日三夜龍自在王如来の名号を称えさせよ。
六月　三十日　藤原沢子が没する。仁明寵愛の女御。三皇子・一皇女を生む。宗康は第一子。
七月　十七日　大宰府で新羅船を造るように命じる。よく風波に堪えるからである。
八月　一日　嵯峨が病になる。そのため仁明は朝覲する。夕刻、宮に還る。
八月　四日　嵯峨の病未だ癒えず仁明が再び朝覲する。延暦寺において読経し平癒を祈る。
八月　二十日　大宰大弐らに勅。「今月十四日の飛駅奏で、遣唐録事大神宗雄の牒状によると入唐使の三船が不完全である事を嫌い、楚州で新羅船九隻を雇い乗船して、新羅の南岸沿いに帰国したと知った。第六船に宗雄が乗り他の八隻は見え隠れしていたが遂に見失いまだ到着していない。心配な異変が起こった時に備えておく必要がある。各防人に指示し炬火を絶やさず糧水を貯え後の船が無事帰着できるようにせよ。宗雄らは府館に安置して後着の船を待たせるがよい。」

八月二十四日　この日、十五大寺の読経祈願は、遣唐使が帰国したので修法を終わらせる。

大中臣礒守・大中臣稗守を摂津住吉神・越前気比神に派遣し帰着を祈る。

八月二十五日　大宰府が飛駅により、入唐大使藤原常嗣ら帰着の由と、入唐使らの奏状を齎す。

藤原常嗣・南淵永河らに勅。「今月十九日の奏状により遣唐大使藤原常嗣らが七隻の船を率いて肥前国松浦郡生属嶋《いけづき》に廻着したと知った。先に戻った大神宗雄の船と合せて八隻すべて帰着した。慣例により慰問するので旅中寛いでほしい。但し秋穫時で陸路の上京は民業を妨げる恐れがあるから、大使常嗣を第一集団として伴須賀雄・治道永蔵の二人が随え。長岑高名（以下名前を省略）ら十名は各々順に集団になり相次いで入京せよ。…　また唐からの贈物や大切な薬などは検校使を遣わして陸路運ばせる。それ以外の人や物は陸路をとるか水路に依るか議定すべきなので後勅を待て。また遣唐使第二船と新羅船一隻が到着していないので、よく監視し帰着時は直ちに奏聞せよ。」

九月　十六日　遣唐持節大使藤原常嗣が節刀を返還する。

九月　十七日　仁明は紫宸殿に出御し、右大臣藤原三守が「大唐勅書」を奏上する。大使常嗣独り召されて東階から昇殿し仁明の側近く進むと、「遠く危難の途を渉って無事に帰国した事を喜んでいる」とのお言葉があり、常嗣は「おお」と唯称（いしょう）して殿を下り庭中で拝舞、再度殿上に召されて酒を戴く。内侍が御被一条と御衣一襲を持って佇み、大臣が常嗣に「帝が、汝は国命を帯びて遠く蒼海を渉り、その険難を聞く毎に憐みの気持ちが深まる。そこで被物を賜うと仰せになる。」と告げる。常嗣は「おお」と答えて御被を賜り拝舞して退出する。

九月　十八日　権中納言藤原良房が内記を召して「大唐勅書」を渡しこれを蔵に収めさせる。

九月二十八日　勅（宣命体）「…遣唐使藤原常嗣朝臣らは朝廷により派遣され、遠く荒海を苦労して渡り大唐の天子に拝謁してねぎらわれ、復命も速やかに行った。常嗣朝臣らの勇敢な任務遂行を喜ばしく思っている。そこで常嗣から始めて水夫に至るまで、冠位を贈ることにする。在唐中死亡した判官藤原豊並をも哀れみ冠位を追贈する、との天皇のお言葉を皆の者が承れと申し聞かせる。」

大使藤原常嗣を従三位、判官長岑高名を従五位上、判官菅原善主を従五位下、故藤原豊並を幷びに従五位上に叙する。

十月　　一日　紫宸殿で群臣に酒を賜う。伴雄堅魚・伴須賀雄（遣唐使録事）を仁明の席の下に呼んで囲碁をさせる。また藤原貞敏（遣唐准判官）に琵琶を弾かせる。

十月　　九日　遣唐使録事山代氏益の乗った新羅船一隻が博多津に帰着する。

十月　十二日　唐からの舶載品（唐物）を伊勢大神宮に奉納する。

十月二十五日　建礼門前に天幕三棟を張り各種唐物を並べ、内蔵寮官人と内侍が交易する（宮市）。

十二月　八日　左大臣藤原緒嗣・右大臣藤原三守ほか十二人が奏上。十一月三日五色雲が三河国に、六月二十八日には慶雲が越中国に出現しました。これは太平の世に感応するもので、喜びに堪えず祝賀申し上げます。

勅。「…春の薄氷を履む思いで世が和らぎ盛んになる事を想い、朽ちた手綱で馬を馭する思いで善道を求めているが、…吉徴である祥瑞は時機に応じて出現する。皆は忠誠の心で朕を助けてほしい。重ねて祝賀の奏上は無用である。」

十二月　十三日　建礼門に出御して、使者を田原・八嶋・楊梅・柏原山陵に分遣して唐物を奉る。

十二月二十一日　建礼門に出御して、長岡山陵に唐物を奉る。先日の頒幣に漏れた為である。

○この年、遊猟二回。

承和七（八四〇）年

一月　十一日　仁明が病気になる。（「天皇不予也」とのみあるが、正月行事の八日青馬・十六日踏歌を御簾の中で覧る。また二十日の内宴は「聖躬龍蟠（天皇御病）」の為やめる。）

二月　十四日　流人小野篁を召喚する。　十六日　流人伴有仁・刀岐雄貞を召喚する。

二月二十一日　藤原常嗣は去年母が死去して喪にあったが、今日勅により職に復す。

二月二十三日　勅。悪事が横行し暗夜放火・白昼奪物が頻発している。左右京職・五畿内・七道諸国に命じ、厳しく取締り村里を捜索し身柄を捕え差出す事を遅滞なく行わせる。

二月二十四日　勅。京中の高年隠居者・飢病の者たちに賑給する。

二月二十六日　勧農の勅を発布。去年は旱害となり穀物は稔らず、民は飢え國は欠乏した。今は農事を始める春。五畿内諸国に命じて時宜に応じた勤勉な労働を勧めよ。

三月　三日　遣唐三ケ船が帰着して以来やや年月が経ち、未だ帰らない船の見張りが怠慢になる恐れあり。宜しく大宰府と縁海諸国に命じ、未着の第二船の為にこれまで通り炬火を掲げて監視せよ。

四月　八日　奏上、遣唐知乗船事菅原梶成らの第二舶が大隅国に廻着しました。

四月　十五日　大宰府へ勅符。「…梶成らは小船に乗って帰着したという。彼らは漂流して異域に入り万死に一生を得た。その苦節を思うと誠に憐れむべきだ。京に戻るまで慣例によりねぎらい、布帛を賜うので衣服の資とせよ。また准判官良岑長松の乗った船が行方不明で心配だ。よく海岸の監視を絶やさず行え。」

四月二十三日　再三、勧農の勅を発布。

藤原常嗣が没する。延暦の遣唐持節大使藤原葛野麻呂の第七子…行年四十五。

五月　五日　五日節を停止する。淳和が病の為である。

五月　六日　淳和が恒貞（淳和皇子・仁明皇太子）に死後の事を頼む。「（略記）葬式の準備はすべて簡素にし、終れば喪服は脱ぐように。葬儀は夜間に行い（葬は蔵なり）追善も倹約せよ。国忌は官司を煩わせ、荷前（のさき）は無益であるから、共に止めるべきだと朝廷に申し出よ。指示の通り行い違うことのないように。」

重ねて「人が死ぬと霊は天に戻り、空になった墓には鬼が住みつき、遂には祟りをなし長く累を残すと聞く。骨は砕いて粉にし、山中に撒くように頼む。」

五月　八日　後の太上天皇、淳和院で崩ずる。春秋五十五。仁明は勅を出して三関を閉鎖、遺詔に拘わらず葬儀のため藤原吉野以下の装束司を定め、その他の役職も慣例どおり任命、葬料も用意される。建礼門南庭で鷹・鷂・小鳥を放つ。

五月　九日　～十四日の初七日まで葬儀は行われる。淳和院に遣わされた山作司などは遺詔によって辞退され、遺骨は山城国乙訓郡物集村・大野原西山の嶺上に散骨する。

五月　十七日　藤原三守以下十一人が奏表する。「…伏して思いますに、陛下の孝心は礼節を凌ぎ、深い悲しみは衣冠に現れ、体をよじり血の涙を流されて未だ朝政に臨まれません。太上天皇の遺詔には『葬儀を終えたら喪服を脱ぎ人々を煩わさないように』とあります。どうぞ喪服を脱ぎ悲しみの服制を止めて、日常の衣冠・服色に戻っていただきますよう、お願いいたします。…」

五月　十九日　仁明が、勅により喪をとくことを中外に宣言する。

六月　十六日　罪己詔。（淳和が天長二年四月七日に発布した罪己詔と共通する語彙が多い。）

「…朕は謹んで大いなる天命を承けて皇位を引継ぎ…（旱天・飢饉・夭死などの不祥事は）朕の徳が薄く愚かなせいであり人民に何の罪があろうか。…朕の服御物（車馬・物品）と常の食膳等は節減し、馬寮の飼料は中止し不要な工事は停止せよ。…冤罪の者を解放し、田の水の配分を公平にし、自活できない者に物を与えよ。…国郡司は身寄りのない病者に親切に食と薬を頒かて。承和二年以前の未納の調・庸は免除するがよい。…普く遠方まで告げ、朕の意を知らせよ。」

六月　十七日　流人小野篁が入京。黄衣（無位の衣）を着て拝謝する。

七月　二日　右大臣藤原三守が没する。巨勢麻呂の孫・真作の第五子。恒貞皇太子傅。在職のまま薨ずる。贈従一位。大学で五経を学び嵯峨の即位前からの旧臣として寵を受けた。性格は穏恭また決断力があった。詩人を招き親しく付き合い、出仕の途中学者に会うと必ず馬を降りて通り過ぎるまで待った。行年五十六。

七月二十一日　仁明が紫宸殿に出て、淳和の死後始めて政務を覧る。

九月二十一日　大宰府奏。洪水や大旱で水量の増減した事のない阿蘇神霊池が四十丈涸れた。

承和八（八四一）年

二月二十七日　太政官より大宰府に指示。新羅人張宝高が去年十二月に（博多に使者をよこし）馬の鞍を献進してきたが、他国の臣による安易な貢進は古来の法に背く。礼をもって辞退し早速に返却せよ。持ってきた物品は民間での売買を許せ。…

三月二十八日　勅。阿蘇神霊地の枯渇について災異の徴ではないかと恐れる。亀卜によると日照りと疫病の前兆だという。寺社では神霊の助けを祈願し、国司は人民が安心して生活できるよう様々な努力を尽くせ。特に大宰府官人は最も慎め。

閏九月　十九日　無位小野朝臣篁に正五位下を授ける。詔、「篁は国命を承け期する所があったものの、失意の状況となり悔いている。私は昔のことを惟（おも）い、且つ汝の文才を愛する。それ故、優遇措置をとり特別に本の位階に復することにする。」

十月　十五日　正五位下小野朝臣篁を刑部少輔にする。

十月二十七日　仁明が病気になる（聖躬不予）。京内七寺で誦経。恒貞以下陣頭に候する。（四日にも病で京内七寺での誦経をしているが、翌日「聖躬平復」とある）

十月二十九日　仁明の病が柏原山陵の木を伐った為との卜占で、宣命使を遣わし、また読経を行う。

十一月　一日　朔旦冬至（十一月一日が冬至に当る。前は弘仁十三年）。公卿が祝賀の表を奉る。

十一月　二十日　詔で公卿奏に答え共に祝う。本日以前の徒罪を許し、臣に叙位・賜物を行う。百官に紫宸殿で賜宴し、詔（宣命体）で上記の事を述べ伝える。

承和九（八四二）年

一月　十日　新羅人四十人が筑紫大津に到着し、船頭の李少貞が、張宝高の死を伝える。

二月　十六日　道康（仁明第一皇子）仁寿殿で元服する。

七月　十五日　嵯峨崩ず。春秋五十七。遺詔に「無位無号で山水を逍遥し琴書を翫んで暮したかった。遺体は簡素な葬儀に従い山北不毛の地に葬れ。我が心に違うな。」

七月　十七日　伴建岑（春宮坊帯刀）・橘逸成らの謀反が、阿呆親王の密書で発覚し、逮捕される。

七月二十三日　勅使藤原良相の率いる近衛が皇太子直曹を囲む。廃皇太子の詔が出される。

七月二十四日　恒貞、皇太子を廃せられる。

八月　　四日　道康を皇太子に立てる。源常・皇太子傅、安倍安仁・東宮大夫、小野篁・東宮学士となる。

八月　十一日　小野篁を式部少輔に任じる。（兼東宮学士）　○この年、地震七回。

嘉祥三（八五〇）年

三月二十一日　仁明崩ず。春秋四十一。遺制により薄葬、深草山陵に葬る。

崩伝中に、医方書を諳んじ当時の名医も敵わなかったとして仁明の言を記す。

「朕年甫七齢　得腹結病也　八歳得斉下絞痛之痾　尋患頭風　加元服後三年　始得胸病　其病之為体也　初似心痛　稍如錐刺　終以増長如刀割　於是服七気丸　紫苑生薑等湯　初如有効　而後雖重剤　不曾効験　冷泉先皇憂之　勅曰　予昔亦得此病　衆方不効　欲服金液丹并白石英　衆医禁之不許　予猶強服　遂得疾愈　今聞所患　非草薬之可治　可服金液丹　若詢諸俗医等　必駮論不肯　宜喚淡海海子細論問　随其言説服之　虔奉勅旨　服茲丹薬　果得効験　兼為救解右発　自治之法　世絶良医　倉卒之変可畏故也　今至晩節　熱発多変　救解有煩　世人未知朕躬之本病　上皇之勅旨　必謂妄服丹薬　兼施自治而敗焉　宜記由来令免此謗」

（「朕は七歳の時に腹結の病に罹り八歳の時に臍下に絞る様な痛みのある病に罹った。次いで頭痛を患い元服の三年後に胸の病となり、最初は胸の中心が痛かったがやがて錐で刺すような痛みになり遂に甚だしくなって刀で割かれる様だった。そこで七気丸や紫苑・生薑・等の煎じ薬を服用したが、初めは効き目があったようでも段々量を増やしても全く効かなくなった。淳和天皇が心配して『私も以前同じ病になり多くの医方を試みたが効かず、金液丹と白石英を服用しようと思ったが医師らは皆禁じて許さなかった。私はそれでも強いて飲むことによって治癒することができた。今病状を聞くと植物性の薬では治らず金液丹を服用するのがよいと思う。俗医らを呼ぶと反対するのは必定であるから、淡海海子《おうみのあまこ》を喚んで詳しく問い尋ねその言うところに従うのがよい。』と言われた。謹んで天皇のお言葉に従いこの丹薬を服むと果して効験があった。また右に述べた朕の病を癒すために自分自身で医方を工夫してみた。世に絶えて良医はなく急病に罹った時がおそろしいからである。今晩年になり様々な熱の病状が起り治療が煩わしい。世人は朕の病の性質と淳和太上天皇の言葉を理解せず妄りに丹薬を服用し自己流の医方を行って失敗するという。宜しく我が体験の由来を記してこの誇りを免らしめねばならない。」）〈了〉

あとがき

この小説の原点を小野小町の誕生に置いたのは、私の人生のほとんどに繋がる意味があったのだと、今改めて思います。小町は読書好きの早熟な少女ですが、私が小説に目覚めたのは高校時代、彼女に比べると随分晩種《おくて》でした。初めは志賀直哉の『暗夜行路《あんやこうろ》』、次いでいきなり『ドストエフスキー全集』に出会いました。時は一九五四年、大戦後で図書室にも貸本屋にも無かった貴重な全集を次々と貸して下さった、国語の今は亡き恩師に先ず感謝しなくてはなりません。

紆余曲折《うよきょくせつ》を経て、現代からは凡そ遠い時代の歌人小野小町に辿《たど》り着いたのは人生半ば。小説ではなく研究者として最初に書いた小町論が「小町の夢・鶯鶯の夢」（一九九二年）でした。これを第一章として二十年がかりで『古今集《こきんしゅう》小町《こまち》歌《か》生成原論《せいせいげんろん》』という長編論文集をまとめました。二〇一一年のことです。

それから十年目の今年、論創社様のご好意でこの『物語　小野小町の誕生』を上梓する事ができました。執筆の発端は八年近く前、前記『原論』の為に蒐集した資料の中で、「線」として繋がらず論証に用い得なかった「点」に当るメモ類が、光って見えだしたことです。光る点と点を推理で結んで行ければとの思いから、小説にたち戻ってきました。ただ史実と混淆しないため、題名にフィクションであることをと明示しようと思いました。

しかし目指していたのは現代のいわゆる「小説」ではなくて、唐代中国の「伝奇小説」に相当する作品でした。日本ではそれが「物語」に成っていったのだということも、知識としてではなく徐々に体感しました。『源氏物語』の中で紫式部が光源氏に「日本紀などはただかたそばぞかし（日本紀などはほんの一面に過ぎません）」と言わせているのも念頭に、敢えて「物語」と称することにした次第です。時代史も組み込んだ複雑な構成になってしまいましたが、どうか小野小町の誕生までを見届けて戴ければ幸いです。

本書の煩雑な編集を担当して下さった松永裕衣子さんに、心から感謝いたします。

二〇二一年四月

大塚　英子

大塚英子（おおつか・ひでこ）

〔略歴〕
1933年　岡山県生まれ。山口県で育つ。
1955年　東京大学文学部国文学科卒業
1986〜2003年　駒澤大学短期大学部国文科非常勤講師
1993〜2003年　駒澤大学文学部文学科非常勤講師

〔著書〕
『古今集小町歌生成原論』
『小野小町（コレクション日本歌人選）』（いずれも笠間書院、2011年）ほか

物語　小野小町の誕生

2021年6月1日　　初版第1刷印刷
2021年6月10日　　初版第1刷発行

著　者　　大塚英子
発行者　　森下紀夫
発行所　　論 創 社
東京都千代田区神田神保町 2-23　北井ビル
tel. 03（3264）5254　fax. 03（3264）5232
振替口座 00160-1-155266
https://www.ronso.co.jp/
装　幀　　奥定泰之
組　版　　中野浩輝
印刷・製本　中央精版印刷

ISBN978-4-8460-2052-1